SIP 超知能警察

山之口洋

双葉文庫

目次

プロローグ……5
第1章　警察庁の妖怪（ヨーダ）……24
第2章　地下回廊……68
第3章　ストリートチルドレン……93
第4章　ゴルディアスの結び目……125
第5章　隠れた（ヒドゥン）リンク……154

第6章　パペットマスター……185
第7章　カミングアウト……244
第8章　鋼鉄の魚……278
第9章　木戸機関……334
エピローグ……397
解説　細谷正充……408

登場人物

逆神崇……………警察庁科学警察研究所　情報科学第四研究室　室長
井伏健二…………同　室長補佐
小森田信吾………同　主任　警視庁警備部からの移籍組
西田宙……………同　主任
物原瞳……………同　研究員　配属三年目
須田マクシミリアン……同　研究員　新人
鷲津吾郎…………防衛省統合幕僚監部自衛隊情報保全隊本部　情報保全官　一等空佐
来嶋奈海…………同　第二情報保全室　一等海尉
才谷彰……………航空自衛隊第六航空団　三等空佐
岩倉………………警察庁科学警察研究所　法科学第四部長
木戸亮一郎………警察庁副長官「警察のヨーダ」の異名をもつ
ジーヴス…………逆神研が運用するＶＪ（バーチャルジャパン）内のＡＩアシスタント
英国執事の仮想人格をもつ

プロローグ

朝鮮半島の「南の玄関口」釜山(プサン)や、ほど近いここ慶州(キョンジュ)は温暖な土地だとなんとなく思っている日本人は、一月の厳しい寒さに裏切られた気分になるだろう。気温は終日氷点の上下を行き来し、日が落ちれば街の際(きわ)まで迫る山肌から吹き下ろす寒風に地面が凍(い)てつくこともある。

現地に住む親友と別れてホテルへの帰路を急ぐ相楽佳奈江(さがらかなえ)も、ワンピースから伸びた両脚に鳥肌を立てながら、スーツケースにロングコートを詰めてくるんだったと後悔していた。学生時代から東アジアの古代史に興味があり、市内に散在する新羅(しらぎ)王朝の古墳群や、半島有数の古刹(こさつ)・仏国寺(ブルグクサ)を精力的に巡り、レストランでの親友との会話とワインにもはずみがついて、こんな時刻になってしまった。明日は羽田着の便で帰国する予定なので、ゆっくり旅の疲れを癒やしたかった。

スケジュールが強行軍になったのも、もともと観光旅行ではなく、公務員によくある「出張のおまけ」だからだ。市ヶ谷の防衛省に入省して八年目の彼女は、上司の出張に同行して平壌(ピョンヤン)・ソウル・釜山を一週間で駆け回った。用向きは現地駐在の自衛官や統一朝鮮（UROK）の軍幹部との定例の連絡会合で、上司を補佐する仕事だった。土曜の朝に上司の帰国を見送った佳奈江は、月曜に代休を取って二日間の観光旅行を捻出したのだ。

昨日は慶州市に隣接する浦項（ポハン）に住む親友の網島美姫（あみしまみき）と落ち合い、二年ぶりの再会を満喫しようと、この美しい街を巡り歩いた。

歩き疲れたせいか、けさは九時まで寝過ごした。ゆっくりシャワーを浴びているうちにホテルの朝食時間も過ぎてしまったが、昨日買っておいた慶州名物の皇南（ファンナム）パンを、古墳公園のベンチで食べるのも悪くないと思い直し、ホテルを出た。なだらかな起伏に若草をまとった古墳の間を散策するうち、冷たい風で眠気も飛んだ。

午後一時過ぎ、待ち合わせた平壌冷麺店に入ると、親友は夫と一緒に窓際のテーブルで待っていた。一人で来ると思っていた佳奈江は、ちょっと意外に感じた。

「今日はたくさん買い物したいから、荷物持ちに旦那も連れてきちゃった。悪かった？」

「ちっとも。私ももう一度お会いしたかったし」

佳奈江は美姫の耳元でささやく。「相性バッチリって感じ」

「ケモノ男だけどね」

「そこが好きなくせに」

美姫から、半島の男性と結婚して移住すると突然告げられたのは一昨年の末。その決断と行動力には感心したが、相手からの情熱的なアプローチに陥落したのが実情らしい。慶州の教会で行われた結婚式は、両家の親族以外には、二、三の親友を招いただけの簡素なものだった。新婦の友人として参列した佳奈江にも飛行機のチケットを送ってくれたから、大勢は招けなかったのだろう。

「佳奈江さん、お久しぶりです――なんです、私の悪口ですか」頃合いを見計らって夫が会話に入って来た。

「悪口じゃなくておノロケですよ」

「李東玗(リ・ドンウ)です。覚えてらっしゃいますか」

「もちろんです」佳奈江は嘘を吐いた。「すごく日本語がお上手なんですね」

「日本語習うこと、いまUコリアで流行(はや)っています。奥さんも日本語の先生ですしね。夫婦とも朝日(ちょうにち)のバイリンガルです。日本と半島を橋渡しする仕事がしたいです」

　李がいうUコリアは、正式名称を「統一朝鮮共和国(UROK)（Unified Republic of Korea）」といい、南北の出身者が交じっているが、美姫の夫のようにたくましく引き締まった体軀の男性が多いのは、おそらく徴兵生活の成果だ。

　昼食と会話を楽しんだ三人は、新羅景徳王(キョンドクワン)の時代に建立がはじまったという、仏国寺の広い境内を見て回った。日本で言えば東大寺が建立された頃だ。二本の仏塔も、青銅の大仏も、近くの石窟庵で見た如来座像も、日本の寺と本当によく似ており、仏教という総合文化が大陸からこの半島経由で日本に伝わったことが、理屈より肌で理解できた。

　美姫の夫によれば、石窟庵からは日本海から昇る朝日を拝めるそうだ。だがその話題になったとき、佳奈江がうっかり「日本海」と口にしたために、つかの間気まずい空気が流れた。「東海（トンヘ）です」と言い直した李は、しばらく表情を消し口を閉ざした。

　そのとき携帯電話が鳴り、眉根にしわを寄せて受け応えしていた李は、口元を覆い、早口の朝鮮語で妻に話しかけた。「祖母」とか「容態が不安定」という言葉が漏れてくる。

「ごめん。ちょっと仕事がトラブったみたいで、旦那は急遽出勤になっちゃった」

「すみません、佳奈江さん。せっかく再会できたのに残念です」

「こちらこそ、せっかくの休日に時間を割（さ）いていただいて。楽しいひとときを過ごせました。きっとまたお会いできますわ」

　礼儀正しく頭を下げる相手の穏やかな人柄に誠実な印象を抱いた。

「一人で帰ってこられるか」

「失礼だねえ。こう見えても元旅行会社勤務だよ」

　去りがてら片手を上げて挨拶した李は、もう一方の手に車のスマートキーを提げている。付近のパーキングに車を駐（と）めてあるらしい。

「一緒に帰らなくていいの？」

「大丈夫。私が旦那の仕事を手伝えるわけじゃないし、夕食の店も予約しちゃったから。こっちじゃキャンセルの違約金もガッツリ取られるんだよ」

二人で慶州のショッピング街を二時間近くうろついたが、「荷物持ち」の夫がいないせいか美姫の買い物は控えめで、何か気がかりがあるようにも見えた。夕刻、三十分近く歩いた末にたどり着いたのは、大都会の中とは思えない閑静な住宅街に建つ瀟洒（しょうしゃ）なイタリアンレストランだった。

本格的な料理を楽しみながら、会えなかった間の話題で盛り上がった。夫が同席していない女だけの席では、自ずから話題も違うのだ。

酸味のあるトマトソースで煮込んだ牛のハチノス（トリッパ）は絶品で、薄切りのバゲットに載せると赤ワインが怖いくらい進んだ。

だが一時間も経つと、美姫はそわそわと落ち着かなくなり、腕時計にチラチラ目を向けだした。佳奈江がトイレから戻って来た時には、深刻な表情で夫に連絡を取っていた。佳奈江は気になっていたことを訊ねた。

「立ち入ったこと訊いて悪いけど、東玗さん、本当は仕事じゃなく、お義祖母（ばあ）さんの具合が悪いんじゃないの？」

「えっ佳奈江、どうして？」

「だって最近は、こうして上司の通訳代わりに半島へ出張してくるくらいだから、私の朝鮮語も結構なものなのよ。とはいえ、武官同士は英語も通じるから難易度は高くないんだけどね」

「そっかあ」

大きくため息をついた美姫はテーブルに両手をついた。「佳奈江ごめん。夫婦してあんたを騙してた」

「謝んないでよ。気遣ってくれたんだってわかってるから。それよりお義祖母さんはどんな具合なの」

「重い脳梗塞で倒れて、もう一年くらい寝たきりなんだけど、施設から時々こうやって呼び出しがかかるのよ。例によって誤嚥性の肺炎みたいだけど、旦那が言うには、今回はなんだか様子が変だって」自分の言葉に取り乱したようで涙声になる。

「いいから、すぐ行ってあげて！」

強い口調で親友を励ました。「昨日と今日、一緒にいて十分楽しかったよ。私のことはいいから。また日本に来る時は必ず連絡してね」

「もちろん！　佳奈江、じゃあね」

美姫はあわただしく席を立って会計を済ませたが、何かを思いついて戻って来た。

「そうだ、帰りの道教えとくね」

「大丈夫よ。店の人に聞いたっていいし」

「いやいや、この辺りは現地人でもわかりにくいんだよ。それに抜け道を使えば、あんたのホテルまでは意外と近いの」

「じゃあ簡単に教えて」

親友の気が済むのなら、と従った。美姫は机に置いてあったナプキンの裏にボールペンで簡単な地図を描いた。

「あのね、ここはちょっと見、山の中だけど、慶州の目抜き通りとは小さな丘を挟んで裏表なのよ。店を出て五十メートルくらいそっちに歩くと……」

と建物の壁が透明になったように指をさす。『普門通り近道――보문로지름길（ボムンローチルムギル）』って書いた看板があって、そこを数百メートル抜けると広い通りに出るから。そこならホテルまでワンメーターだし、この時刻ならまだバスもあるかも。途中はちょっと暗いトンネルだけど、地元民はよく使うんだ」

「わかった」友人を安心させようと肯（うなず）いたが、暗い夜道と聞いてちょっと怖じ気づく。「だったら一緒に帰ろうかしら」

「まだ美味しい料理がこんなに！　それにあんたには、この高級ワインを飲みほす使命があるのよ」

それで気がかりもなくなったのか、美姫は軽口を叩いてから出て行った。おごられた礼を言う暇もない。あわてても仕方がないと、テーブルに頬杖を突いて料理を待つ。

三十分後に店を出た佳奈江は、地図を頼りに街灯の少ない通りを歩いた。抜け道への看板はすぐ見つかった。切り通しの道で、入っていくとなだらかな小山――これも古墳かもしれない――を貫くトンネルに続く。車道はなく、新宿西口の線路をくぐる長い地下歩道を思い出したが、人通りはない。地元民がよく使うというのは本当なのか。店に戻ってタクシーを呼んでもらおうかとも思ったが、せっかく地図を描いてくれた美姫に悪いし、つぎに会った時、臆病者呼ばわりされるかもという気後れもあった。若い女性が暗い夜道を怖がるのは当たり前なのに、学生時代から世界中を飛び回っていた美姫は、きっとその感覚がマヒしているのだ。

湿った匂いのする寒風が、トンネルの入口から吹き出してくる。照明もまばらで薄暗い。だがはるか先に、店のネオンだろうか、色とりどりに変化する灯りが滲んでいた。

「要するに、あそこまで歩けば賑やかな道に出るのよね」

声に出して自分を励まし、単車を阻む黄色い鉄柵を回りこんでトンネルに足を踏み入れた。昼間はたくさんの人が通るに違いない踏み固められた地面は、意外に凹凸が多く、ところどころで氷も張っていて足を取られそうになる。その音さえ反響するほど地下道は静かだったが、やがて前方から車の往来の音がかすかに届き、不安が少しだけ薄らいだ。

その時——照明がすべて消えた。

「なに？　停電？」

漆黒の闇に取り残された佳奈江は、壁に両手をついて立ちすくんだ。夜露か何かでじっとり湿った壁は、いつもなら触るのもためらわれるが、心細さに勝てなかった。

「誰か、誰かいますか！」

動転した佳奈江は、海外にいることも忘れて日本語で叫んだ。あわてて朝鮮語で言い直したものの、応える者はない。その時、さっき入って来た口の方で「가라(行け)！」という声が響いたように思った。

「誰かいるの？」

とっさに問い返したが応えはなく、代わりに暗闇の中をこちらに駆けてくる足音と、ハッハッという荒い息づかいが聞こえた。ぐんぐん迫ってくる。何てこと——恐怖のあまりその場にへたりこみそうになった。人間ではない。この暗闇で最も出会いたくない相手。犬——それも大型犬だ。処刑の瞬間を待つ罪人の気分だった。

佳奈江の前で静止した犬は、低く敵意に満ちた唸り声を上げるや、まっしぐらに飛びかかってきた。身構える間さえなく、ストッキングの生地越しに左の膝上に鋭い牙が突き立った。鋼鉄の歯車に巻き込まれたような途方もない痛み。逃れて出口に踏み出そうとしたが、左脚を犬に満身の力で引っ張られ、体勢を崩してトンネルの地面に倒れてしまった。側溝を流れているらしい得体の知れない液体から悪臭が立ち上る。

無慈悲な獣は佳奈江の左脚から顎を離し、太い前足で胸を踏みつけた。凶暴な唸り声と獣臭い口臭が顔の間近に迫っているのに、姿はまったく見えない。犬はこんな暗闇で目が利き、人を襲ったりできるのだろうか。

犬はしばらくそのまま獲物の様子を窺っていた。吠えはしない。獲物をより苦しませる方法を思案しているような、勝ち誇った冷静さだった。結局獣が選んだのは、すでに深く傷ついた左脚の傷口からさらに肉片を囓り、血をすることだった。佳奈江は激痛と恐怖に悲鳴を上げた。

――このままじゃ食い殺されてしまう。異郷の暗いトンネルの中で、泥と恥辱にまみれて。日本と隣り合う歴とした先進国の大都市で、こんなことがあるはずがない。あっていいはずがない。

「誰か助けて！　明かりを点けて！」

猛犬は顔のすぐそばに鼻面を寄せ、今度はここに食いついてやろうか、というように、柔らかい首筋を血に汚れた舌でベロリと舐めた。喉からヒッと嗚咽がもれる。下半身を濡らした生温かい液体は、脚から流れる血か、それとも恐怖のあまり失禁したのだろうか。もう気を失ってしまいたい――この恐怖から無意識へと逃げ込み、ひと思いに楽になりたいとさえ思った。その刹那、獣の両眼が闇の中で鮮やかな緑色に光った。恐怖心が見せた幻だったかもしれない。だが一瞬の光景は、佳奈江の脳裏に焼き付けられた。

その時、一斉に照明が点った。先ほどはトンネルに入るのをためらったほど薄暗かった光が、今はまばゆく、温かみさえ帯びているように見えた。佳奈江を襲っていたのは軍用犬のようなスマートな黒い犬で、さっと身を翻し、もと来た入口へと駆け去っていった。

「助けてください！　ひどいケガをしたんです」

朝鮮語で叫ぶと、それに応えて小走りの靴音が反響しながら近づいてきた。助かった——片腕をついて上体を起こそうとしたとたん、左脚に激痛が走った。

「どうしたんですか。大変なケガだ」

四十絡みのスーツ姿の男が、佳奈江の上体を抱き起こしながら訊ねる。

「犬が……猛犬に襲われて」

ようやくそれだけ答えたが、すぐに「痛い！」と日本語で叫んだ。相手が同国人でないと気づいた男は、あまり流暢とは言えない英語で話すことにしたらしく、佳奈江もそれに倣った。アジア人同士ではしばしばこれが最善のコミュニケーション手段だ。

「犬は行っちゃった。もう心配はいらない」

男の声には、ショックで錯乱した佳奈江を安心させようとする優しさがあった。

「通りかかったのが私でよかった。私はこの近くで医院を開いている開業医です」

「ドクター！　リアリー？」

聞き違えかと思った。自分の幸運に声が震えたが、考えてみれば、それは巨大な不運の釣銭みたいなものだ。

「とにかく、急いで止血と消毒をしなければ——失礼しますよ」

男性医師は佳奈江のバッグから替えのストッキングを出して袋を開け、細く引き絞って左脚の根元をきつく縛った。止血のための応急処置だ。そして両腕で抱きかかえ立ち上がらせる。肩を貸してもらえば自分で歩けると伝えたが、左足を地面につくと太股（ふともも）に激痛が走った。相手に抱きつき、右足だけで跳ねるように何とか前身する。ワンピースの裾とストッキングが大きく破れ、傷口から湧き出る血とアンモニア臭にまみれた姿が惨めでたまらなかった。

「こんなときは気にしない、気にしない」

　地下道をもと来た方へしっかりした足取りで進みながら、男は日本語で励ました。トンネルの入口近くに停めた車のリアシートに佳奈江を横たえる時も、血や泥で汚れるのを気にしなかった。すべてをこの医師（ひと）に任せようと決心した。男は古風な革の往診カバンから注射筒（シリンジ）と薬のアンプルを取り出すと、中身を吸い上げて左の太股に注射した。穏やかな笑みを浮かべ、子どもを寝かしつけるように背中を叩く。

「これで痛みもぐんと軽くなりますよ。取りあえず私のクリニックで傷口を消毒したり、応急処置をしてから、大きな病院に運びましょう」

「ありがとうございます。あなたは命の恩人です」佳奈江は泣くような表情で何度も肯いた。

「何も心配いりません。眠くなったら寝てしまいなさい」

　応えようとして、まだ相手の名前も知らないのに気づいたが、それを口に出すよりも早く眠りの淵に引きずり込まれていた。

　麻酔の切れた痛みが引き起こす暴虐で理不尽な夢に追い立てられて目が覚めた。どこかの病室らしい。カーテンは閉まっているが、あたりの騒々しさからすると大部屋の片隅だろう。左脚を固定している布製サポータの下には、大量の包帯が巻かれているらしい。骨を木槌で連打されるような痛みが脳天を突き上げる。

ベージュの患者着と、下着も自分のでないのを穿(は)いている。着替えさせられた光景を想像すると恥じ入るばかりだが、昨夜の状況では仕方がない。犬に噛み裂かれて汚れた衣服はビニール袋に包まれ、サイドテーブルに掛かった紙袋に収まっていた。その中にバッグもあり、パスポートや携帯電話、財布などの無事を確かめる。財布に入っていた航空便のチケットは無駄になってしまったが。

上司に連絡する前にこれまでの経緯(いきさつ)を確かめようとナースコールした。やってきたのは女子高生のような若々しい看護師で、ここが蔚山(ウルサン)市内の市民病院で、自分が丸二日近く意識不明だったと知った。トンネルでの災難は一昨日の出来事なのだ。やがて看護師が連れてきた初老の勤務医と英語交じりで会話し、自分の病状や今後の処置について大まかに把握した。会話の中で医師が発した「광견병(ガングエンビョン)」という単語はわからなかったが、「Rabies」と言い直されて、狂犬病だと理解した。ひとたび発症したら決して助からないことは防衛省で受けた講習で聞いている。そう告げられても、自分に何ができるだろう。耐えがたい苦痛に余分な恐怖を追加されたようで恨めしかった。

しかし東南アジアや南アジアならともかく、国際的な観光都市である慶州で、狂犬病持ちの野犬がうろついているのか。それにあの犬は野犬には見えない。獰猛ではあ

ったが狂ってなどいなかった。落ち着き払って自分をいたぶった冷静沈着な襲撃ぶりは、むしろキツネや兎を狩る、訓練された猟犬のようだった。猟犬なら主人がいる。直前に聞こえた「가라!(行け!)」という声は現実だったのか。それともあの緑色の目と同じ、悪夢から覚める直前に無意識が挿入する偽の記憶に過ぎないのだろうか。

今ここで考えてもわかるはずがない。無事に帰国することだけを考えよう、と気持ちを切り替えた。二日前、怯えきった狩りの獲物だった佳奈江は、有能な防衛省職員としての自分を取り戻しつつあった。直属の上司である防衛政策課長に連絡した。事象としては個人旅行中に猛犬に噛まれただけだから、二人の間で済ますこともできたが、帰国のメドさえ立たない状況なのだから、公的支援に頼るべきだと上司は判断した。その結果、釜山の総領事館から外務省の担当者が駆けつけてきた。

「こんな個人的なトラブルでお手数かけて申し訳ありません」佳奈江は痛みに顔をゆがめながら恐縮した。

「いやいや。邦人保護はわれわれの任務ですから、海外でお困りのときは遠慮なくご利用ください」佳奈江と同年代の外務省職員は明るい笑顔で応じた。「まあ同じ国家公務員として、お気持ちはわかりますがね」

彼は慣れた様子でてきぱきと手を打った。担当医と相談して退院の日取りを決め、チェックアウトを過ぎても戻らない客の扱いに窮していたホテルの支払いを済ませ、荷物を空港に移送する手はずまで整えてくれた。それら一切に感謝していた佳奈江だが、自分を救ってくれた男性医師に連絡を取りたいという希望に反応がないのには失望した。

「相楽さんが、相手に直接謝意を伝えたいってことですよね」外交官は言った。「それはちょっと領事館の職掌外かもしれないなあ」

担当医の反応も同じだった。その後わかったことだが、意外にもこの病院の職員は、誰一人あの男性医師と顔を合わせていなかった。佳奈江は厄災に遭った翌日、つまり昨日の正午近くに救急車で搬送されて来たという。救急隊員の名前も記録していなかった。ただ無残な傷を負った左股の治療はていねいになされており、救急搬送の際に添えられていた何枚ものX線写真でも骨折の治療は適切にされていたので、ここでは新たにX線やCTを撮影していなかった。左脚全体がグロテスクに腫れ上がり、鎮痛剤を打ち続けないと痛みに耐えられなかったが、皮膚の表面は左膝の外側に二十センチほどの長さで真っ直ぐ縫合されていた。

「腕のいい外科医ですね。獣の嚙み傷は乱雑な痕が残り易いんですが、これなら醜い傷は残りませんよ」老担当医は相好を崩した。

「ありがとうございます。でもその方の名前もわからないんですよね」

「なにしろ私は会ってないからねえ」

「ひょっとして、気になる男性だったんですか?」外交官がひどく軽薄なことを言った。

佳奈江は呆れて言葉もなかった。一言礼をしたいのは当然だし、最初に治療した医師の名前さえ判らないのは医療機関として問題だとも思うが、こうして救われた自分が、どうしても連絡先を突き止めろと言い張る権利はないかもしれない。外交官の軽口にも、これ以上の面倒はごめんですよ、という底意が透けて見えた。

結局、相楽佳奈江は一週間足らずをこの市民病院で送り、一月の最終日曜日に蔚山空港発の統一航空便で帰国した。

四月になって、美姫からLINEのメッセージが届いた。

「今年も、さくらマラソンに参加しました。無事に十キロ完走したよ!」

走行中に撮った沿道の風景と、完走後の自撮りが添えられていた。いまや国際イベントと言えるこの大会の時期には、半島の小京都と呼ばれる街並が二十万本もの桜で彩られる。トンネルで猛犬に襲われた災難のことはまだ美姫に伝えていない。余計な心配をかけたくないし、近道を奨めた相手のせいだというニュアンスが混じれば、友情にヒビが入りかねないからだ。

それに左股の痛みは日増しに薄れ、足を引きずることも少なくなった。二十センチ近くある真っ直ぐな傷痕を保護するために、幅の広い絆創膏を貼っているけれど、ストッキングと同系色で目立たない。

だが、怪我から順調に回復する一方で、佳奈江は心身の不調に悩まされるようになった。残業続きでもないのに、昼過ぎに耐えがたい眠気に襲われたり、以前は絶えてなかった物忘れがしばしば起こる。慣れた業務だから、いまのところ大きなミスには発展していないが、この調子では今にそうなると思うと不安でたまらない。

今週もそうだった。書類ケースを抱えて廊下を歩いているとき、ふと、自分がこれからやるべき仕事が思い出せなくなったのだ。防衛省庁舎の、ほとんど足を踏み入れたことのないフロアだった。ヒントを求めてケースの表を見ると、上司の字で「→瀬尾総括官 至急」と書かれた付箋が貼られていた。これを相手に届ければいいらしいとは気づいたが、忘れていたことを思い出した感覚はなかった。本来なら部署に戻って上司に確認するべきだろうが、奇異の目で見られると思うと勇気も出ない。ペーパーレス化や脱ハンコ化が進んだ現在、紙に印刷し、人手で届ける書類は重要なものに限られる。バインダー型の書類ケースにもダイアル式南京錠がつけられており、記憶を取り戻すために中身を見たりはできなかった。

結局、佳奈江は付近にいた職員に場所を聞いて、瀬尾という総括官の部屋に書類ケースを届けた。未決箱から溢れんばかりの書類に目を通していた相手は、「ご苦労さん。そこに置いといて」と大きな机の隅を指さし、ついでに目を上げて佳奈江を見た。視線が顔からしだいに下がり、左股の傷がある辺りで止まった。「もう、怪我は治ったの？ 災難だったね」

どういうこと？ ——佳奈江は服の下まで見透かされてたような居心地の悪さを味

わった。この中年の総括官と会ったことはないはずだ。それとも、これも自分の信頼できない記憶力のせいなのだろうか。

「お気遣いありがとうございます。もう普通に歩けますし、痛みもありません」かすれた声でその場を取り繕う。「でも、よくご存じですのね」

「ああ、べつに佐久間君の口が軽いわけじゃないよ」瀬尾は佳奈江の上司の名前を挙げた。「省内のことは森羅万象、知ってなきゃならないのが僕の仕事でね」

不躾な視線から逃げるようにその部屋を出た。幸い用向きは合っていたらしく、部署に戻った佳奈江はその日の仕事を支障なくやり終えた。コートのポケットから見覚えのないUSBメモリを見つけたのは、高円寺のマンションに帰ってからだった。

「怪我をした後、眠くなる人は多いみたいだよ」

悩みが高じて相談した庁舎の医務室で、初老の女性医師が言った。「怪我から回復するってすごい体力の消耗だからね。神様が『ちょっと休んでいなさい』と言ってくれたと思えばいい」

「でも、眠気や物忘れが高じて仕事で失敗しないかと不安なんですけど」

「傷そのものが痛まないようなら、後遺症でもないな。気にしないで普通に過ごしていれば、自然によくなっていくよ。なんだったら、私から上司に口添えしてあげようか」

「結構です。自分で言いますから」

佳奈江はあわてて断った。変なレッテルを貼られたらかえって仕事がしにくくなるだけだ。患者への守秘義務がいい加減なのが職場の医務室の欠点だ。

眠気はコーヒーやエナジードリンクでごまかしたが、その後もたびたびそれは起こった。そのころにはもう、医務室で話したような物忘れなどではなく、意識だか記憶の欠落だとも自覚していた。運転中に意識が飛んで事故になったニュースを時々聞くが、自分にもそんな疾患があるのだろうか。失神したりその場に倒れ込んだりはしていないから、少し違う気もする。奇妙な「病気」と二人三脚の生活が続いた。バイブルサイズの手帳に、日々の出来事を書き留める習慣がついた。

翌週、同僚の間で、若い男性職員が失踪したという噂が広まった。防衛省は一万人もの職員を有する最大の中央官庁であり、佳奈江が所属する情報本部にもその四分の一がいるのだから、離れた部署の顔触れなど知りようもないし、公式な発表もない以上、単なる無断欠勤かもしれなかった。激務の中で心身に不調を来す職員は少なくないのだ。だが、ふと気になったのは、その噂を耳にしたとき、自分はそのことを知っている気がしたからだ。発見したまま放っておいたUSBメモリの内容を確認したのは、その夜だった。

第1章　警察庁の妖怪(ヨーダ)

柏市にある警察庁科学警察研究所、通称「科警研」の事務棟と研究棟をつなぐ渡り廊下で、逆神崇(さかがみたかし)が上司の岩倉(いわくら)法科学第四部長に呼び止められたのは、週明けの朝礼直後のことだ。

「実は木戸(きど)副長官が来所されている。君らの研究に興味をお持ちだそうだから、現在取り組んでいるプロジェクトをブリーフィングしてくれないかな」十一時という時刻と、会議室の場所を告げられた。

「どの程度の資料が要りますか」

「基本的には口頭でいい。しかしいつまでに一旦の締めくくりをつけられるか、答えられるようにしておいてくれ」

一旦の締めくくりとはどういう意味だろう。とんでもない端仕事(はした)が降ってきそうなきな臭さがする。直近の年次研究発表会でポスターセッション向けに作成した資料にその後の進捗を補うことにし、浮いた時間で対策を練ろうかと思ったが、それ以上の情報がないのでは無理だと悟った。最小限の情報しか下ろさず、ときに必要な情報さえ握り込んでしまうのは、部下になって三年目になるこの上司の悪癖だ。まあいい、実際に会って話せば判ることだと思い直し、勢いよく自分の巣である情報科学第四研究室に飛び込んだ。

「あれ室長、今日はまだスッピンなんですね。いつもならとっくにダイブインしているのに」

　実験機材を満載したカートロイドを、親アヒルのように先導していた物原瞳（ものはらひとみ）が、逆神席の背もたれに取り付けられた《半球（セミスフェア）》に手を添えた。その名よりは全球に近く、被ると視界の大部分をカバーするVR（仮想現実感）用ヘッドセットだ。これとデータグローブさえあれば、一昔前のキーボード、マウス、ディスプレイというPC環境は一切不要で、深い没入感を伴うインタラクションができる。「スッピン」とはもちろん化粧の話ではなく、まだ《半球》を被っていないことを指す逆神研のスラングだ。

「ちょっと岩倉卿に呼び止められてね」

よく言えば慎重、悪く言えば小心で秘密主義の上司には、稀代の陰謀家と呼ばれた維新の元勲と通じる点が確かにある。「なあ、きょう木戸副長官が来所しているって話、以前から聞いていたか」

　瞳は背後でかすかなモーター音を立てているカートロイドに、自席に行っていろと指示し、お辞儀をするように身を屈めた。小柄な瞳がそうすると、腰かけた逆神の耳元に顔が並ぶ。

「女子会ホットラインによれば、昨日から所内でお姿を見かけるとか」

「そんな話、朝礼ではしてなかったぞ」

「『ヨーダ』の異名を取るだけに、神出鬼没、お忍びで来とるんやないですかね」

　室長席を囲むパーティションの縁に大きな両手がかかり、長身の井伏室長補佐がヌッとのぞき込んできた。

「わ、びっくりした。壁に耳ありですね」

「ここはわての席なんやから、盗み聞きみたいに言わんといて」

　井伏は間延びした声で言う。逆神はこの恐竜のような頭蓋骨に、ホモサピエンスの脳が収まっているのが時々不思議になる。しかもそこには、量子コンピューティングや生成ＡＩに関する精緻な知識が納まっているのだからなおさらだ。

「『ヨーダ』じゃなんだから名前で呼びますけどね——木戸さんはこの八年、四代もの警察庁長官の下で副長官を務められましたが、具体的な役柄は誰もが知る通りです」

「知る通り、とは？」

「つまり、何もわからへんってこと」

　瞳は笑いをこらえながら、井伏を上目づかいににらむ。逆神研の会話には、笑い上戸の瞳を皆で笑わせようとするようなところがある。

「長期に亘りナンバーツーの座にいはるから、どの長官より警察の内部事情に通じてはって、誰も木戸さんの縄張りに手え出せへん。そのくせご本人にはトップへの野心もないし、『影の長官』として警察庁を牛耳っとる様子もない。そもそもあれだけ頂点に近い人で、あれだけ表に出んお人も珍しい。長官官房にいる知り合いに聞いたんやけど、警察の機構図に正式な『副長官』ポストはないんやそうです。室長は直接お会いになったことありまっか？」

「四年前の大阪万博の後、例のテロ事件の後で一度だけ呼び出されて話をした。あの時は小森田も一緒だった。てっきり警備失敗のお叱りかと思っていたんだが、何だか抽象度の高い、浮世離れした内容だったな。その後は会う名目もなくて、遠くから二、三度ご尊顔を拝見しただけだ。そう言う井伏こそ、どうしてそんなに木戸さんに詳しい」

「昨年警察庁と警視庁の全人事情報を対象に、ヒューマンリレーション解析の実験をやったやないですか。『職務上知リ得タ秘密』ってやつですねん」

「ああ、会ったこともない部署の連中がつぎつぎに問い合わせてきた、あれか」

「あの時は往生しましたなあ。生の個人情報を利用したり、人事考課に影響するようなことは決してしませんから、と何遍念押ししても、次から次へと探りをいれてくるんやから」

「自分の情報は隠し、他人の情報は探り出して、あわよくば優位に立とうというのは、官僚の本能だからな。その調査からやっぱり個人情報を掘り起こしている詮索好きもいるから無理もないが」

「詮索のための詮索とちゃいまっせ。組織内コミュニケーションの最適化に貢献しとるんです」

「ものは言いようだな。まあ木戸副長官とは昼前に会うんだから、それからまた聞かせてもらうよ」

約束の十一時までに少しは他の仕事も片付けようと、逆神は《半球》の把手を握りダイブインの用意をした。

「もう一つ、秘中の秘がありまんねん」

草食恐竜がめぼしい草でも探しているように、長い首と顔で逆神のブースをのぞき込む。「昨年の解析結果をグラフ化してわかったんやけど、木戸さんは警察内コミュニケーションの中核（ハブ）ですねん。限られた相手と情報を交換するだけで組織に最大限の影響を及ぼしてはる。しかも就任以来の八年間で二つも新組織を立ち上げた形跡があります」

「漠然とした話だが、どの組織なんだ」

「具体的にはわからへんのです。庁内でも極秘の組織である証（あかし）やと思います」

「どうやってそんな極秘組織の発足を検知できる？」

井伏は声を落とした。

「人の流れですねん。二度とも二十人から数十人規模の、比較的プロフィールが近い人材が、既存の組織から引き抜かれてどこかへ転出したきり、表の人事情報から消失しとるんです。ちなみに一つは武力行使に適した実働部隊、二つ目のは多分……ヒューミント関連かと」

「公安警察とは別にか？」

「その連中が、公安に合流した形跡がないんですわ」

ヒューミント（Humint）とは人間を介した諜報、つまりスパイ活動のことだ。諜報活動が手薄で、世界から「スパイ天国」と呆れられてきた日本だが、国際的なテロ事件が頻発した二〇二〇年代に入ってようやく変化が兆した。実働部隊の方は、その動きにつながるテロ対策ユニット（Counter Terrorist Unit）と考えれば理解できる。

だが新たな諜報組織とはなんだろう。通称「公安警察」と呼ばれる警視庁公安部や全国の警察本部警備部、その担当官庁である警察庁警備部公安課がすでにあり、千人を超える人員が諜報活動をしているし、法務省には公安調査庁があって、破壊活動に関与しそうな団体を監視し、破壊活動防止法の適用を検討している。自衛隊にも「別班」と呼ばれる極秘組織が存在する噂がある。諜報活動は時に非合法な領域に踏み込む必要があるが、各組織の許容限度がどこまでかはわからない。素人目には十分に見えるだろうが、逆に言えばこれらの組織がバラバラに動いていることこそ、わが国の諜報が弱体である証だ。

「岩倉卿の口ぶりだと、木戸副長官は何かしら、われわれに仕事をさせたいようなんだ。今日のもそんな物騒な話だと思うか」

「さあ、そこまでは——でも案外、三つ目の新組織を立ち上げるために、室長に白羽の矢を立てたのかも知れまへんで」

「まさか」逆神は首を振る。「われわれは単なる研究員で、小森田を除けば捜査経験もないし、ましてやテロに立ち向かえるわけがない。『ヨーダ』と言えば『ジェダイの騎士』たちを率いる賢者なんだから、職員の適性くらい見抜いているだろうよ。後は昼休みにでも聞かせてくれ」


逆神は《半球》ですっぽり頭を覆い、レースカーのシートを模したゲーミングチェアにゆったり背中をもたせかけた。いかに現代——二〇二九年の警察でもこれは標準設備ではない。仮想環境で長時間仕事をするメンバーのために、適当な理由をこじつけて予算を確保したのだ。いま操作しているシステムはＶＪ(バーチャルジャパン)といい、逆神研が現在取り組んでいるプロジェクトのまさに中核である。

巨大なピンポン球のようなマットホワイトの内側面に、都内のある交差点を通過中の車内が浮かび上がった。投影されているのではなく、こういう形状のディスプレイなのだ。逆神は瞬時に、深紅のアルファロメオに乗った運転者の視点に立つ。正面に立ちはだかる赤信号が高速で背後に流れ去り、暴走車に気づいて横断歩道上を逃げ惑う歩行者たちがクローズアップされた。自転車の前に女児を座らせた若い母親は、子どもに何か話しかけていて気づかない。母親は二十九歳、女児は三歳と二か月になったばかり――くりかえし見た映像だが、無駄だと知りつつ「逃げろ！」と声をかけたくなる。犯人は何かを叫んでいるようで、唇は「イアー」とか「キアー」と動くが、音声は記録できないので意味は不明だ。

正視に耐えない数秒間が続く。車は自転車を直撃して横断歩道を斜めに突っ切る。驚きに歪んだ母親の顔がフロントガラスに激しく叩きつけられ、脳漿(のうしょう)混じりの血痕を残して消え去る。飴のように歪んだ自転車のチャイルドシートに女児の姿はない。六メートル先の路面に飛ばされてトラックに轢(ひ)かれたからだ。車はさらに左側の歩道で立ちすくむ小学生の一団にスローモーションで突っ込んでゆく。自転車を引きずっているせいで画面が細かく上下に振れる。交差点の３Ｄ防犯カメラから再構成された映像なのに、背に振動や衝撃が伝わってくるようだ。「君ら、危ない！」

小学生らをはねた車は交差点に面した飲食店の入口に激突し、ようやく停止した。四人が死亡し、飲食店で会計中の夫を歩道で待っていた七十一歳の女性も巻き込まれた。動かない妻のかたわらにへたり込む夫の姿まで、ＶＪの立体カメラは鮮明に捉えていた。すぐにオレンジ色の砂嵐が画面を覆い尽くす。車が炎上したのだ。フロントガラスに頭を強打した上に全身火傷(やけど)を負った加害者は、意識不明の重態のまま救急搬送されたが、二時間後に死亡した。

再生を止めて《半球》を脱ぎ、指で眉間の凝りをほぐす。まるで自分が事故の当事者になったような、いたたまれない焦燥感は毎度のことだが、それでもこの対象者について考える時、逆神はこの映像を最初に見る。これが市民の目に触れることはない。いかに凄惨な交通事故だろうと、捜査は生活安全部交通課の領分で科警研の仕事ではなく、それ自体は二か月前に終わっていた。ではなぜ逆神がこの事故、というより対象者を調べているのかと言えば、情科四研の今年度の研究テーマ「交通防犯カメラ映像のマクロスケール解析に基づく特異行動パターン抽出」の典型事例だからである。逆神はこの事故ではなく、対象者の行動を追っているのだ。

　対象者の名は篠田一輝、三十一歳。職業不詳。前科はないが東アジアや東南アジアに数度の渡航歴があり、死後の検査で覚醒剤反応が出たことから、警視庁の組織犯罪対策部が捜査に乗り出したが、交友関係がほとんどなく、被疑者も死亡していることから手詰まりになった。薬物の分析には科警研も協力したが、既知の密売ルートとの接点も出なかった。無職同然の身の上で覚醒剤を買い、高級車を乗り回す金をどうやって工面したかは不明だが、急増する麻薬犯罪に追いまくられる現場に、それを精査する余裕はなかった。

　もし人間に指紋やDNAがなく、街頭に防犯カメラがなかったら、犯罪捜査はどれほど困難か、とは警察でささやかれている冗談混じりの本音である。江戸時代の奉行所や平安時代の検非違使に先祖返りするようなものだ。だが指紋やDNAという「自分印」の圧倒的な証拠能力にくらべ、防犯カメラ映像は長い間揺籃期に留まっていた。なるほど台数の伸びだけは著しい。犯罪多発地帯にビデオカメラを設置して証拠を記録する着想は昭和の昔からあり、大阪の西成区あいりん地区や浅草の山谷地区などの「ドヤ街」と呼ばれていた地域が皮切りだ。新宿歌舞伎町に防犯カメラ五十台が設置されたのが今世紀の初め。それがその後の二十年間で数百万台に増えたのだから驚くほかないが、大多数は民間が設置したカメラで、警察が「防犯カメラ」と呼んで管理しているのはごく一部にすぎない。国交省が管轄する駅構内カメラにさえ及ばない。歌舞伎町や六本木など、繁華街に設置された防犯カメラの映像は、所轄署とともに桜田門の警視庁本部にも送信され、常時録画されているからまだしも、民間が設置した数百万台は初期にはビデオテープ、後にはＳＤカードに録画するスタンドアローンの装置で、一定時間が経過すれば録画は上書きされてしまう。事件発生後すぐ、捜査員が必要書類を手に設置場所を一軒ずつ訪問して協力を取りつけ、足で映像を集めるしかなかったのだ。

そんな前近代的なシステムが劇的に進化したのは、令和に入ってからだ。きっかけは「５Ｇ／６Ｇ」と呼ばれる新世代移動体通信システムの普及だった。４Ｇから５Ｇ、６Ｇへ移動体通信システムが高速・広帯域になるにつれ、一つの基地局あたりのカバーエリアは逆に狭くなり、ますます多数の基地局が必要になる。そのコストは軽く「兆」の桁に達し、通信事業者の経営を圧迫した。その上、都市部では既設の基地局が過密状態で、新たな設置場所を見つけることさえ困難になっていた。

そこに救いの手を差し伸べたのが警察だった。全国二十万台以上の交通信号機に5G基地局を併設したらどうか、と提案したのだ。これは二〇一九年に閣議決定された通称「IT戦略」、正式名を「世界最先端デジタル国家創造宣言・官民データ活用推進基本計画」という長ったらしい名前の方針に盛り込まれた。信号機が設置される交差点は、人口に比例して都市部に多く、地方に少ない。災害対策も考えられており、安定した電源と、都市部ではネットワーク回線も敷設されていることから、携帯基地局の設置には打ってつけなのである。通信事業各社にとっては願ってもない申し出だから、諸手を挙げて歓迎されたが、政府や、道路の交通管理者として信号機の電気代まで払っている警察は、別に携帯会社を喜ばせるために話を持ちかけたわけではない。自分たちにも有り余るメリットがあるのだ。LED化で空いた信号機内の空間を通信事業者にレンタルすることで信号機の維持費を軽減できるし、次世代ネットワークを介して自動運転車(SDV)(Self-Driving Vehicle)に情報を送れれば、交通インフラを一挙に高度化できる。これほどウィン-ウィンな話も珍しい。

そして警察にはもう一つ、信号機への次世代型3D防犯カメラ搭載という密かな計画があった。超高速ネットワークで結ばれた全国二十万か所、数十万台の防犯カメラは、もはや日本全土に遍在する微少な「複眼」であり、犯罪捜査にはこれ以上ない威力を発揮する。逆に言えば、際限なき監視社会への道を開くことにもつながる。いわゆる「ドヤ街」にカメラが設置された昭和末期から、憲法十三条が謳うプライバシー権を理由に防犯カメラの違憲性を主張してきた市民団体や日弁連は、今なお反対を表明しているが、ドライブレコーダーまで含めれば数千万台ものカメラがあり、多くの市民が不利益より防犯上の利益を実感している以上、流れに抗えなかった。

科警研への配属当初から、防犯カメラシステムのＡＩ化に携わってきた逆神自身、諸手を挙げて国民生活の監視に賛成してはいない。基本法が存在せず、前世紀の判例と現場の運用基準だけで、いまや別種にまで進化した現代の防犯カメラシステムを律しきれないからだ。目に焼き付いたあの母親や女児の死、小学生達の苦悶の表情――あれはやはり自分が覗き見てはならない光景ではないのか。それでも研究を進めるのは、社会の平穏と国民の命を守る不可欠な手段だと信じればこそだ。

それに、自分たちが研究の手を緩めれば、たちまちＡＩ技術を悪用する連中が台頭してくる。人工知能は、すべての技術がオープンにされ、敵も味方も、警察も犯罪者も一切のハンデなく戦う戦場だ。人間と機械が同じ土俵で争い、民生と軍事の区別も後付けに過ぎない。そして密かに恐れていた事態が、この十年で顕在化しつつある。逆神はそれを「犯罪のシンギュラリティ」と名付け、庁内向けの研究誌などで何度か警告したが、これといった反響もないのは、まだ説得力のある実例が乏しいからだと思っていた。

凄惨な映像に怯んだ気持ちを引き立てて再びダイブインし、データグローブで仮想のホイールを操作して、篠田の映像をつぎつぎに見てゆく。顔と車の画像を検索キーに、VJでヒットした映像は百五十本以上あり、本人が死んだ今も週に一、二本ずつ増え続けている。全国に数十万台ある防犯カメラからの映像はエクサバイト(EB)規模のビッグデータだが、その藁の山から一個人を発見し、時系列のチェーンを再現できるのは、最近急速に進歩した3D顔画像認識技術の成果だ。運転免許センターで撮影される顔写真も、数年前から密かに3D化されており、従来の写真より照合が容易になった。交差点での事故映像は単に立体的に見えるばかりではない。四つの信号機に内蔵された3Dカメラの記録から、交差点内の角柱形の空間——開発者の西田宙(にしだそら)主任の言い方では「結界」——の内側なら、逆神が運転席に乗り込んだように、視点を変えてさまざまな位置や角度から事故を再現できる。試作段階では穴だらけの、表皮しかない人形が歩き回っているように見え、悪夢に迷い込んだ感覚だったが、最新版では前後のフレームから形状やテクスチュアを得て綻(ほころ)びを補完したので、圧倒的に空間描写がリアルになった。

　十秒から数分ほどの3D動画を先週末から見ているが、まだ六十本近く残っている。救いは、さっきルーチンとして見直した映像以外では、人の死を見ずに済むことだ。運転中の映像が多いが、交差点や交番前を歩行中のものもある。顔認識や歩容解析、そして大規模動画マッチングにより、個人の行動履歴はかなり追跡可能になっている。逆神は表情や動作の細部に注意を集中しながら、さまざまな場面を見てゆく。

なぜこの単調な作業を物原瞳か新人の須田(すだ)マクシミリアンに任せてしまわないのかといえば、この男の行動につきまとうある感じを言語化したいのだ。それは覚醒剤中毒者に特有の挙動不審とか、情緒不安定といった言葉で片付けられる違和感ではない。より深い不気味さ、異質さを感じさせる何かだ。それを探り当てて言語表現を与え、さらに数値化できれば、VJの深層学習(ディープラーニング)ネットワークは、同様の、悲惨な事故につながりかねない異常行動を捜し出せるはずだ。だが捜し出してどうするのか。まだ加害者にもなっていない一般市民を犯罪者扱いするつもりか——弁護士やマスコミはそう言うだろう。だからこそこの違和感をうまく表現できる言葉を見つけなくてはならない。それまでは研究を外部に出せないし、上司の岩倉にさえ詳細を伝えていない。実作業を部下に任せるとしたらその後だし、まして「一旦の締めくくり」なんてつけられるはずもない。

映像分析に集中しているうちに二時間は過ぎた。逆神は学習エージェントにこの事例(ケース)をマークして示唆を与え、初めて篠田以外の事例を探索させることにした。言葉で表現すれば《態度の豹変(サドゥンチェンジ)》とか《急激なストレス緩和》ということになるが、拙速なラベル付けは予断を招きかねないので止めた。

約束の時刻に、逆神は事務棟の上層階に並ぶ会議室を訪れた。岩倉法科学第四部長と並んで「警察のヨーダ」こと木戸亮一郎(りょういちろう)副長官の姿があった。警察の制服ではなく、とっくり首のモスグリーンのシャツに砂漠を連想させる砂色のジャケットをまとい、成功したＩＴ企業の総帥のようだ。うっすらと縮緬皺のよった容貌は端整で、妖怪に喩えられるような魁偉さはない。井伏がこのあだ名をつけたのは賢者めいた発言や底知れぬ内心を指してのことだ。年齢までは知らないが、四年前に一度会った時とまったく変わっていないように見える。

警察幹部は、年齢ばかりか入庁以来の経歴まで互いに知り尽くしているものだが、この人はそうした詮索から無縁らしい。そもそも井伏が言ったように、八年前に木戸が就任するまで、警察庁に副長官はいなかった。外部から招聘されたのかもしれないし、政府筋——たとえば内閣調査室から送り込まれた線もあり得る。以前の経歴も一切不明だ。

「逆神君、久しぶりだな。岩倉部長から噂は聞いている。君が出したテクニカルレポートもすべて読んでいるよ」副長官は穏やかな声でささやくように話した。

岩倉から聞いた噂など、どうせろくでもないものだろう。研究の最終目標をこの上司と十分共有していない自分にも非はあるが、それは旧弊な常識や官僚としてのバランス感覚から、研究が曲解されるのを恐れてのことだ。不遜なようだが、逆神は、もし自分たちの研究が潰されれば警察捜査の未来はなく、この国の治安状況は悪化の一途をたどると確信していた。この謎めいた高官がその真実を見抜き、自分たちとその危機感を共有してくれるなら、無理解が高じてアンチＡＩ派になりつつある上司への啓蒙も兼ねて、ここで自説を開陳するのも悪くないと思った。

「最近の論文で、君は人工知能(AI)という研究領域が、サイバー領域と並んで犯罪の格好の温床になり得ると警告しているね」

「はい。AI――特に深層学習(ディープラーニング)技術が、犯罪計画や実行を支援できるのは確かです。サイバー犯罪とも親和性があります。増加するサイバー犯罪については、警視庁や各県警に『サイバー犯罪対策室』がありますし、自衛隊にも統幕指揮通信システム部隷(れい)下(か)に『サイバー防衛隊』があります。つまり自衛隊は防衛すべき対象領域を、従来の陸・海・空に加え、宇宙・サイバー・電磁波という六分類で把握したわけです」

「自衛隊の話はいま関係ないだろ」

岩倉部長が口を挟む。小心者ならではの縄張り意識が働いたらしい。雲の上の人物と跳ねっ返りの部下に挟まれ、さぞ居心地が悪いだろう。

「AIをサイバーと同様の個別の『防衛領域』と考えたり、ましてサイバー領域と混同してはならないことをご説明するために、自衛隊を例に取ったのです」

つまりあんたを啓蒙しようとしてるんだよ、と心中で毒づく。「宇宙はともかく『サイバー』とか『電磁波』という区分け自体が論理的でありません。他の領域と密接に関連し、直交もするからです。ですが実務上は、サイバー専門部隊を設置して人員を養成することは、自衛隊でも警察でも有効な施策です。ですがAIについて、同様の安易な発想で組織を新設しても、うまく機能しないでしょう」

「おいっ」何を言い出すんだとばかりに岩倉が腰を浮かす。

木戸副長官は気を悪くした様子もなく、この部屋に逆神と自分しかいないかのように岩倉を無視している。

「そんな組織を作っても、おれは絶対に行かない、と顔に書いてあるぞ」

木戸は落葉がこすれ合うような声で笑う。どうやら井伏の予想は当たったようだ。どうせ最終決定には逆らえないものの、過剰な期待は潰しておかないと、誰もが失望する結末が待っているだろう。

「副長官は密かに新組織を立ち上げるのがお好きだと聞いたものですから」

木戸の片眉がぴくりと動いた。「その密かな話をどこから聞いたのかね」

「部下の一人からです」

「井伏君だろ」すかさず岩倉部長が口を出す。「あれほど分析用に収集した人事情報を悪用しないと誓っておきながら――」

「そのことなら今はいい」副長官は片手で岩倉の発言を制した。「確かに私はこの国の警察庁に奉職してからの八年間で、二つの組織を立ち上げた。どちらも極秘扱いで、警察内部でも知る者は一握りだ。それらがどうなったか聞きたいかね」

「別に聞きたくありませんが、副長官はお話しになりたいのでしょう」

逆神は相手の薄い灰色の目を直視した。穏やかな微笑を浮かべている。無表情とは小さな表情のこわばりで、微笑こそ真の無表情だというのは本当かもしれない。

「就任後すぐ作った組織はまだ存在する。いずれ君らとも仕事をしてもらうかもしれない。だが、もう一方は短期間しか保たなかった。私はショックを受けたし、反省もした。今日の相談もそのことと関わりがある」

井伏の推測では、まだ存在するのが実働部隊、もうないのがヒューミントということになる。だが「保たなかった」とはどういう意味か。解散したのか、それとも――「全滅」という言葉を飲み下す。副長官が自分たちに押しつけようとしているのは、ひょっとすると非常に危険な任務ではないのか。

「話を戻すが、なぜ君はAI犯罪に専門部署が有効でないと思うのだ」

「プレイヤーの多様性という面では、AI犯罪はサイバー犯罪に似ています。一匹狼の愉快犯もいれば、暴力団や半グレから進化した新暴力団、さらに中国や旧北朝鮮、ロシアの政府軍のように、数千から万人単位の専門部隊が支えている場合もあります。そしてどのプレイヤーも常に、ターゲットを攻撃しています。マスコミ的な言い方をすれば、サイバー世界はすでに戦争中なのです」

「その中で、わが国のサイバー部隊はかなり善戦していると思うが」

「おっしゃる通りです。ですがそれは、インターネットないしクラウドが、やはり特定の『領域』としての局限性を備えているからです。それに米中ロの専門部隊に及ばずとも、まだ有能な人材を集められる。だから桁違いの少数精鋭であれだけの働きができるのです。ですが、自衛隊のサイバー防衛隊は、日本全体ではなく、防衛省のサーバを侵入や破壊から守るだけで手一杯です」

「うむ、国防の鍵となる情報を扱うだけに、敵も精鋭を投入しているからな」

「ええ、しかしＡＩとサイバーの類似はここまでです。ＡＩは既存犯罪の全ジャンルに関係し、それらを革新できるので、領域を限定できません。警察の部署で言えば、刑事部、警備部、組織犯罪対策部、生活安全部、そして特に懸念されるのは公安部です。サイバー犯罪の高度化に利用される場合もありますが、窃盗、詐欺、殺人、強盗、ゲリラ戦などどんな犯罪や戦争もＡＩ的視点から『再定義』できますし、それに使う道具（ツール）に組み込むこともできる。逆に言えばＡＩは単独では何もできず、他の領域と組み合わせて『ＡＩ＋α』の形で威力を発揮するということです」

「あ、それもＡＩ、これもＡＩですよってか。顧客開拓中の法律事務所じゃあるまいし」

　岩倉部長が独り言のように言う。「それにわれわれ警察は、民事非介入と同じく軍事にも非介入の原則を堅持しなければ。副長官は多少別の見解をお持ちのようですがね」

　このお公家さんじみた性格が、この上司の一番嫌いなところだ。意見があるなら正面から言うがいい。

「岩倉部長、まだおわかりになりませんか」逆神は木戸の後押しを頼んで強く出ることにした。「ＡＩはかつてのインターネットやＧＰＳのように、軍事用に開発された基礎技術です。この領域では民生と軍事に一切の垣根がありませんし、ホットな研究コミュニティの重心はまだ軍事領域にあります。そしてこれが専門部署が機能しないと主張する第二の根拠でもあります」

　ムッとした表情の岩倉を無視し、逆神は木戸の表情を窺う。

「言ってみたまえ」

「この国ではＡＩの研究コミュニティが崩壊しつつあり、優秀な人材が集まりません。米中、さらにイスラエルや台湾、インドにさえ周回遅れの技術レベルになってしまった。理由はおわかりでしょうか」

「研究者の頭脳流出だろう」

「その通りです。私の院生時代には、修士課程の卒業生を狙って、ＧＡＦＡ（Google、Apple、Facebook、Amazon）やＢＡＴＨ（Baidu、Alibaba、Tencent、Huawei）といった中国企業の採用担当者がキャンパスに日参し、初年度の年収千六百万円とか二千万円とかいう破格の条件で優秀な卒業生を掠っていったものです。ゼミの教授は『人買い』とか『ハーメルンの笛吹き男』と揶揄していましたが、首に縄をつけて引き留めもできないし、指を加えて見ているしかなかった。国内の企業からも競争力のあるオファーがなかった。事情を知らない外野連中は、勧誘に応じた卒業生たちを、金に目がくらんだとか、国を売ったかのように中傷しましたが、的外れです。彼らはこの国に身を投ずるべき魅力的な研究テーマやプロジェクトを見いだせず、つまりＡ

Iを取り巻く停滞した空気に絶望して、海外に活路を求めたのです」

「日本の高等教育政策が場当たり的なのは知っているが、これもその余波なのか」

木戸はすでに解答を持っているようだったが、逆神はもう一人の聞き手にもわかるように、かみ砕いて説明する。

「原因は複合的です。AIだけでなく、理系分野の基礎研究コミュニティの層が薄く人材・予算・時間のリソースも不足しています。文部科学省が『選択と集中』と称して一部の大学に予算を重点配分したため、地方や中堅以下の大学では、競争的予算の獲得に追われ、腰を据えた研究などできなくなってしまった。特に貧乏くじを引かされたのは、九〇年代の『大学院重点化施策』で定員が倍増した博士課程の卒業生です。その多くは大学のポストに就けず、日本企業に蔓延している博士敬遠の風潮にも阻まれて、社会に行き場を失ってしまった。これでは学生たちも安心して博士課程に進めません。先輩たちが地雷原に踏み込んで爆死しているのに、後輩が後に続くわけがないじゃありませんか」

「なるほど。元凶は政府の失策か」

「主犯はそうです。しかしAI、原子核物理や宇宙開発分野の衰退がさらに深刻なのは、他にも共犯あるいは共同正犯がいるからです。日本学術会議は二〇一七年に、大学の研究者が国防や安全保障研究に携わるのを事実上禁ずる声明を出しました。これで日本のAI研究は決定的に世界から脱落してしまった。学界はムラ社会ですから、若い研究者は干されることを恐れてこのタブーを犯せません。海外にはもちろんそんな縛りはなく、そもそも多くのAI技術――画像解析、深層学習（ディープラーニング）、ロボット、自動運転などは、米国が軍事目的で生み出し、発展させたものです。東大の院生を『人買い』に来たGAFAの原資は米国の軍事予算なのです。これでは日本はAI分野で試合放棄したも同然でしょう」

「科学技術の『平和利用』という高邁な理想を掲げるのは悪いことではない。だが同時に、そんな倫理を無視してかかる勢力にどう対抗するかを考えなければならない」

木戸は眉間にしわを寄せ、記憶の底を探るように目を細めた。「君は私と似たような危機感を持っているらしい。あれは何年前になるのか――私と戦争、技術、倫理の矛盾した関係について議論したのを覚えているか」

「もちろんです。大阪万博のテロ事件が一段落した四年前の夏でしたね。警備計画の策定を担当した小森田が一緒でした」

「何だ、君は木戸副長官と面識があったのか。そんなこと、私には一言も……」

岩倉部長が心外そうに言いかけたが、別に隠していたわけではない。岩倉が逆神の上司である法科学第三部長に就いたのがその後なので、話題に昇らなかっただけだ。

「確か、副長官はそれら三つの関係を《ゴルディアスの結び目》に喩えられました」

「ああ、思い出した。だがあの時にはまだ、国際的なパワーバランスにまつわる一般論としか考えていなかった。だが当時から私は――君もだろうが――AIがこの難問（アポリア）

の、特に『倫理』面の矛盾を助長しかねないと懸念していた」

「それは解ります。誰かを殺すような攻撃がＡＩの判断でなされたと信じられるなら、人間は良心の呵責（かしゃく）から免れますからね。ＡＩ兵器に関する議論では常に出てくる論点です」

「君は最近の論文でこう書いている――《技術的特異点（シンギュラリティ）》は犯罪や戦争の領域で先駆けて起こるかもしれない。近い将来において、われわれ警察が逮捕しなければならない犯罪者は、人間ではないかもしれないし、法的責任能力を持たないかもしれない」

　木戸の表情が、これは本心かね、と問うている。シンギュラリティとは、カーツワイルという未来学者が提唱した概念で、ＡＩの知能が人間個人や人類全体を追い越してしまう時間軸上の点を指す。それが起こる具体的な時期は学者によってさまざまだが、今世紀中盤のどこか、という点では一致する。重要なのは具体的な時期より、ＡＩの指数関数的な進歩曲線からいって、人類は一度追い越されたら二度と追いつけないということだ。人類の歴史は全く違った段階に突入し、人間社会は人間＝機械社会へと変貌するだろう。

「少し筆の勢いもありますが、私は遠からずその日が来ると考えています。一方で社会の側では、対応策どころかようやく論点整理の段階です。法学者の間ではＡＩに法人格を持たせるべきではないかとか、ＡＩと一体化した人間――つまりサイボーグに主体性や自由意思はあるか、といった議論が始まっていますが、まだ仮の結論さえありません。ＡＩは罰を恐れたりはしませんからね」

そう説明しながらも逆神は、具体的な話が出てこないことに軽いいらだちを覚えていた。岩倉の話を信じるなら、逆神研は現在のプロジェクトを中断して別の任務に投入されることになる。研究プロジェクトは警察の業務であると同時に、世界の研究コミュニティとの熾烈な競争だから、立ち止まることは敗北につながる。研究リーダーとしてその点は確認しておかなければならないと考えた逆神は、探りを入れた。

「話も長くなりましたから、岩倉部長を通じてお訊(たず)ねのあった、当研究室のメインテーマについてご説明してもよろしいでしょうか」

木戸が肯く。年次研究発表会の資料に手を加えた一枚物の資料を二人に配り、ポスターセッションの要領で説明した。

「私たちは昨年度下半期から『交通防犯カメラ映像のマクロスケール解析に基づく特異行動パターン抽出』というテーマに取り組んでおります。そのために利用している深層学習システムが『ＶＪ(バーチャルジャパン)』です。このシステムには、全国二十万か所の信号機に設置された3D防犯カメラの動画像から再構成した道路上の時空間が、数年分まるごと閉じ込められているからです。ご存じのように、警察は防犯カメラ映像をすべて中央のサーバにアップロードして解析しています。顔画像認識や歩容認識の技術により、個人の特定は九十八パーセント以上の精度に達し、個人行動の解析が可能になっています。プライバシー保護への配慮は必要ですが、この研究テーマでは、犯罪防止に役立つ人間の特徴や概念を、ＡＩが自力で概念獲得できるかに挑戦しています」

今朝、研究室で見たばかりの篠田一輝の事故映像をもう一度再生し、そこからＶＪが仮に名付けるなら《態度の豹変(サドゥンチェンジ)》とでも言うような動作概念を獲得できたことを説明した。一度それが認識できれば、学習結果を全国の防犯カメラに転送することで、同様の行動を即座にラベル付けでき、事故や犯罪の未然防止につなげられる可能性がある。

「概略はわかった」木戸は、突き立てた人差し指でこめかみをマッサージしていたが、やおら話頭を転じた。「ＶＪは、防犯カメラの映像を事前に解析し、捜査の対象候補となる不審者を絞り込むための支援システムと考えていいか」

「いいえ。このデモでは映像だけですが、それ以外にも、過去の捜査資料などの文書、傍受した音声、ＧＰＳの位置情報、ネットワーク上のデータや金銭の動きなど、およそ数値化されたデータなら何でも横断的に扱えます。人間の情報処理も同じですが、ひとたびニューラルネットワークに投影されてしまえば、元データの種類は大した意味を持ちません。そうした横断領域で発見された特異パターンは、言葉によるラベル付けがしにくいのですが、実はそれこそが犯罪の予知に役立つと考えています」

岩倉は技術的な議論の筋道を追うのに手一杯で、木戸と逆神の間をテニスの観客さながらに往復している。木戸はようやく、本題を切り出した。

「犯罪が発生する前に予知する、ＶＪの能力を、ある対象で実証してもらいたいのだ」

「さきほど副長官は、『あの時にはまだ一般論と考えていた』という意味のことをおっしゃいました。では現在では、より具体的な状況が存在するのでしょうか」

「まだ霧の向こうに、おぼろげな姿を垣間見ている程度だ」木戸は率直に打ち明けた。「私の杞憂であってほしいと願っているが、最近ますますその兆候を目にすることが増えた。それをVJによって、客観的に分析してもらいたい。警察だけでなく、この国の安全保障の根幹に関わることだ」

木戸の説明は一定の抽象レベルを保ったまま、蝶のように空中を舞った。それでいてある方向に向かっており、逆神はその後をついて歩く。一つだけ、木戸の依頼を受けても現在のプロジェクトは中止されるわけではないと知って安心した。

「二つ質問する。まず、VJで特異パターンとやらを捜す範囲を限定できるだろうか」

「限定とは、どのような？」

「つまり、場所や期間など時空間上の制限、あるいは人物の属性についての制限などだ」

「それは可能です。あいまいな言葉による線引きでなければ」

「次に、一見無関係な複数の事象の隠れた関連性を捜し出せるだろうか。事件性のあるなしに拘わらずだ」

「経験はありませんが、できると思います。それぞれの事象を起点にVJで探索し、領域の共通部分を取ればいいわけですから。ですが、今おっしゃった二つの要求は同時に満たせません」

「なぜだ？」

「隠れたインターセクションは、どの時空間のどの領域で見つかるか予測不可能だからです」

「なるほど、道理だな。そうしたディレンマを避けられるよう、依頼内容を検討しよう」

わずかながら話が具体化した。まだ氷山の一角だろうが。木戸は初めて岩倉に向き直る。

「そのために、情報科学第四研究室を当分借りたい。いや、猫じゃないんだから『借りたい』は失礼か。当分、私の手に委ねてもらいたい」

「研究室ごと、副長官直属にするのですか」

岩倉部長は逆神研の研究や依頼の内容より、組織改編や自分の立ち位置が気になるらしい。いかに重鎮とはいえ、この人についていっても大丈夫かと計算もしているだろう。

「いや、組織図をいじったり、正式な通達が必要なことは一切やりたくない。前の組織が失敗したとき、警察内部で機密を守る困難さを痛感したからな。期間は取りあえず今年度一杯。岩倉君にはその間、逆神研が現在の研究を続けているようにカモフラージュしてもらいたいのだ」

機密という木戸の言葉に、岩倉は逆神の顔を一瞥した。逆神は年度の残りを数えた。長くても九か月の「ご奉公」だ。

「その期間内に、副長官が依頼されるいくつかの案件についてＶＪで調査研究を行い、直接ご報告すればよろしいのですね」逆神は訊ねた。

「そうだ。だが『調査』の枠内に収まるかどうかは、現時点で何とも言えない。複数の捜査機関との共同作業になるだろうから」

メガネのつるを触っていた岩倉部長の指がピクリと動いた。

「お言葉ですが副長官、国家公務員である以上、たとえ違法な職務命令でも従う義務があり、覚悟もあるはずです。ですが彼らは広義の警察官ではあっても、捜査経験のない単なる研究員です。くれぐれも彼らの権限を越えさせないよう、僭越(せんえつ)ながら申し添えます」

何を覚悟しろというのかは知らないが、岩倉の保身センサーもたまには役に立つ。

「もちろん、そうした事態になれば私が立ち上げた《実働部隊(AT)》を動かすから、過度な心配は要らない。今後すべての連絡は直接私にすること。岩倉君にも暗号化された同報が届くようにしてほしい。最初の依頼というより、探索の糸口は送信しておいたから、部署に帰ってメンバーと共有してほしい。あいまいな依頼だと感じるだろうが、いま私が与えられる情報は限られている。むしろその広い空白をＶＪによる探索で埋めていくことが君たちの任務だと考えてくれ」

「判りました」

疑問点は多々あるが、肝心のミッションがわからないうちは、質問しても仕方がないだろう。逆神は一礼して部屋を辞した。廊下に出た逆神に、心配顔の岩倉部長が追いついてくる。

「木戸副長官は君らの機密保持能力を信頼して、ああおっしゃったんだから、くれぐれもしっかり頼むよ」

「ご忠告痛み入ります」信頼してないのは自分の方だろう。まあお互い様だが。いい機会だから確かめておこう。「ところで、ミッションの遂行に必要な予算（バジェット）は、直接副長官に請求すればよろしいのですか」

「そりゃそうだろうよ。組織も変えず、訓示や通告も残せないとおっしゃるんだから、うちの部で予算化できるはずがない。一説によると木戸副長官は、十億円単位の極秘予算を左右できるそうだから、せいぜいおねだりしてやればいい」

現金なものだ。さっきまではライオンに肩を抱かれた羊みたいだったが、ようやく本領を取り戻したな――逆神は苦笑した。

「もう一つお訊きします。私が――というより情科四研（うち）のメンバーも含めて、この仕事を引き受ける気があるのか、確認しなくていいのですか」

「そんなことは、副長官に直接言えばいいだろう」

「副長官は私の上司ではありませんから」

それどころか、科警研と警察庁長官を結ぶラインのどこにいるのかさえわからない。

「ベテランの君に、こんな当たり前のことを説明しなきゃならんとはなあ」岩倉は大げさにため息を吐いた。「副長官がどう言われたにせよ、私と君との間ではこれは業務命令だ。君らの意思確認など必要ない」

「それは十分に承知しておりますが――」逆神は組織の論理を得意気に振りかざす上司に一矢報いたくなった。これだからうまく折り合えないのだとは自覚している。

「もしこれが部下たちの生命に危険が及ぶような任務なら、私にはそれを回避する義務と責任があります。部長が守ってくれるわけでもなさそうですし」

「不遜な質問をぶつけられるばかりじゃ不公平だから、私からも一つ、つねづね不思議に思っていたことを訊いていいか？」

「どうぞ」

「そもそも君はなんで警察に就職したんだ。それこそＧＡＦＡにでも行った方がよかったんじゃないのか。のびのび研究できるだろうし、予算だって潤沢だ。生命の危険とやらもないだろうしな」まるで、今からでも遅くないぞ、と言わんばかりだ。

「確かに深層学習（ディープラーニング）の研究者というスキルにはマッチします。給料だってここの五倍は堅い。ですが、ここにはＧＡＦＡでは得られない貴重なものがあるのです」

「貴重なもの？」

「ビッグデータです。ネット上のおしゃべりとか、スマートスピーカーとの雑談とか、ネットショップでの購買履歴といった、ノイズまみれのゆるいデータじゃなく、大勢の警察官が百年以上に亘って足で調べた捜査資料や、津々浦々の観測点で収集され、顔画像解析でスレッド化された防犯カメラ映像といった、ライバルたちには触れることさえできない手堅いビッグデータですよ。すべてマイナンバーと紐付けされていることも警察では公然の秘密です。私は大げさでなく、ＶＪがこの貴重なビッグデータから発見するであろう治安上、安全保障上の成果に、研究者人生を賭けているんです。誰がその特権的な地位を他人に譲るものですか」

逆神は目の前の上司と、ここにいない木戸副長官に啖呵を切った。


逆神研こと情報科学第四研究室では、ＶＪの開発主担当である西田主任が、童顔の眉間にしわを浮かべて考え込んでいる。交差点での事故の直前に、加害者の篠田一輝が叫んでいる言葉の内容を推定できないかという難題を持ちかけられたからだ。現在は映像しか記録していない交差点の３Ｄ防犯カメラシステムにマイクを設置して音声を記録すること自体は容易だが、そこには問題が二つある。単純な録音だけでは、話し声は騒音に埋もれてしまい、映像に映っている誰が発話者か判らないという技術的問題と、現在は認められていない盗聴――警察ではなぜか「秘聴」というが――捜査に当たるという法的問題だ。

「ですが逆神さん。法律問題さえクリアできれば、これはＶＪ改良の大ヒントかもしれませんよ」西田は声をかけた逆神を振り返り、明るい声で言った。

「何か名案が浮かんだかい」

「まだ構想段階ですが、四つの防犯カメラと軸を合わせて無指向性の集音マイクを設置し、交差点内の音声を残らず拾えば、それを利用して雑音消去(ノイズキャンセリング)っぽいことができるかもしれません」

西田が言うのは、特定の音声のみを残し、他の不要な雑音を消去または大幅に軽減する技術のことだ。

「なるほど、四チャンネルあるんだから、録音された音声には位相差というか時間差が生じるな」逆神にも西田のアイデアが少し伝わってきた。

「しかも発話者の位置は映像から特定できるのですから、これは案外手堅い手法かも」

西田は手元のｅ-ペーパー端末に交差点の図や数式を書き付けはじめた。逆神への説明は終わったらしい。研究者なら誰しも思案に没頭して周囲の人間が眼中になくなることがあるが、西田の場合は少々度が過ぎている。

逆神は、今それを伝えるのはちょっとアンフェアかなと思いながらも、木戸副長官が言う「現在の研究プロジェクト」に西田を残そうと決めた。ＶＪの主開発者だし、この新規改良ができるのも彼だけだからだ。

「いまの『特異行動パターン抽出』と合わせて、そのアイデアを来春の研究会で発表できないかな」

「やるなと言われたってやりますよ。うまくいけば、交差点内の会話はすべて筒抜け、というところまで持っていけるかもしれません」

自分たちはいま、警察の新規捜査技術を開発する視点から議論している。だが、市民の側から言えば、これはプライバシーのさらなる侵害になる。誰にでも開かれた技術であるＡＩ分野で、警察は技術的優位性を保ち続けなければならないが、民主国家の倫理は高い壁となって立ちはだかる。それがＡＩ捜査が直面する二律背反（ディレンマ）だ。

逆神は木戸副長官からのメールを何度か読み、全員を会議スペースに集めた。逆神研のメンバーは六名。

研究室長の逆神崇
室長補佐の井伏健二（けんじ）
主任の西田宙
同じく主任の小森田信吾（しんご）
配属三年目の物原瞳
今年配属された新人の須田マクシミリアン

新設の研究室だから少ないわけではない。科警研には五部二十四研究室があるが、研究員は百数十名しかいない。予算は年間三十億円。天下の科学警察研究所とは中小企業並のささやかな所帯なのだ。

いや、逆神研にはもう一人、「準メンバー」と言うべきジーヴスがいる。英国のユーモア作家P・G・ウッドハウスが描く天才執事の名だ。VJ自体は巨大な深層学習(ディープラーニング)ネットワークだが、自然言語処理とヒューマンインタフェース(HI)を専門とする物原瞳が、隠れ仕事(アンダーザデスク)で3DCGの容姿と声を与え、画面上で直接対話できるキャラクターに仕立ててしまった。彼はいま、アングロサクソン風の顔立ちを会議テーブルの画面にのぞかせている。

逆神は全員の顔を見渡した。自分はこの得体のしれない任務を、AI捜査の普及と発展のために引き受ける決心をしているが、部下たちの意見も聞いておきたい。一方、困惑もあった。木戸の依頼は余りに漠然としていて、自分でも論理的に説明できる自信がない。その筋道を見つけるのがVJの役割ということらしかった。

副長官のメールには、ABCという記号を振られた案件が並んでいるだけだった。

A　日本海側各県における無戸籍児童増加の背景調査

二〇二四年から二七年にかけて、石川県を中心とした日本海側の各県で、戸籍に登録がなく保護者もいない「ストリートチルドレン」が急増しているという報告がある。金沢中(なか)警察署生活安全課の任田(とうだ)巡査部長が、関連する少年たちの個人特定と目撃証言の収集管理に当たられている。失踪届は出ていないので、事件としての捜査はされていないが、その原因を解明し、背後に何らかの組織が関与しているのかを網羅的に調査されたい。当該児童らの保護や補導が目的ではないので、彼らの行動に影響しないよう、細心の注意を払うこと。

B　防衛省管内における連続不審事象の真相解明

二〇一〇年代から始まり、この数年で十数件発生している防衛省幹部職員の事故死、省内ネットへの侵入および改竄（かいざん）、航空自衛隊の戦闘機部隊での航空機事故などに相互関連がないか調査されたい。機密を要する事案の性質上、その内いくつかは正式な事件捜査としてではなく、警視庁の外事三課が二三、四年度にかけて監視した経緯がある。本案件については防衛省情報保全隊の鷲津（わしづ）一佐と協力して、できれば犯人特定に至ることが望ましい。

C　東北各県における「卒業アルバム」損壊多発事件の背景調査

二〇一〇年代初頭、東北各県の公共図書館を中心に、中高の卒業アルバムからページが破り取られ、持ち去られる事案が短期間に百件以上発生した。地元警察へ通報されたが、表面上は単なる器物損壊事件として処理され、踏み込んだ捜査はなされなかったという。唯一、いわゆる「背乗り（はいのり）」との関連を疑い、精力的に資料収集に努められた、山形県警酒田署文書課の穂積巡査部長と連携し、この事件の背景を調査されたい。

以上三つの案件を単独で調査すると同時に、もし相互に関連が疑われる場合には、即時報告すること。また、警察捜査とは密接に協力するものの、犯人の逮捕——すなわち責任追及ではなく真相究明こそ第一義と考えてほしい。

全員が読み終えた後、会議テーブルの上空にはポカンとした沈黙が居座っていた。

「何のことやら、さっぱりでんな」井伏室長補佐が口火を切った。

「よくわかりません」

「この三つに関連があるかを調べろと言いますけど、そもそも木戸副長官はどうして関連があるかもしれないと疑っているんですか」

「なぜ警視庁の捜査員ではなく、私たちが動員されるんでしょうか」

などなど、まあ想定内の反応だ。一通り聞いた後で締めくくった。

「私も君らと同感だ」

「もう一度、木戸副長官に目的を確認はできんのですか」

「なぜこれらが重要か、どういう関連を疑っているのか、副長官がすぐに教えてくれることはなさそうだ。多分、ご自身でも筋道だった説明ができないのだろう。だから、われわれがまず動いてみるしかない」

「VJが活用できる事案なんですかね」開発リーダーである西田が、童顔なりに真剣な顔付きで言う。

「そうでなければ、この研究室に声がかかることはないはずだ。さきほど話してよくわかったが、副長官がわれわれの守備範囲やVJの本質を誤解している節はまったくない。逆に、よくこれだけ理解したものだと感心したほどだ。要するにご自身も、この三つの案件がより大きな何かに関連していると漠然と疑っておられるが、確かめる術がないし、何らかの理由で表沙汰にもできない。そこでデータからの帰納的な推論で客観的な根拠に結びつけられるかどうか、うちの資源で検証したいということだろう」

「より大きな何かって、何ですか?」新人の須田マクシミリアンが口を挟む。

「わからない。副長官がそれについて何も示唆しなかったのは、われわれに予断を与えたくないからだ。だからわれわれの調査によって、副長官の懸念が裏付けられても、杞憂に終わるにしても、意義はあったということだ」

「じゃ、やれる範囲でやればいいということですか」

「その通り。それとも君ら、よくわからないことをするのは嫌か?」

逆神は奥の手を出した。研究室長になってからの数年で、部下たちの習性は熟知している。答は全員の顔に書いてあった――わからないから面白い。

「じゃあ決まりだ。期間は今年度末までの九か月。表向きは従来の研究テーマを継続中ということだから、全員がかかりきりにはなれないが。それから任務の終了条件、または例外事象がある。つまり、君らの身に危険が及ぶと判断した時は、捜査権を持つ警視庁なり、木戸副長官直属の《実働部隊（AT）》に引き継ぐということだ」

「ほな、細かい話に進みましょか。三つの案件は手分けして調べるんでしょ。分担はどうします?」

「B案件は防衛省や航空自衛隊が絡むし、副長官や部長に連絡や根回しをお願いすることも多いだろうから、最初のコンタクトは私と井伏が取ろう。ストリートチルドレンの背景を調査するA案件は、物原と須田に担当してもらう」

「わかりました」「了解（ラジャー）」二人が声を合わせる。

「須田マックス、瞳ちゃんをしっかり守れよ。背後には児童誘拐犯がおるかもしれんからな」井伏が軽口を叩く。

「井伏室長補佐。僕を『須田マックス』って呼ばないでくださいって言ってますよね」

「なんでや。『須田マクシミリアン』じゃ長すぎるし、こっちの方が便利やで」

「仇名が嫌なんじゃなくて、子どもの時から大きい、大きいって言われ続けてウンザリしてるんです」

「そりゃ失礼。じゃあ、ぐっと可愛く『スダッチ』にしよ」

「僕は柑橘類ですかっ」

帝政ロシア時代のロカタンスキー伯爵家を祖先に持つ須田には、白系ロシア人の血が四分の一混じっているが、漆黒の髪に蒼い目、一メートル九十センチを超える巨体は、どこから見てもスラブ系白人だ。この春に配属された彼を連れて各研に挨拶回りした逆神は、「うちの大型新人をよろしく」と冗談半分に紹介したものだ。

「C案件の卒業名簿は、まだ事件未満のあやふやな話に過ぎないし、昔の話でもあるから、小森田が酒田署にコンタクトして情報収集に当たってくれ。一見すると悪戯（いたずら）とも思えるこの案件に副長官が興味を持った理由も、その中で解ってくるだろう」

「わかりました」

小森田はいわゆる「陰キャ」ではないが、仕事に必要なこと以外は話さず、他のメンバーとの雑談にもめったに乗ってこない。情科四研で異色の存在で、口の悪い井伏に言わせれば「浮いている」が、本人は気にもかけない。むしろ変人揃いで学生気分が抜けない逆神研の中で、自分こそまともな警察職員だと自負しているようだ。

小森田のキャリアは警視庁警備部から始まった。学生時代はスポーツ射撃の選手としてならした小森田は警備部警備課、いわゆるＳＰ（セキユリテイポリス）を希望したが、人事部は身体能力より知的能力に注目したらしく、蓋を開けると警備計画の立案を行う警備第一課に配属されていた。

二〇二一年の東京五輪では、未遂に終わったものの自動運転車を使ったテロが発生し、警察は警備体制の整備に躍起になっていた。テロを未然に防止する警備計画を立てることは、近年ますます困難になりつつある。学生運動が華やかなりし時代なら、どのセクトに機動隊を何人、どの道路に何人、といったどんぶり勘定でも足りたが、起こりうる事態の種類と潜在的危険が飛躍的に増加した現代の警備計画は、高度なシミュレーションと化した。軍の戦略立案と同様、敵と味方に関するあらゆる情報を収集・入力しなければならない。しかもテロの場合「敵」が事前にわかっていることはまずなく、不確定要素が増えるほどシミュレーションは指数関数的に困難になるのだ。

警察庁の警備局国際テロリズム対策課、通称「国テロ」に出向した経験もあり、海外の現場での捜査は警備計画を策定する上で大いに役立った。入庁後十年余りの間に、新世代の警備計画策定に関わる第一人者と目されるまでになったのだ。その過程で、深層学習（ディープラーニング）や量子アニーリング技術に触れ、逆神や井伏と面識を得た。

そして彼のキャリアに、集大成と言うべき晴れ舞台が訪れた。二〇二五年の大阪万博だ。警備計画策定の任務を負ったまま逆神研に配属されたのはその前年、つまり五年前のことだ。捜査員から研究者という異例の転属は、大規模警備計画がいまやＡＩと切っても切れない関係にあることを悟った上層部の意向を汲んだ措置で、まずは英断だろう。

万博開催までの一年間、小森田は逆神の元で深層学習（ディープラーニング）を駆使し、数万人もの警察官を動員する大規模な警備計画を立案した。施設付近の道路状況や人員配置。刻々と変化するイベント進行や観客の移動。それらあらゆる空間的、時間的要素を考慮した警備計画は、もはや人間の能力を超えた難題であり、ＡＩとの共同作業でなければ策定できなかった。

警察上層部にもあらゆる機会にそのことを吹き込んだ。逆神の言葉を借りれば「宣教師」である。だが、警察庁警備局長が計画立案の経緯を冗談半分に口にしたせいで、現場を守る警察官の中には、ＡＩにこき使われるのか、という不満を抱く者も現れた。古き良き時代、つまり人海戦術とどんぶり勘定の時代に育った警備局長の「機械なんぞに自分たち警備のベテランが超えられるものか」という自負と反感が生んだ失言だった。警察に限らず現代の複雑化した業務は、あらゆる方面で人間の能力を超え、ＡＩとの協業をどう設計するかが仕事の成否を握って久しく、ベテランには「教師」としての役割が期待されているのに、それがたたき上げのプロである自分たちの否定に繋がると感じる者もまだ多いのだ。

そして結果的に、大阪万博でのテロは現実となった。しかも前世紀末に起きたカルト教団による「地下鉄サリン事件」を超える、わが国最悪のテロ事件になってしまったのだ。警備計画の策定チームも内外からの強い批判にさらされた。無理解なマスコミや警察幹部による旧態依然のＡＩバッシングに反論はできたが、小森田も上司の逆神もしなかった。失敗の原因を分析し、次の計画立案に活かす方を優先したのだ。原因究明と責任追及を分けろ——とは、逆神が東大時代の恩師から叩き込まれた金科玉条だが、逆に言えばそれができないことが日本社会の宿痾なのだ。

一時間足らずのミーティングが終わってメンバーは自席に散ったが、西田一人が逆神のブースの入口に立ちふさがっている。腰に手を当てて抗議の意思を示しているらしいが、戦隊ヒーローを演じる子どものように見える。

「室長、僕をハメましたね」

「人聞きが悪いな。いつ私が君をハメた」

「だってそうでしょ」西田は逆神が椅子から立ち上がれないほど近くに詰め寄った。「どうして僕だけ『ジェダイの騎士』から外されるんです?」

「何だい、それは」

「だって『ヨーダ』が召喚したんでしょう。どうしてそんな面白い……いや、重要な仕事から、僕だけ外されるんですか」

会議テーブルに残ってタブレットをいじっていた井伏が吹き出した。

「自分だけVJのお守りか、ちゅうんやろ」

「確かに『木戸ミッション』を伝える前に、君の役割に枠をはめたのは悪かった。だがあわてるな。各班が集めたデータはどのみちVJで解析するんだし、その時には全案件の内容にタッチしてもらわなければならない。システムの大刷新も君しかできないだろう」

「大刷新！」丸メガネの奥で西田の目が輝く。「そんな計画があるんですか？」

「これから立てるのさ。副長官は最新のＡＩ技術やＶＪの機能について深く理解しておられるが、性能についてはだいぶ買いかぶっておられる。全国二十万交差点からの映像を処理するだけでも限界に近いのに、新たに三つのテーマを同時進行できると思うか」

「全然無理です」考えるだに恐ろしいとでも言うように、西田はせわしく頭を振る。

「そうか、室長はバックエンドに量子コンピュータをつなごうと画策してるんですね」

「ホンマでっか！」

「画策とは言い得て妙だな。金額が金額だけにそう簡単ではないが、副長官の『秘密ポケット』をあてにすること自体は岩倉部長も大乗り気だから、せいぜい必要性を強調すれば話は通るかもしれない」

　二〇一二年にＡＩの画期的なブレイクスルーとして世界に認知された深層学習（ディープラーニング）技術も、テキストから画像、さらに映像に対象が拡張するにつれ、汎用コンピュータでは性能が追いつかなくなった。そこで十五年ほど前に「汎用コンピュータ一億台分の性能」という華々しい触れ込みで登場した量子コンピュータ——正しくは量子アニーリングマシンを深層学習のバックエンドに使う発想が生まれた。だが科警研にはまだ実機がなく、逆神の古巣である近所の東大柏キャンパスのマシンを光回線経由で使わせてもらう程度だった。

深層学習と量子アニーリングは、実のところさほど相性がよくない。深層学習は、確率的勾配降下法によって数十エポック、つまり数千回もの反復処理で少しずつ進めるが、深層学習をかじった者の中にも、量子アニーリングを使えば反復処理が不要で、最終的な学習結果が瞬時に決まるかのような誤解がはびこっている。それが本当なら深層学習の研究者は誰も苦労しないし、とっくの昔にシンギュラリティも起こっていただろう。それでも量子コンピュータは大きな希望だ。この十五年近く、井伏を始めとする研究者たちによって、量子アニーリング——イジングモデルと量子トンネル効果を利用した組合わせ最適化問題の求解を深層学習の加速に使う研究が積み重ねられ、一定の成果を挙げた。逆神たちはそれを足掛かりに、ビッグデータを利用した犯罪捜査手法の革新に挑もうとしているのだ。

とは言え、量子コンピュータは高価なオモチャだ。十年間で半額になったとは言え八億円はする。情科四研の予算はおろか、年間三十億円に満たない科警研の予算で買えるはずもない。だが、岩倉部長の皮算用が事実で、副長官の疑念が本当に国家の命運に関わることなら、そう高い買い物でもないだろう。もちろんその分、手堅い成果を挙げてみせなければならないが。多少強引な手を使ってでも、他国の後塵を拝しているＡＩ技術の関与を強めないかぎり、日本の治安維持体制は遠からず崩壊する。それが逆神の抱く危機感であり、警察庁に留まるもうひとつの理由だった。

第2章　地下回廊

統合幕僚監部の担当者は思いもよらない場所を指定してきた。東京駅の八重洲地下街に直結する都営駐車場である。

逆神と井伏は「東京ラーメンストリート」の一角にある評判の名店で昼飯を済ませた。井伏はラーメンに限らず麺類オタクで、たびたび行動を共にする逆神は辟易させられている。

「『ア・フュー・グッド麺』ですからね。機会があるときには食べなきゃ」井伏は理由にもならない駄洒落を言う。「科警研の食堂は味とボリュームこそ合格点ですけど、麺類のバリエーションに欠けます」

科警研の最寄駅はつくばエクスプレス(TX)の「柏の葉キャンパス」で、妻子と流山(ながれやま)のマンションに住む井伏は車で通勤している。独身の逆神など、東大の柏キャンパスに通っていたアパートに二十年以上も居座っている。最近は駅前に飲食店も増えたが、科警研は駅からバスに乗りたくなる距離で、普段は職員食堂の単調なメニューから選ぶしかない。

「現代社会は多様性を尊ばなければ……」

「わかった、わかった」多様性と言っても麺限定だろうに。

約束の午後一時、二人は地下街から階段通路をさらに下り、八重洲パーキング西駐車場に下りた。いつもながら満車に近い。指定された区画は外れの一角にあり、都内の至る所で見かけるボックスタイプの自動運転タクシー（オートキャブ）が駐まっていた。二人が中を覗くとドアが開いた。ダークスーツに身を包み、手入れのよい口髭を蓄えた四十絡みの人物が乗っている。「まずはお乗りください。ご挨拶は後ほど」

逆神と井伏は向かいの座席に並んで乗り込んだ。巨体の井伏と並ぶとやや窮屈だ。オートキャブに限らず、最近の自動運転車はレストランのような対向シートが主流で、手動運転が必要な場合にも手元のタブレットで行うので、外観だけでは前後の区別もつきにくい。三人を乗せた車はすぐに動き出し、地下車路から直結した首都高速道八重洲線に合流した。八重洲線から神田橋ジャンクションを経て、都心環状線内廻りに入ったところまでは判ったが、そこで液晶ブラインドが作動して車窓の景色が見えなくなった。新都市交通などで昔から使われている技術だ。

「この経路を使う時は自動的にこうなるのですよ」向かい合った男が初めて口を開いた。「お忙しいところをご足労いただき感謝します。防衛省統合幕僚監部の鷲津です」

防衛省統合幕僚監部自衛隊情報保全隊本部 情報保全官 一等空佐 鷲津吾郎（ごろう）

着信したe名刺を見ながら、逆神は考えた。木戸副長官のメールを読んだときから考えていたが、内局の背広組、つまり文官ではなく、この男のような諜報のプロが窓口になるのはなぜだろう。

窓ガラスが透明に戻った時、車は単車線のトンネルから、ビルの地下駐車場にすべりこむところだった。八重洲の地下からわずか十分足らずだ。上層階の会議室に案内されて初めて、そこが市谷本村町の防衛省庁舎だと知った。鷲津より一回り下の女性隊員が最敬礼で迎え、第二情報保全室所属の来嶋一等海尉と名乗った。

「ここが首都高速に直結しているとは、知りませんでした」

逆神は正直な感想を口にしたが、こんな秘密めかしたやり方で連れてこられた理由は解らなかった。まさか子どもじみた自慢でもあるまい。

「誰もが知っていては困ります。とは言え、お二人にとっての本丸・桜田門にも同じ地下通路はありますよ。お濠の向こう側にも。この十年で首都の地下は様変わりしているんです」

「警察庁ちゅうても私らは柏の田舎暮らしで、なかなか桜田門なんぞにお呼びはかからんのです」

車中で巨体を縮めていた井伏は、身体を伸ばしたついでに緊張も解けたようだ。

四人はIT装備を施した会議テーブルを囲んだ。逆神は木戸副長官からの指示で鷲津一佐にコンタクトするよう伝えられただけで、予備知識は皆無だと打ち明けた。

「副長官……」来嶋一尉が独り言のようにつぶやいた。鷲津一佐が話を切り出す。

「貴庁の木戸さんからもそう伺っております。まずは最近、防衛省や自衛隊で相次いでいる事件について説明させていただきますので、真相究明のために忌憚（きたん）ないご意見をいただきたいのです。より長期的には、警察庁と私ども国防側との『連絡官（リエゾンオフィサー）』になっていただきたい。私どももそのつもりでこの場におります。つまり、われわれ全員が両組織のパイプ役になるわけです」

「ですが本庁の警察官でもない、科警研の研究員に過ぎないわれわれに、そんな大役が務まるでしょうか」前半はともかく、後半は話が大きすぎる。何か誤解してはいないか。

「もちろん『連絡官』と言っても公式のものではありません。それなら今日のような秘密めかしたご案内をする必要もない。もちろんこれが木戸さん自身の意向でもあることは、後ほどご確認なされればよいと思います」

「わかりました」

　逆神と井伏は顔を見合わせ、まずは聞き役に徹することにした。携帯電話を会議テーブルに置く。これだけで音声で会議録が取れ、会議テーブルの装備と連携してプレゼンもできる。ノートPCが並ぶ会議風景はすでに過去のものだ。逆神研のメンバーが持っているのは、警察職員に支給される通称Pフォンに、VJの僕（しもべ）というべきジーヴスが動作できるだけのAI機能を拡張した特製品で、「木戸ミッション」の開始以来、木戸副長官や岩倉部長の分も含め、数台を追加で配布した。

「ご相談したい『不審事象』とは、防衛省や自衛隊内の失踪や自殺、事故死といった事柄です。どちらも巨大組織ですから、残念ながらこうした事案が昔からある程度は発生しています」鷲津は言いにくそうに打ち明けた。

「われわれ警察も似たようなものですよ」

「ですが、今年度に入ってからの三か月でその頻度が激増したように思われることと、二週間ほど前になりますが、際立って特異な事件が発生したもので、木戸さんを通してご相談した次第なのです」

「際立って特異とは、失踪や自殺ではないと」

「ええ、犯人は自殺しましたが、その前に起きたことは明らかに殺人です。ですが、順を追って、三つの事件を時系列に沿ってお話しすることにします」

逆神はテーブルの上面に浮かび上がった仮想キーボードでメモを取りながら、四月中旬に起きた失踪事件の説明を聞いた。防衛省情報本部に勤務する三十一歳の主任職員が、週末の金曜日を最後に姿を消した。職場は翌週半ばまで、ストレスが高じての発作的な無断欠勤かもしれないと対応を保留していたが、警察に捜索願を出したいという家族に同意した。だからこの件は警察データベースにも記録されているはずだが、結果から言えば、現在までに何ら手がかりは発見されていない。

「国家機密に携わる仕事をする者はつねに強度のストレスにさらされていますから、中には『燃え尽き』てしまう者もいるのです。ですがその男性職員は結婚を間近に控えて張り切っていましたし、そんな状況にはなかったと周囲は証言しています」

「なんで、その事件が最初の糸口だと思われはったんです？　同様の事件は、それまで長いことなかったちゅうことですかね」井伏が聞いた。

「いえ、そこは先ほど申し上げた通りです。実は、この失踪を今日お話しする三つに含めたのは、後続の事件との関連性を疑っているからなのです」

鷲津はそう前置きし、二つ目の事件の説明を始めた。その関連性を探るのは、むしろ自分たちの仕事かもしれないと逆神は思った。

「それは五月下旬に市川の高級住宅街で起きた幹部職員の転落事故です。制服組の課長クラスの職員で、警察の捜査で発見された駅の監視カメラ映像から、午後七時過ぎに総武線市川駅の改札を出たことが判明しています。その後の移動経路は不明ですが、翌朝になって、ある個人宅の庭にある水を抜いたプールの底で倒れているところを発見されたのです。本人の自宅は市川ではなくその先の津田沼にあることや、普段はさほど飲まない男なのに、血中アルコール濃度が高かったとか、不審点はいくつもありますが、今のところ千葉県警は、酔った被害者が道を間違って民家の庭に迷い込み、プールの縁から転落した事故死という見方を強めています」

鷲津の口ぶりには、県警の見方に承服できないという不満が表れている。もしかすると、この被害者と顔見知りなのかもしれない。

「ＶＪによってその見方を覆すような新情報が得られることはあり得ます。確約はできませんが」

「期待しております」鷲津の表情が緩んだ。これで仲間の無念が晴らせると言うように。「実を言えば、われわれ国家機密に関わる仕事をしている人間は、警察捜査に全面的にご協力できない場合があるのです。ご理解いただけると思いますが」

逆神は黙って肯いた。それは彼らが、警察からも情報が漏れる危険があると考えているからだし、彼ら自身が違法行為に片足を突っ込んでいるからでもある。スパイ防止法も、自国の諜報活動を保護する法律もないこの国ではやむを得ないことだろう。

「ですが、千葉県警の知らないことも、われわれの今回の調査では明かしてもらわなければなりませんが」逆神は念を押した。

「もちろんです。今回、木戸さんの特命で別方向から光を当てられるわけですから、できる限りの情報はお出ししますよ」

鷲津一佐が二つの事件を説明している間、来嶋一尉は何か資料を整えているようだったが、顔を上げて目顔で合図すると、鷲津が説明を促した。立ち上がった彼女は意外に長身で、長い髪をお団子（シニヨン）にまとめた小顔は、アスリートのように引き締まっている。航空機の写真や地図、グラフなどを会議テーブルの表面に表示しながら、よく通る声で説明を始めた。

「最後の、最大の事件は、航空自衛隊における航空機内での事故です。小松基地の第六航空団所属の早期警戒機（AEW）（Airborne Early Warning）が、日本海の大和堆（やまとたい）付近を飛行中の出来事でした」

「大和堆というのは、以前北朝鮮や中国漁船の違法操業が盛んだったところですよね。その監視に当たっていたのですか」

逆神の質問に、来嶋一尉が冷たい一瞥をくれた。井伏が耳打ちする。

「逆神さん、それ水産庁と海保の仕事。百歩ゆずっても海自の仕事や」

「いいんですよ。一般の方からしたら似たようなものでしょうから」彼女はわずかに表情を和らげた。どんな凄いヤツがやってくるかと身構えていたのに、相手の程度が知れて安心したのかもしれない。「簡単に言えば、警戒機は航空自衛隊の所属で、監視対象は航空機やミサイル。哨戒機は海上自衛隊で潜水艦や艦船が対象です。ただ最近は、早期警戒機も潜水艦を探知できる能力を備えています。旧韓国との間で『レーダー照射事件』が国際問題になりましたが、あの時被害を受けたのは海自のP－1哨戒機です。もう十一年も前のことですが、覚えてらっしゃいますか」

「もちろんでっせ。それにしてもAEWが小松基地に配備されてたんは知らんかった」

井伏が興味津々で身を乗り出す。この辺の話は軍事オタクの彼に任せるほうが無難だ、と逆神は判断した。

「四年前に金沢空港が開港して、小松飛行場が航空自衛隊専用になりましたから、空を守る活動にも少し余裕ができたんです。ご存じのように、北朝鮮が急転直下、西側諸国が主張する形で核兵器の永久廃棄を決め、IAEAによる査察も受け入れたことで、南北は表向きは平和的に統一されて統一朝鮮共和国（UROK）が誕生しました。これで東アジアの緊張は解けたのだから、日本も米国の核の傘から脱して大胆な軍備縮小に舵を切るべきだと主張する向きもありますが、国防を預かる私たちから見れば、半島で起きている事態が、見かけ通りだとは言い切れません。過去の歴史問題の蒸し返しも、またしても振り出しに戻ってしまいましたし、日本の安全保障にしても、情勢は不透明です。その一方、朝鮮戦争の終結宣言とともに在韓米軍は撤退しましたが、表立って中ロ軍が駐留したり、ミサイル配備が進んだわけでもありません。つまり……」

「自衛隊が装備増強を主張できる大義名分がないっちゅうことですか」

井伏が口を挟んだ。言葉を遮られた彼女だが、言いにくいことを代弁してもらい、かえって安堵もしたようだ。

「おっしゃる通りです。ですが、表面的な緊張緩和とはうらはらに、わが国にとって非常に深刻な事態が地下で進行しているのではないか。朝鮮半島全体が平和な緩衝地帯になったどころか、北と対峙していたかつての韓国の立場に今や日本が立たされ、日本海の海岸線が新たな三十八度線になったのではないかという疑念が浮上したのです。当方の国防ビッグデータの解析結果も、その仮説を強く示唆しています」

「ご心配はよくわかります。私たちの研究室も犯罪という領域で似たような大規模解析を十年近くやってきましたが、犯罪件数の増加とか凶悪化というより、犯罪が何か別のものに変容しはじめているような不気味さを感じています。ですが事故そのものに話を限定しましょう。先ほど言われた航空機の事故ではなく、機内で殺人が起きたのですね」

「はい。順を追って説明させていただきます。事件が発生したのは約三週間前、六月十七日の〇二〇〇（マルフタマルマル）――失礼、午前二時です。現場は日本海上大和堆付近を飛行中の早期警戒機E－2D『アドバンストホークアイ』の機内。搭乗員は五名――主副のパイロットとレーダー管制業務を担当する三名の電子システム士官です。早期警戒機は『空飛ぶレーダー』とも呼ばれ、わが国の防空識別圏（ADIZ）（Air Defense Identification Zone）に侵入した外国機やミサイルをいち早く発見し、イージス艦や地上の基地に連絡する任務を負っています。錯乱状態で事件を起こした加害者は水野（みずの）曹長といい、電子システム士官の一人でした。犯行時までは特に変わった様子も見られませんでしたが、同僚によれば、バイクで転倒して左脚を骨折してから体調が優れない、とよくこぼしていたそうです」

「来嶋さん、私たちの目的は犯罪捜査ではありませんし、その能力もないので、加害者の身の上について、詳細は省いて下さって結構です」

「わかりました」来嶋一尉は、競泳の息継ぎでもするように息を吸い込んだ。「加害者は突然暴れだし、取り押さえようとした同僚の首をナイフで切りつけたのです。小松飛行場に帰還したとき被害者はすでに心肺停止状態で、搬送先の病院で死亡が確認されました」

「ナイフって、サバイバルキットに入っているタクティカルナイフですか。不時着時とかに使う護身用のやつですよね」井伏が興味津々で身を乗り出すが、この場ではやや不謹慎にも映る。

「よくご存じですのね。サバイバルキットは射出座席の下に入っていますから、曹長がナイフを携行していたこと自体、ある程度の計画性を裏付けています。続けて副パイロットも肩に重傷を負い、加害者はなおも襲いかかる構えでした。主副二名のパイロットが死傷すれば、機は墜落するしかない。そこで緊急対応として、主パイロットが上半身に向けて拳銃を二発、発射したのです」

「つまり、射殺したのですか」逆神は首を傾げた。さっきは自殺と言わなかったか。

「わかりません。水野曹長はハッチを開けて飛び降りたからです」

「軍用機の乗降口はそないに簡単に開くんですか。取り押さえることはできんかったんですか」

「通常なら十秒以上かかりますし、加害者は重傷を負っていますから、残った二人が一斉にかかればその場で確保できたでしょう。ですがハッチには前もって細工がされていて、その時間さえなかった。後部ハッチは瞬時に開いた、と主パイロットも証言しています」

「つまり精神的な錯乱とか衝動的犯行ではなく、計画的だったと？」

「しかも覚悟の自殺だったことになりますね」

「自殺？　加害者の死亡は確かなのですか」

「三百メートルの高度からパラシュートなしに飛び出したら、到底生存は望めません。おまけに銃創まで負っているのですから」

「制服の下にコンパクトなパラシュートを着けてた、なんてことはないんかな」

「井伏さん、それはスパイ映画の——中だけの話ですよ」鷲津一佐が微笑んだ。さすがにスパイ映画の見過ぎとは言いかねたのだろう。

事件の発生時刻は午前二時であり、操縦席からは海面さえ目視できない。飛び降りた水野曹長の行方などわかりようもない。

「しかし人間が、何のためらいもなくそんな行動を取れるだろうか」

逆神の質問は自問に近い。衝動的にも計画的にも見える犯行——そこに具体的な目的はあるのだろうか。

先方の説明によれば、残った三人を乗せた早期警戒機は、主パイロットの操縦で小松基地に帰還。機体は数日がかりで調査されたが、ハッチへの細工を除けば異常は発見されなかった。水野曹長の最期は確認できていない。広大な海上、しかも夜間の墜死事故とあっては、遺体は永久に発見されないだろう。

これら三件の《不審事象》には異なる手触りがあるが、早期警戒機内の事件は、犯人の行動自体が際立って異常だ。錯乱して同僚を刺殺したことよりも、むしろ自分自身の始末まで、一切を冷静に準備し、ためらいもなく実行したことの方が。VJなら異常行動の新たな型として分類したかもしれない。逆神も篠田の《態度の豹変》を連想せずにいられなかった。

ミーティングも終わりが近づいているようだ。今後のためにも、自分たちの立場を鮮明にすべき時だろう。逆神は防衛省側の二人に頭を下げた。

「ご丁寧な説明に感謝します。今後の進め方についてですが、まず、私たちは警察庁の所属ですが警察官ではありませんから、これから行うことはあくまで調査であって捜査ではありません」

「承知しています」

「ご説明をうかがって、第一の失踪事件と第二の転落事故死については、すでに警察に通報されているようですから、後で警察データベースの情報を残らず浚ってお渡しいたします。ですが、殺人という重大事件でありながら、第三の事件については、まだ通報がされていないようですし、私の記憶では報道もされていません。なぜでしょうか」

鷲津一佐は、上目づかいに鋭い視線を向けた。

「確かにこの事件については、防衛省内のわずかな人間を除けば、お二人にしか明かしていません。現在は空自の警務隊が捜査を進めております。いまお約束できるのは、その理由は、近く木戸さんから説明があるだろうということだけです」

彼らはそれを「約束」できる立場だろうか——かすかな違和感を抱いたが、源まではたどり着けなかった。

「わかりました。私たちの側も木戸からの密命で動いている以上、その点を問題視するつもりではないのです。ですが、私たちが依頼されたのは深層学習(ディープラーニング)を用いた調査であって、事件の捜査やコンサルティングではありません。ビッグデータがなければ何もできないのです。道路上の映像はVJからアクセスできますが、防衛省や自衛隊内部のデータについては、映像、音声、位置情報、通信情報、生体情報——あらゆるデータをご提供いただかねばなりません」

「どのデータが出せるか、ではなく、存在するあらゆるデータに無制限のアクセス権をいただきたい。その条件が満たされなければ協力のしようがありません。実を言えば皆さんが抱えている事案の他に、二つの別の事案があって、それら相互の関連性を探るようにも命じられています。利用するデータに制限があっては、それどころではなくなってしまう」

「別の事案、とはどういうものですか」来嶋一尉が舌鋒も鋭く割って入った。

「それはまだお伝えしない方がよいと思います」

「それでは対等の立場とは言えませんよね」

腕を組み、厳しい表情を隠そうともしない。まるで「不機嫌」というお題を与えられた女優の卵みたいだ。

「来嶋一尉」鷲津一佐がたしなめる。

「そう思われるのも不思議はありませんが、警察側の情報を隠しているわけではありません。皆さんに予断を与えることで、提供されるデータに影響があってはならないのです。一見バラバラに思える事件の関連を調べよと命じた木戸が、われわれに自分の見解を一切伝えないのも、おそらくそのためです。関連の有無を自分の直感以外の客観的な調査で裏付けたいのでしょう。そのためにもまず、互いの事件について知らない状態でデータを提供していただき、ＶＪで解析したい。ある段階が過ぎたら、関連性のあるなしも含めて、一切をお伝えできます」

「わかりました。上の判断を仰がなくてはなりませんが、お話を聞いていて、特に障害はなさそうだと直感しました」鷲津は逆神たちを信頼できる連絡官と判断したようだ。

「よろしくお願いいたします」逆神は頭を下げた。

帰路、行きと同じオートキャブは二人を乗せ、再び都心環状線に合流した。柏の科警研まで送り届けてくれるらしい。

「オートキャブちゅうのは案外、隠密活動に向いとるんとちゃいますかね」井伏がしきりに感心する。「どこを走ってても怪しまれんし、客が乗ってれば警察にも止められへん。さっきみたいに目隠しもできるし、誰かに似せた人形（ダミー）を乗せといて敵の目を欺（あざむ）く、てなこともできますやろ」

「鷲津さんが言う通り、スパイ映画の見過ぎだ」

「何言うてますねん。彼らは日本では稀に見る、モノホンのスパイでっせ」

「なるほど。ではこの車も実は本物じゃなく、会話も盗聴されている、いや聞いてもらっていると思えばいいのかな」

車は都心環状線から外れ、常磐高速道路につながるジャンクションを次々に乗り換える。ベテラン運転手のような滑らかな運転だ。

「さっきの会合で、ちょっと気になったのは、鷲津一佐が再三にわたって『木戸さん』と呼んだことだ。彼らから見て、木戸副長官は他省庁の高官なのだから、この呼び方はちょっと引っかかる。一体、彼らにとって副長官はどういった存在なのだろうな」

井伏は窓の外を眺めていた顔をちょっとしかめた。こうした疑問の無茶ぶりは、逆神が考えをまとめようとするときの癖だった。本人にも確たる答はなく、相手の回答も期待していない。疑問や違和感を誰かと共有したいだけなのだ。

「警察に最後の事件を通報していないのも、急に『リエゾン』とやらを求めてくるのも、鷲津さんより上が決めたことでしょ。もしかすると私らと同様、鷲津さんもその辺の事情はよう知らんのやないですか」

「確認するタイミングを逸したが、鷲津一佐の上がどんな人物かによって『リエゾン』の性格も大きく変わる気がする。だが少なくとも木戸副長官に匹敵するランクでなければ、省庁をまたぐこんな連携は取れないだろう」

「たとえば背広組の防衛事務次官か、制服組の統合幕僚長かっちゅうことですか」

「そうだ。どうも今回の件は副長官とその相手の個人的な信頼関係から始まっている気がする」

あるいは――防衛省の会議室でふと抱いた妄想が蘇った。首都の地下に張り巡らされた地下回廊を行き来する自動運転車の姿が脳裏に浮かんだ。


また私はここに倒れている――寒くて真っ暗な場所。

起き上がろうとしてもできない。何かが両肩を冷たく硬い床に押さえつけているからだ。臭い水がワンピースとキャミソールを通して背中に染みてくる。身をよじって逃れようとした瞬間、左脚に激痛が走った。思わず上げた叫び声に凶暴な獣の唸りが重なる――犬だ！　自分が置かれた状況をようやく思い出す。ハッハッという息づかいと、胸の悪くなる悪臭が顔の上に近づき、粘っこい液体が頬に垂れかかる。そして鮮やかな緑色に光る目！

「殺さないで！」

佳奈江は叫び声を上げて跳ね起きた。汗みずくの身体にパジャマがべったりとまとわりついている。浅い呼吸を落ち着けようと両手で口を覆い、常夜灯のほの明かりに上半身を起こした。悪夢の余韻はなかなか消えず、また過呼吸を起こして失神しそうだ。そうすればまた、あの暗闇のトンネルに連れ戻され、今度こそ獰猛な野獣に嚙み殺される——そんな理不尽な妄想がよぎる。無限に続く合わせ鏡のような不安と恐怖——。

いつまでこれが続くのだろうか。慶州での災難からもう半年近い。左股と脛にかけて無残な傷を負ったが、もうすっかり癒えて痛みもない。あの男性医師の処置が適切だったからに違いない。職場にも無事に復帰できた。そもそも言葉にすれば「野犬に嚙まれた」というだけのことを、どうしてこんなに気に病むのか——そう気持ちを奮い立たせようとしても、いつしか同じ悪夢を見ている自分がいる。そして、次第に度を増してくる、あの記憶の欠落——佳奈江はわれ知らずすすり泣いていた。

その時、ベッドテーブルでスマホが不協和音を立て、ぼんやりと光を放ち始めた。暗闇で光っていた猛犬の両眼を思わせる緑色。取り上げて画面を見たが、どこからかの着信ではない。一面の緑色の他には何も表示されておらず、滑らかなガラス面に指を滑らせてみても、どんな操作も効かない。故障してしまったのか、と思った時、ミサの合唱のような聞き慣れぬ音がかすかに聞こえ、緑の光に包まれた不思議な《顔》が現れた。布をナイフで切り裂いたような目鼻が動き、声を発する。

「怖いか」

男の声のようでも、機械の声のようでもあった。脳に直接語りかけられているようだ。

「誰⁉」

「私はたった一人のおまえの味方だ。理解者と言ってもいい」

自分で問いかけたくせに、緑の顔が答えたことに怯えた。思わず部屋の中を見回す。誰かが侵入して、カーテンの陰にでも隠れているのではないかと疑ったのだ。緑色の光は不思議な生物の鼓動のように、声の抑揚に合わせて明滅する。

「怖いだろう。その源はおまえ自身の精神の闇だ。自分がどうにかなってしまいそうで怖くてたまらない。記憶が飛び、その間何をしていたのかも思い出せないのだからな」

「あなたは誰？　どうしてそんなことを知ってるの？」

まだ誰にも打ち明けていない秘密を、やすやすと言い当てられたことに、底知れぬ不安を感じた。

そう。三か月前に始まった記憶の欠落は、ますます頻繁に、しかも長くなり、すでに三回も、タイムスリップでもしたように意識が何日か飛んだ。無断欠勤なら上司や同僚が不審に思うだろうが、それとなく探ってみても、いつもと同じ仕事をこなし、このワンルームマンションと市ヶ谷の職場を往復する普通の生活を送っていたようなのだ。書いた覚えのない書類が上司に提出され、やった覚えのない調査が進んでいる。

書類の字は確かに自分の筆跡であり、習慣も能力も正常なのに、意識だけがそっくり欠落するこの不気味さはどうだ。しかも佳奈江はその内二回ほど有給休暇を取っているが、どこで何をしていたのか、まったく記憶にない。念のため実家の母に確認さえした。

「この間帰った時にって、あんた、お正月に来たっきりじゃない」

「あ……うん、そうだったね」

「そんな前に何言われたかなんで、母さん覚えてられないよ。もう幾つだと思ってるの。あんた、忙しすぎて疲れているんじゃないの？ 暇を見つけてもっと帰っておいでよ」

「ありがとう。そうする」

これほどの心の変調に、友人も母親も気づかない。知られるのも怖い。自分一人で悩み、苦しみ抜く寄る辺ない日々に心がくじけそうだ。自分のしたことを手帳に書き留めれば、後で思い出せるのではないかと試みたが、記憶が欠けている時の自分は何かを書く気もないようで、成果はなかった。

その一方で、切れ切れの記憶がふと戻ってくることもあった。庁舎の廊下で、見知らぬ男性職員をどこかに案内している自分の姿。あの男はいったい誰なのだろうか。情報本部で失踪したという職員ではないのか。そして、扉の向こうで待っていた数人の男たち。

総括官に書類ケースを届けた日にポケットに入っていたUSBメモリの中を見たのは、数日経ってからだ。なかなかその勇気がでなかった。A4判にして四十ページほどの書類は、どれも庁内の複合コピー機で取った書類の文書画像で、アプリの文書ファイルではなかった。自分がコピー作業をしたのかは記憶にないが、佳奈江にはこのデータが、書類ケースに入っていた機密書類の写しであるような気がしていた。上司のお伴で統一朝鮮の駐在武官らを訪問した時の資料は、自分がまとめただけに見覚えがある。あの時の話題は、旧北朝鮮軍と韓国軍が併合された際に、現場の各部隊で起こっていることの分析だった。機密めかすほどの内容でもなさそうだったが、もし、それが機密資料で、USBメモリにコピーを取ったのが自分ならば、かなり重い懲罰に値することは知っていたので、不安でならなかった。

不安に追い打ちをかける出来事もあった。密かに好意を寄せていた先輩職員の死だ。大学卒業とともに入省して以来、同じ部署になったこともあり、キャリアと準キャリアの違いこそあれ、なにかと相談もし、苦境を乗り切る手助けをしてくれた。何度か夕食をともにし、このまま深い仲になってもおかしくない、とは感じていた。あの厄災から三か月ほどして会った時は、心身ともに癒やされた気がした。その席で男は、妻との不仲が高じていると打ち明けた。激務で家庭を省みる暇がない官僚にはよくあることだ。

「まさか俺たちのことを勘ぐっているわけじゃないだろうけど、行動を見張られている気がするんだ」

勘ぐられなくてはならないことなど、していないじゃない──佳奈江は言いたかった。不潔な想像をしている男の妻にも腹が立つが、自分にそんな話をする男の胸中を思うと、気持ちが波立った。だから、しばらく会うのをよそう、とは言われなかった。どうせ疑われているのなら──とさえ思ったが、その後は互いの忙しさから会う時間もなかった。職場の噂で男の事故死を知ったのは、蝕まれるような心身の不調と闘っているさなかだ。深夜、自宅から数駅も離れた市川市内の個人宅に迷い込み、泥酔して空のプールに転落したという。事故にしては不自然過ぎると思った。食事を共にするときにワイングラスを傾ける程度で、常習的な飲酒者ではなかった。男の部署に出向いたとき同僚たちに当たってみたが、誰もがその最期に不審を抱いていた。定年間際でもあるまいし、いかに家庭に不和の種があろうと、仕事に邁進していた壮年の男には似つかわしくない死に方だった。

男の自宅に近い斎場で営まれた通夜で、焼香の列に並び、未亡人の横顔を眺めていたとき、突然、重大なことに思い当たった──死の当日、私はどこで何をしていたのだろう?

職場の記録では、自分はその日の午後、半休を取っており、高円寺のマンションに帰ってきたのは深夜過ぎだ。だが、いくら記憶の底をかき回しても、その間の行動が欠片一つ引っかかってこない。もしかすると自分は男と一緒に過ごし、何かを目撃したのかもしれない。あるいは——この想像は佳奈江を怯えさせた——男の死に何らかの責任があるのかもしれない。もし駅や、路上でよく見かけるようになった防犯カメラで警察が自分の存在を知り、事情聴取されたら、記憶のない私はいったい何と答えればいいのか。重大な疑いをかけられ、無実の罪で逮捕されることだってあるかもしれない。

だが数日間、怯えつつ待っても、その場面はやって来なかった。警察は不運な転落事故として右から左に処理した。男が抜けた後の小さくない仕事の穴も、官僚組織の常で魔法のように埋まり、再び多忙な日常に覆い尽くされた。

「心配はいらない」

不安な物思いにふけっていた佳奈江は、ひび割れた声で我に返った。

「あっちへ行って。一人にして！」

拒みながらも不気味な光を放つ画面から目を背けられない。布の裂け目のような口が歪んだ笑いを浮かべ、緑の光がゆらぐ。

「おまえの他には誰もいないさ。おまえと一心同体のおれを拒むのは、自分自身を拒むのと同じだ」

「おかしなことを言わないで！」

両手で耳をきつく押さえても、不気味な声は脳に直接語りかけているように、かえって反響した。佳奈江のパニックにつけ込むように、相手は語調を強める。

「おれから逃れようとするほど、おまえの記憶はあやふやになる。そして居ても立っても居られない不安に襲われる——こんな風にだ」

その言葉も終わらぬ内に、氷の手で心臓を鷲掴みにされたような苦しさと、合わせ鏡をのぞき込むような底なしの恐怖に襲われた。呼吸ができない。

「だが、大人しく私に従うなら、失われたおまえの記憶を取り戻す手助けをしてやろう。冷凍室の一番奥を捜してみろ」

佳奈江は抵抗できない力に操られたようにダイニングへとふらふらと歩き、冷蔵庫の下段を開けた。市販の冷凍食品くらいしか入っていない冷凍庫の隅に、ラップに包まれた細長いものがあった。大きさは口紅ほどだが、もっと不定型の柔らかなものだ。表面には霜が降りているので中は見えない。左の掌に載せ、ラップの端を指の腹で探り当てたとき、突然、開けてはいけないという強い予感に襲われた。だが、叫び出したくなる恐怖とは裏腹に、指だけが勝手に動いてラップを外した。

掌に、人間の指が載っていた。根元から断ち切られ、白々と凍り付いたその肉片から目を背けようにも、身体が動かない。叫びも声にならない。そして突然、それが誰のものなのかを悟った。失踪した男子職員。緑の光の中から高笑いが起こり、頭の中で響き渡る。

「おまえがこの恐怖と苦しみから逃れるためにできるのは、私の命令を聞くことだけだ」

「私が言う場所に行き、誰かを殺せと言われたら殺し、死ねと言われたら死ぬんだ」

「うるさい！」

「黙れ！　だまれ！　黙れ！」

こめかみの血管が脈打ち、佳奈江は耐えきれずベッドに倒れ込んだ。おぞましい指がどこに行ったのか確かめる余裕さえなく、緑色の光が強く、弱くなり、ふと消えたと同時に、細い糸が切れるように意識を失った。

気づいたとき、遮光カーテンの隙間からは明け方の光が差していた。爪が割れ、乾いた血がこびりついた手で、床に落ちたスマホを拾い上げる。電源が入っていなかった。男の指はどこかに消え失せていた。すべては悪夢だったんだ、と自分に言い聞かせる。それしか正気を保つ術はなさそうだったから。だがそれも、トイレの床で小さく丸めたラップを見つけるまでの間だった。

第3章　ストリートチルドレン

物原瞳は肌寒さを覚えて車内のエアコンを切った。《半球（スフィア）》に頭を突っ込んで仕事に没頭していたが、車は上越自動車道の長いトンネルを抜け、碓氷（うすい）軽井沢インターを通過したところだった。

十年前には、首都圏から金沢への出張と言えば航空便か新幹線で、五百キロ近い距離を六時間かけて車で行く物好きもいなかったし、そもそも総務が認めなかった。だが数年前に「クラス4＝高度自動運転」カテゴリの自動運転車が登場して事情は一変した。特別な場合を除き運転不要で、路面に埋設された誘導ケーブルのおかげで高速道路でも安全性が確保できる。高齢者の車が高速道路を逆走することも、アクセルの踏み間違いや居眠り運転による事故も激減した。だが、瞳にとってはそうしたメリットより、移動オフィス兼ホテルのように快適な居住空間がなによりありがたい。

今回の出張は、石川県警と協力してA案件――「ストリートチルドレン」の背景調査に着手する以外に、この《ワイズキャブ》を金沢市内に搬送するという目的も兼ねていた。逆神がつけたこの名前は、単に自動走行だけではなく、警察捜査に必要な設備やＡＩ機能が集約されていることも意味している。外から見れば十人乗りクラスのありふれたワゴン車だが、大量の情報通信機器が設置された、いわば「動くマシンルーム」だ。収集されたデータの分析に欠かせない推論機能やデータベース機能も備わり、柏の研究室との間で協調分散処理もできる。一昔前には中型トラックを改造していた警察特殊車輌クラスの情報設備が、このコンパクトな車体に詰め込まれているのだ。

「私は代行運転屋ですか」最初に出張を命じられた時、瞳は思わず逆神に問い返した。

「そう言うなや、《ワイズキャブ》の初試乗を任されるなんて名誉やで。できたらわしが代わりたいくらいや」

井伏が宥めるように言う。

「積極的に使ってみて意見を出してくれ。あと金沢市内に適当なガレージを借りて置いてきてくれ」

「えっ？　ここで使うんじゃないんですか」

「『木戸ミッション』が終わったらそうするさ。だが今回、三つの案件はどれも日本海側だし、内二件は金沢市と小松市なんだから、向こうで使う場面がほとんどだろう。実は、金沢市内にちょっとした『支所』を開設しようかとも思っている」

「ホントですか？」われながら現金な声が出た。普段は自宅とここを往復する単調な生活だから、ちょっとした旅行気分が味わえるかもしれない。

「近来まれに見る景気のええ話ですなあ。けど、いったい木戸副長官から臨時予算をなんぼせしめたんでっか？」

「当座の費用としてはこれだけだ」逆神は人差し指を二人の前に突き出す。

「一千万円？」

「一億円だよ」

瞳は井伏と顔を見合わせた。科警研の年間予算の三パーセント近い。

「へぇえ」「えらい甲斐性でんなあ」

「これだけ優秀なメンバーと巨大システムを九か月も借り切るんだから、高くはないさ。それに、情科四研は表向き、これまでの研究を続けることになっているし、他研に漏れるとあれこれ詮索されそうだから、こっちでは派手に使えないだろう」逆神は人差し指を唇に当てた。

その一億円の、いや幹まで入れれば十億円の木に実った果実の一つが、この《ワイズキャブ》なのだ。

「こんなタヌキのお金みたいな予算は、早めに使わなきゃ、葉っぱに戻ってしまうかもしれないしな」と、逆神はうそぶいた。この任務を利用してせいぜい研究環境を整備するつもりらしい。

車中で協力者との初会合に使う資料を作成し終えた瞳は、運転席の窓から外を眺めた。電磁誘導式の走行車線に連なる静かな車列を除けば、車通りも少ない。深夜の高速道路は、もう一昔前のような騒がしく危険な空間ではない。トラックは、十台、二十台と連なる自動コンボイ走行が主流になった。先頭車輛だけを人間が運転し、後続車はAI制御で前の車を追尾する仕組みだ。

車窓に流れる風景をしばらく眺めた瞳は、後部に移動して運転席との間を仕切るカーテンを閉め、ラフな部屋着に着替えると、スライド式の簡易ベッドを出して横になった。未明には金沢に着き、適当な駐車場に自動で駐まってくれるはずだ。最初の不平不満はどこへやら、筋金入りのインドア派(ひきこもり)である瞳はたちまちこの環境に魅了された。いっそ、ここで生活しながら毎日職場に送迎してほしいくらい。いや、もはや職場に通う必要さえないのか——取り止めなく空想するうちに眠気が訪れた。

「おやすみ、ジーヴス」目をつぶってささやく。

「おやすみなさいませ、お嬢様」英国執事がうやうやしく応じた。他のメンバーがいない時にはそう呼べと命じられているからだ。

翌朝、金沢市内のパーキングに自律駐車した《ワイズキャブ》の車中で、瞳は自宅にいるような爽やかな目覚めを迎えた。ビジネススーツに着替えて運転席に戻り、「朝飯前」の仕事に取りかかる。午前中にアポを取った金沢中警察署の任田巡査部長から事前に教わったいくつかの地区を、二、三時間かけてしらみつぶしに巡回した。画面上で一定の範囲を囲んで指定すれば、《ワイズキャブ》とジーヴスが協調してコースを決め、自動巡回してくれる。自分の土地鑑を養うことも大切だが、《ワイズキャブ》の全方位カメラに現場の様子を記録する目的もある。この調査全般にあてはまるが、担当者から話を聞いて事件の概要を把握すること以上に、ＶＪの解析にかけられるデータを収集しなければならないのだ。現場の捜査員が首を傾げるような詳細まで残らず。データの意味や価値を人間が判断する必要はなく、むしろ解析結果に悪影響をもたらす。

巡回は二時間ほどで終わり、金沢中署に近いファミレスでゆっくり朝食を摂った。不動産情報サイトにアクセスし、ＷｉＦｉ操作の電子錠がかかるガレージを見つけて契約した。《ワイズキャブ》はイモビライザーで警察に通報できたり、防犯機能も充実しているが、内部の貴重な装備品や情報を盗難や漏洩の危険にさらすわけにはいかない。明後日には車をそこに置いたまま空路で帰京する予定だったが、すっかり小旅行気分に浸った瞳は、理由をこじつけて二、三日滞在を引き延ばしたいくらいだった。まあ、逆神がほのめかした『支所』とやらが開設されるのなら、またその準備に動員されるだろう。

「私たちは『ストリートチルドレン』という言葉を、普通とは別の意味で使っています。失踪者や家出少年ではありませんし、海外の大都市で問題化しているのとも違います」

金沢中警察署生活安全課少年係の任田巡査部長は、調査した子どもたちのデータを次々に瞳の端末に送りながら言った。瞳の父親と同じ年輩の、あまり警察官らしくない人物だ。

「どういうことですか」

「たとえば警察で『失踪者』と呼ぶのは、家族から捜索願が出ている行方不明者です。年間八万人から十万人いますが、多くは数日のうちに発見されて家庭に帰ります。十代までの若者と、認知症を患うお年寄りが高い比率を占めていますね」

十万人も——最近では年間二千人に届かない交通事故死者の五十倍近い人々が、ある日ふと消えてしまうとは、警察にいる身で初めて知った。

「海外での事例は、親の育児放棄や虐待などが原因で逃げてきたか、逆に追い出された子どもがほとんどです。背景には、世界的に進行する貧困問題があるでしょう。ですが、私たちがこの数年追っているのは、それらとも異なる新しいタイプの行方不明者です。所属する家庭が不明で、捜索願も出ていない児童が増えている。『失踪者』ではなく『身元不明者』と呼ぶべきかもしれません」

「捜索願が出ていないのに、どうやって把握されたんですか」

「生活安全課では、少年犯罪の未然防止のために、県警の人身安全・少年保護対策課や防犯ボランティアとも協力して、日常的に市中をパトロールしています。盛り場をうろつく未成年への地道な声かけ活動や、窃盗・強盗といった少年犯の事例から、しだいに『ストリートチルドレン』という存在が浮上してきたのです。犯罪事案の場合は、もちろん取り調べますが、彼らは住所も不明なら、家族の所在も明かさない。しかも頑なに口を閉ざしているというより、最初から『家族』という概念がないように思えます。そうした、従来の分類に収まらない一群の子どもたちが、ここ数年、各地の生活安全関連部署でクローズアップされているのです」

自分が抱いた違和感や不思議さをなんとか伝えようと、任田は慎重に言葉を選んでいるようだった。言葉の端々に誠実な人柄がにじみ出ている。これなら子どもたちとも警戒されずに付き合えるだろう。

「補導でなくても、未成年者は児童相談所で一時保護できるんですよね」

「もちろんできますし、何度もそうしましたが、一時保護の場合、子どもを特定の場所に隔離できません。あれはむしろ親の虐待から子どもを守るシェルターなんです。ストリートチルドレンの場合には、連れ戻しにくる大人もいませんから、しぜん監視の目も甘くなり、数日で抜け出して街に帰ってしまうケースがほとんどです。児相は急増する児童虐待への対応に追われていますし、児童養護施設は常に定員超過ですから、残念ながら彼らのことまで手が回らないのが実情です」

「子どもたちは、名乗ろうともしないのでしょうか」

「仲間内で使っている名前は教えてくれますし、身元を隠す意識もないようです。ですが捜索願の対象者にはヒットしませんし、そもそも彼らには姓がないらしいのです」

「姓がない？　隠しているんじゃなくて」

「最初はそう思いましたが、どうやら彼らには普通の人にはそれがあるという感覚さえないのです。ついに私たちは確信しました。彼らはどこから来たのかはわからないが、日本に籍を持たない無国籍者で、国家からは見えない存在なのだと」

「あの……先ほどから『私たち』とおっしゃっているのは、生活安全課や警察署の同僚の方々を指すのですか」

「いいえ。むしろ他の県警の担当者が念頭にありましたね。この件は喫緊の課題とは見なされておらず、署内では私一人の預かりです。定年前のライフワークだなどと陰口も聞こえてきますがね。それならいっそ開き直って、後の二年半でできるだけ全貌を捉え、後進に引き継いでやろうと、各県警の少年警察活動担当部署に照会してみたのです。その結果、二〇年代中盤から特に日本海側の各県で同様の事案が増えているとわかりました。幸い、今では問題意識を共有する捜査員が各地におり、私は連絡協議会の旗振り役をやっています。昨年暮れには、全国の警察関係者が集まる研究集会の場で最初の現状報告をいたしました。特に興味を持たれた木戸副長官には、後日個人的にレクチャーさせていただいた次第です」

「あっ、それで私たちに調査指示が回ってきたわけですね」

得体の知れないこの任務にかかった靄が少しだけ晴れた気がした。任田が協力的なことにも安心した。おそらく、降って湧いたようなこの合同調査で「ライフワーク」に少しでも進展があればと期待しているのだろう。それに十分応え、こちらも最大限の情報を得られる前向きな関係が築ければよいが。

「彼らは具体的に何人くらいいるのですか」

「金沢市内で私が把握しているのは六十名から八十名ですね。ほとんどが十五歳未満で、それ以上に成長すると何かしら仕事を見つけて定住するか、街を出て行ってしまうので、むしろ把握しづらくなります。全国では千人から、ことによると数千人と考えています。くりかえしになりますが、捜索願が出ている家出人はこの数に含みません」

「数千人……」瞳は言葉を呑み込む。いったいその子どもたちはどこで生まれ、どこからやってきたのだろう。

「私からも少し質問させてください」任田が控えめに切り出した。「あなた方のシステム——V J（バーチャルジャパン）と言いましたっけ——それを使えば、どんな事がわかるんです？」

「それは事前にはわかりませんし、むしろ目的を限って解析しない方がいいのです。その子どもたちについて、任田さんや他県の協力者の方々からできるだけ広範なデータをいただき、適切なネットワーク設計をして解析すれば、私たちが見逃している事柄や繫（つな）がりが見えてくるかもしれない。たとえば、誰かの身元がわかることもありえます。ですから、すべては入手できるデータ次第なんです」

説明しながら、安請け合いにならないよう注意する。自分たちの調査能力に期待してもらえなければ協力も得られまいが、話を盛り過ぎれば信用を失う。その匙加減が難しい。最初に任田が送ってくれたデータは一人一枚のカルテ形式になっており、それぞれの名前や身体的特徴、出没場所などの地理的情報、これまでの交渉の経緯などの時系列情報が、両面にぎっしりと書き込まれていた。何年にもわたり足で集めた貴重なデータであり、簡単な前処理でＶＪの入力に落とし込めそうだ。

「これに加えて、聞き取り調査の際の録音データ、写真や動画、指紋やＤＮＡなどのデータもあるようでしたら――」

「写真やビデオはスマホで隠し撮りしたものが相当ありますが、指紋やＤＮＡまでは無理ですよ。彼らは犯罪者じゃないんですから」任田はやや心外そうな表情を浮かべた。「もちろん補導した児童の指紋は警察のデータベースに入っています。何らかの治療を受けさせた児童については、医療機関に検体が保存されているでしょうが、令状がなければ入手できないでしょうね」

「すみません。決して犯罪者扱いしたつもりはないんです。他の人やモノと繋がりそうなデータは、種類を問わず役立つと言いたかっただけで」

瞳は誤解を与えたことを詫びたが、彼ら現職の捜査員が、指紋はともかくＤＮＡに着目しなかったわけはないとも思った。行方不明者届を出した家族と比較すれば、無戸籍者であるかどうかは判明するのだから。だが、任田が否定している以上、無理押しすれば調査自体ができなくなってしまう。

県警の端末にアクセスしてもらい、二人で一時間ほど作業すると、提供されたすべての情報は情科四研のデータベースへ取り込まれた。スマホ型の携帯端末にジーヴスを呼び出した。この端末は逆神研のメンバーたちが、ヴァーチャル世界にいるジーヴスと連携できるよう機能をカスタマイズしたもので、全員に配布されている。黒服に絹の蝶ネクタイを締めた英国白人の執事が画面に現れた。

「お呼びでしょうか——ええと」

目を左右に配り、カメラを介して周囲を確認する様は、自分がデザインしたキャラクターでありながら、生身の人間と錯覚しそうだ。仮想の「心」を得たことで、バーチャルキャラクターは人間と見紛(みまご)うばかりになっている。ジーヴスはすぐに、後ろに立っている任田に気づいた。

「初めまして、任田巡査部長でいらっしゃいますね。ジーヴスと申します。うちの物原がお世話になっております」

「いまそちらに送った『ストリートチルドレン』たちの画像データをVJで検索できるかしら。個体識別をした上で、過去の足取りをできる範囲で追跡したいんだけど」

「できますとも。対象者お一人当たりの画像データ量と質によって精度が左右されますし、全国、全期間が追跡範囲ということですと時間がかかりますが」

「さしあたりここ金沢市内に限定、期間は現在までの二年間でやってみて」

ＶＪに記録されている全データは、運用開始からの五年分に過ぎない。だが、子どもの顔は成長につれて変化するので、どのみち二年くらいが限界だろう。

「それでしたら二時間ほどでご報告できます。しばしお待ちを」ジーヴスはうやうやしく一礼し、靴音を鳴らして画面から歩み去った。

「今の外人さんはどういった方ですか」

任田が興味津々で画面をのぞき込んでいるのは、ジーヴスの姿がおよそ警察関係者には見えないからだろう。生身の人間だと信じ込んでいる。

「私たちと一緒に働いているＡＩアシスタント『ジーヴス』です。ＶＪ（バーチャルジャパン）の『相談役（コンシエルジュ）』とでも申しますか。人間の研究者に代わって大概の作業をこなせますし、今のように調査方針の相談にも乗ってくれます」

「技術の世界は日進月歩なんだなあ。私なんぞ完全に取り残されてしまった。もっとも私の世代なら無事、逃げ切りでしょうがね」

瞳はいささか残念だった。新技術に二の足を踏む任田のような人は多いが、熊に追われているわけじゃなし、ＡＩから逃げる必要なんかない。どんどん使いやすくなるＡＩを、人間と同じ社会の一員として受け入れ、自分の仕事を肩代わりしてもらえばいいだけなのだが。

初期データの収集という目的はひとまず達成したが、瞳は彼らに直接会い、話してみたくなった。単純な好奇心もあるが、感情理解が苦手なＡＩとは違う感触を得られるかもしれない。その希望を聞いた任田は、しばらく考えた末、ファイルから何枚かの「カルテ」を抜き出した。ショータ、ミキオ、サヤ――その他数名の子どもたちの名前。誰にも姓はない。

「この子たちならまあ、私も時たま会っていますから大丈夫でしょう。子どもと言っても、中には危険な連中もいますからね」

「危険？」

「脅かすつもりはないのですが、女性の捜査員が、その……危ない目に遭ったことがありましてね」言葉を濁したのは、性的被害を受けたからだろう。任田は小会議室の壁に貼られたカレンダーを見ながら言った。「さっそく明日、大浜埠頭のそばの港公園にご一緒しませんか。午前中ならばショータとサヤがいるかもしれない」

翌日、勝手に梅雨明け宣言を出したくなる陽射しの中で、ジョギングウェアにスニーカーという軽装で街歩きを楽しんだ。宿泊しているビジネスホテルから公園までは二十分ほどだし、移動を自動運転車に任せていては身体が鈍る。《ワイズキャブ》には無人走行で市内を巡回撮影させているが、必要ならジーヴスに呼んでもらえばいい。

大浜埠頭は金沢市内を流れる大野川河口にあった。南側の小高い丘の上にある港公園に近づくにつれ、埠頭に停泊中の巨大クルーズ船が白壁のリゾートマンションのようにせり上がってきた。クルーズ船で訪日する外国人観光客は年々増加の一途を辿っている。金沢空港が開港し、海と空の玄関口が隣り合った利便性も好評で、訪日外国人の人気ランキングで、金沢市は常にベスト3をキープしている。

任田は葉桜の木陰に立っていた。スニーカーにジーンズ、赤いパーカーにニット帽という出で立ちは魚市場の仲買人みたいで、相変わらず警察官には見えない。手招きで瞳を呼び寄せ、十メートルほど離れた芝生を拳から突き出した親指で指した。木陰からそっと観察すると、芝生の上に二人の子どもがいる。十二、三歳くらいの手足の長い少年は地面に片肘をついて寝転び、近くに幼稚園児かせいぜい小学一年生くらいの女児がお尻をついて座り、川向こうにそびえ立つ巨大クルーズ船を一心に眺めている。

「今日、彼らに会えると思ったのは、あの船が来港しているからです。二か月に一回、金沢港に寄港するんですよ。他にもっと大きな船も来ますし、まさに国際観光都市ですね」

「誰もが憧れる船旅ですよね。どこからやってくるんですか」

「主としてアジアの港を行き来しています。シンガポール、上海（シャンハイ）、釜山、羅先（ラソン）、国内では函館や長崎にも寄港するとか」

「ええと、羅先ってどこですか」不勉強を恥じつつ訊ねた。

「統一朝鮮の東北の端にある港町ですよ。豆満江（とうまんこう）を挟んだ向こう側は中国とロシアです。旧北朝鮮に経済制裁をしていたころは、密輸――いわゆる『瀬取り』ですな――

の監視に国際社会が神経を尖らせていたそうです。　ああ……メモとか取らないで下さいよ。今日の配役は先生と生徒じゃないんだから」

「あ、そうでしたね」

東京から遊びに来た親戚の娘というのが、瞳を彼らに引き合わせるための役柄だった。そう言われれば、実際にこのくらいの年格好の叔父がいる。任田自身は地元の会社員を名乗っているそうだ。任田は二人の子どもに歩み寄り、偶然を装って声をかけた。

「やあショータ！　久しぶりだな。今日もあれを見物に来たのか」

呼びかけられた少年は、寝転がったまま目だけ動かして大人たちの顔を見、もぐもぐと返事をした。

「昨日は夜の仕事だったから寝てたかったんだけど、サヤが連れてけってうるさいもんだから」

「あら、サヤちゃんっていうの。かわいいね」ショータの台詞をきっかけに、瞳は思い切って話しかけ、女の子の隣に腰を下ろした。ジョギングパンツのポケットから半分くらいになった板チョコを出してみせる。「食べる？」

「うん」

サヤは小さな手を突き出した。こんな幼な子が、本当に家も親もない「ストリートチルドレン」なのかと思うとやりきれない。銀紙を一巻き剝がして手のひらに載せてやった時、後ろから尖った声がした。

「あんた誰？」

振り向くと上体を起こしたショータが、瞳に厳しい視線を注いでいた。

「親戚の娘さんだよ。東京から遊びに来てるんだ」どぎまぎして言葉に詰まった瞳に、任田が助け船を出す。

「大学の夏休み中、叔父さんの家にホームステイしてるのよ」瞳は精一杯の笑顔で大きく肯く。

「あ、そう」ショータの表情がわずかに和らいだ。気を許してはいないが、取りあえず任田の顔を立てたのだろう。

幸い、幼いサヤは人見知りとは無縁だった。瞳はサヤの話相手をしながら、ショータと任田との会話にも耳を傾け、何度か合いの手を入れた。ショータの言葉づかいや目配りはひどく大人びており、休憩中の工場労働者とでも雑談しているようだ。そうか、この子は大人に育てられた経験がないからだ——携帯端末で会話を録音し、子どもたちの姿を隠し撮りしながら思った。

「二、三か月もすれば、段々寒くなるからな。暖かくしてたっぷり寝とかないと風邪を引くぞ」

「大丈夫さ。オレらのヤサは暖かいんだ。電気ストーブだってあるんだぜ」

「そうか。こないだはあの子を病院に連れて行ったのか。金は足りたかい」

任田の口調は、思春期の息子に向かい合うぶっきらぼうな父親のようだ。

「行ったけど、あいつらうるせえんだ。どこに住んでいるんだとか、なぜ親が来ないのかとか、書類がどうたら——なんとか診察だけはしてくれて、薬ももらえたけどね。二度と行きたくねえな」

「ああ、そりゃ悪いことしたたな」任田はパーカーのポケットから手帳を出して何かを書き付け、破り取ったページを渡した。「今度から、なんかあったらここに行くといい。知り合いがやってる小さな町医者で、口は悪いが腕はいい。黙って診てやれ、払いはおれにつけとけって言っとくから。薬を取りに行くつもりで遠慮無く使ってくれや」

「わかった」ショータは上目づかいに任田の顔を凝視する。感謝している一方で、裏があるのではと疑っているようだ。「だけどさ、なんでそこまでオレによくするんだ」

「別に、おまえの心配だけしてないさ。サヤのことがほっとけないんだよ。前にもチラッと言ったろ……昔、小父さんにも今のサヤと同じくらいの娘がいたんだ。もういないけどな。だから具合が悪い時くらい、ちゃんと医者に診せてやりたいんだよ」シヨータの頭にポンと手のひらをのせ、照れ隠しのように顔をしかめた。「おまえはこれからもサヤと一緒に暮らしたいんだろ。小父さんも他の大人みたいに、サヤをどっかに預けろとか、つまらないことは言いたかない。だから、これだけは言う通りにしてくれ」

「ああ」ショータはようやく得心がいったようだった。

その後の二人の会話は、どこの店のラーメンはうまいとか、あの通りのコンビニのバイトはタレントの誰それに似ているといった、たわいもない雑談が主だった。大口を開けて笑っている時のショータは、普通の子どもと違わなかった。たまに普段の暮らしぶりに触れる内容もあったが、そこで質問をすることは任田に止められている。会話内容は録音を後で文字起こしすることにして、瞳はサヤを膝に乗せたまま、ちょっと離れたところから二人のやり取りに聞き耳を立てていた。時間にすれば一時間足らずだったろう。話が一段落したらしく、任田は瞳を手招きして会話の輪に入れた。

「ショータが、何か頼みがあるそうだ」任田はショータの後ろで、不器用なウインクをした。

「私に?」任田にではなく初対面の自分への頼みごととは何だろう——意外に思いながら、ショータに向き合った。「なあに、なんでも言って」

「サヤの服を買ってやって欲しいんだ」

「あら、そうね。もうずいぶん古いし、それに小さくなっちゃってるかも——靴も」

サヤの服装がみすぼらしいのは、さっきから気になっていた。どこかで拾ってきたようなビーチサンダルを履いていることも。「いいわ、夏物を二、三枚と、寒くなっても着られるようなものも選んでおくね。どこに持っていけばいい?」

「十日後に別の船がくるから、その時にここで」ショータは恥ずかしげに口ごもる。

「それもだけど、どっちかというと下着とかが欲しいんだ。金が足りないわけじゃないけれど、ほら、オレたちだと女の子のパンツとか買いづらいだろ。最初の分はもう、穴開いちゃったりしててピンチなんだよ」

「あ、そうだよね！　わかった。可愛いの買ってくるからね、サヤちゃん」瞳は任田の方を振り返った。「叔父さん、その時はまた連れてきてね」

「いや、月末はちょっと忙しいから、こっちのお姉ちゃん一人で来るかもしれない」任田はショータに言い、重ねた千円札をポケットにねじ込んだ。「これでラーメンでも食え。邪魔したな」

「うっす」

サヤの背丈や足のサイズを見たり、好みを聞いたりしていた瞳は、大野川沿いの歩道でようやく任田に追いついた。

「はじめて『ストリートチルドレン』と話をした感想はどうでした」

「こんな言い方がいいのかわかりませんが、意外に……普通の子ども以上にしっかりした子だなと感じました」

「そりゃあそうですよ」任田は笑った。「あいつらはこの厳しい社会を、自力で泳ぎわたっているんですよ。しっかりしてなくてどうします」

「あっ、それもそうですね」

瞳はペロリと舌を出して照れ笑いをした。通りすがりの歩行者からは父娘（おやこ）に見えたかもしれない。並んで歩きながら、任田が言う。

「それにショータはあの世界の優等生ですよ。端から敵意むき出しの連中とは違って、大人と無用の軋轢を生まず、利用できるところは利用する賢さがある。それでも住処をしつこく問いただしたり、サヤを引き離そうとしたら、頑として反抗するでしょう」

「つまり、典型的な『ストリートチルドレン』ではないのですね」

「そういうことです」

「ところで、あの二人は兄妹ではないんですか」

「ショータは違うと言っています。それに兄妹で家を出たのなら、当然どこかから捜索願が出されて家出人扱いになるはずだ」

「んー、でも不思議ですよね」瞳は考えこむときの癖で下唇に人差し指を突き立てた。「ショータくんはともかく、サヤちゃんみたいな幼児がいなくなって、親はなぜ捜索願を出さないんでしょうか。お母さんはいったい何をしているんだろう」

「わかりません。私らが把握している子どもたちの中でもサヤは例外です。『ストリートチルドレン』のほとんどは、ショータと同じかそれ以上の年齢だし、十人に九人までが男児です。それだけに、私はあのサヤのことが特に心配なんですよ。ショータやもっと年上の子ならそれなりに生活力があるし、おとなしく施設に収まっている連中じゃあない。でも、サヤはまだ小さいし、ショータがいくらしっかりしていると言っても、子どもでは手が回らないこともあるでしょう。思いがけず病気にかかるとか、重大なことが起こる前に、なんとか養護施設に移したいんですが――ショータが手放したがらないだけではない。サヤの方も、絶対にショータから離れようとしないんですよ」

「児相とは連携しているんですよね」

「もちろん。ショータには悪いけど、児相へ密告することも考えました。でも、それでは長年かかって築き上げた彼らとの信頼関係はすべて失われ、数百人の子どもたちは深い闇に姿を消してしまうでしょう。物原さん、私はね、この『ストリートチルドレン』という現象を日本社会が侵された新種の『奇病』だと思っているんです。実態を解明してなんとか治療法を見つけたい。そのことに残りの警察官人生、いや人生を賭けているんです。だからこそ共感する仲間を集めてささやかなネットワークも作りました。でも私らの活動は警察内でも風当たりが強くてね。通報義務を果たしていないとか、子どもたちを見殺しにするのかといった批判が、上や横からしょっちゅう飛んできます。だから最近は上に報告するにも、内容を吟味しています。昨日は署内ですから言うのがためらわれましたし、絶対にここだけの話にしていただきますが、実は私たちの仲間内で、何人かのＤＮＡ鑑定を自費で依頼したこともあるのです。今では営利の検査会社もありますからね。ですが、行方不明者の家族を含めて、警察データベースには何一つとしてヒットせず、彼らが無戸籍者であるという確信を強めるだけでした」

「ご苦労をお察しします」そうとしか言えないが、任田たちが重ねてきた努力と比べて、なんと軽々しい社交辞令だろう。「あの……サヤちゃんのことでふと浮かんだことがあるんです。ただの思いつきかもしれませんが」

「どうぞ。思いつき大歓迎ですよ」

「置き去りにされた、とは考えられませんか」

「親に？　つまり昔で言う『捨て子』ですか」

「ええ。仮にお母さんが、何らかの事情でサヤちゃんを育てられなくなり、偶然ショータくんたち『ストリートチルドレン』の存在や住処を知って、そこにサヤちゃんを置いていったか、預けたのではないかと」

「預けたって、ショータにですか？」

子どもを子どもに預ける親がいるだろうかとばかりに、任田が疑わしげな目を向けた。

「ショータくん一人にというより、集団としての彼らにです。ただの想像と言われればそうなのですが、どこかに彼らの共同生活の場があるのではないでしょうか」

薄氷を踏む思いだった。自分は憶測を重ね、いい気になって空気の階段を上っているだけかもしれない。数年間も調査を重ねたベテランに向かって、差し出がましいことを言いすぎているかもしれない。だが、任田は真剣に受け止めてくれた。

「住処、たまり場、そうした仮定をしたことはあります。だがショータたちからその確証を得られたことは一度もない。彼らは『住処』については決して明かしませんし、こっそり後をつけても巧妙に撒(ま)かれてしまう。ですから今は居場所の詮索より信頼関係を維持し、絆を断ち切らないことを優先しているんです」

「よくわかります」

「逆にお聞きしますが、あなたはどこから『共同生活説』を思いついたんですか」

「サヤちゃんと話したとき『お兄ちゃんたち』という言葉が二度出てきたからです。それと、これは理由というより目標に近いんですが……彼らの『住処』を探るのに、私たちのＶＪ(バーチャルジャパン)が役立つかもしれないと思うんです」

「本当ですか」任田の顔に明るみが差した。

「そのためにも最大限のデータをいただいて解析しないと、詳しいことは言えませんが、とにかくやってみます」

とうとう言ってしまったと、瞳は覚悟を決めた。帰還不能地点(ポイント・オブ・ノー・リターン)を越えた以上、目標地点まで飛び続けるしかない。

県警の近くまで歩いて任田と別れた。少し行ってふり返ると、まだ歩道に立って見送ってくれていた。さっきショータに言った、サヤと同じくらいの娘がいたという話は本当なのかもしれない。

ビジネスホテルに立ち寄り、身の回り品を持ち出した瞳は、ガレージの《ワイズキャブ》に戻った。運転席にしか窓がないから、カーテンで仕切った後部座席には十分な居住空間がある。超インドア派の瞳にとって、シャッターで仕切られたガレージの中の車内という「箱の中の箱」はまさに安息の地だ。テレビやセットトップボックスがただでさえ狭いデスクを占領しているビジネスホテルの部屋より、よほど仕事も捗る。

昼間会ったショータやサヤの印象が生々しいうちに、この作業を済ませておきたかった。スマホのボイスレコーダーを聞き返し、ショータの話をテキストデータにする。大学の教養科目で履修した「民俗学概論」の聞き取り調査を思い出した。あの頃はまだ「テープ起こし」と呼んでいたが、最近は生成AIが基本的な変換はしてくれるので、変換ミスだけを修正すればよい。雑談の部分まで一言一句テキスト化する必要はないけれど、肉声の臨場感は残したかった。

ショータの話はポツリポツリと滞るかと思えば、気が乗ると急に饒舌になったり、堂々巡りしたりで、小一時間の聞き取りから趣旨を抜き出したら、大した分量にならなかった。読み返して、サヤの身元やショータたちの「住処」を探るヒントがありそうな部分にアンダーラインを引く。他の大人たちという言葉を使った後、ショータは明らかに後悔していた。そこには彼らとの約束事とか箝口令があるのかもしれない。サヤの服の最初の分の下には、「いつの事?」と赤字でメモした。

テキスト化を終わらせた瞳は、隠し撮りしたショータとサヤの顔画像をモニタ画面で眺めた。指先で画面をスワイプすると、さまざまな方向から二人の顔を見られる。この貴重な3D画像を使い、任田に約束した二つの課題――彼らの「住処」捜しとサヤの身元調査にどう結びつければよいだろう。ジーヴスに相談するより、今日の報告がてら逆神に知恵を借りる方が手っ取り早いと思った。逆神は井伏と二人で小松基地の航空自衛隊を訪問しているはずだ。通話が繋がると、逆神は井伏と雑談をしていた。どこかの飲食店で食事中らしく、客の声や料理の音が聞こえる。もう初会合は終わったらしい。

「やあ瞳、何か収穫はあったか？」逆神はのんびりした声で応じた。

「大ありです。任田巡査部長はとても協力的で、今日の午前中には二人の『ストリートチルドレン』に紹介してくれました。ようやくこの問題の深刻さとデリケートさが肌で解った気がします。詳しくは報告書にまとめますが、ＶＪによる調査のことでご相談に乗ってほしいことがあるんです」

「技術的（テクニカル）なことか」

「はい。そこに井伏さんもいらっしゃるようだから、ついでに話を聞いてください」

「ついでにとはご挨拶やのう」ビールでも飲んだのか、井伏は桜色の顔をしている。

「室長のご専門だと思ったものですから」

「相談には乗るが、もし後の予定がないなら、いっそここに合流しないか」

「わかりました。ある程度の成果をまとめて、任田さんに報告すればいいだけですから」

「なら決まった。ちょうど《ワイズキャブ》にいるようだから、車ごと呼び寄せる。北陸自動車道で三十分もかからない」

「ビジネスホテルの部屋を取りっぱなしなんですが、それはどうしますか」

「そのままでいい。われわれを乗せて金沢に戻ってもらうから。ついでに、同じホテルにもう二部屋押さえておいてくれ」

「えぇっと……それって送迎車代わりじゃないですか」

「どのみち運転は車がする。ここじゃ大っぴらに情報交換もできないからな」逆神は悪びれもせずに言った。


逆神が呼び寄せた車に乗っていただけなので、停止してはじめて目的地を知った。JR小松駅から少し離れた線路際の「珍龍」という町中華店だ。乗り込んできた二人からは餃子とビールの臭いがした。

「お客さん、どちらまで」瞳は嫌味を言う。

「まあ、そう仏頂面すなや。ほら、これは土産(みやげ)や」

井伏がプラスチック容器に詰めた焼きそばを鼻先に突きつけた。いまどき珍しい正当派の「酔っ払いのお土産」だ。子ども騙しもいいところだが、思えばサヤと一緒にチョコレートを囓ってから、仕事に熱中して食事を忘れていた。口より先に腹が礼を言った。チャンポンの麵を塩炒めにしたような香ばしい焼きそばを掻き込みながら、任田巡査部長から聞いた問題の全体像と、『ストリートチルドレン』たちとの初対面について報告した。逆神はショータのインタビュー記録をじっくり読んだ。特に興味を持ったらしいのは次の一節だ。

それが建物なんかじゃなく、外国船だと教えてくれたのは《笛吹き》だ。本名は知らない。（任田氏に）あんたもそうだけど、他の大人みたいに説教したり、親はどこにいるのかと訊いたりしないで、好きなようにやらせてくれるし、色んなことを知ってて、日銭を稼げる情報もくれるから、仲間付き合いしてやってるんだ。

でも一緒に住んでるわけじゃない。昼間は公園のベンチにいたり、車で街をふらふらしてるけど、夜は汚いアパートで寝泊まりしてる。車に乗せられて何度か連れてかれたけれど、オレらのヤサより全然狭くて、わけのわからないラジオみたいなのがゴテゴテ積み上げてあって、なんでこんなところに住んでいるんだろうと思った。でも他の大人たちともしゃべっているのを見たこともある。

逆神は《笛吹き》と、わけのわからないラジオみたいなのにアンダーラインを追加した。一気に食べ終わった瞳は「ご馳走さま」と小さく手を合わせ、彼らの行動または生態の把握について意見を求めた。提供された『ストリートチルドレン』たちの画像データをVJにかけ、金沢市内での彼らの行動を追跡できないか。金沢市内や石川県内の3D防犯カメラは首都圏ほど多くないので、メッシュも粗くなるが、多数の子どもたちの行動軌跡や分布がわかれば、彼らの「住処」も突き止められるのではないかというアイデアだ。もちろん、そういう場所があるとしてだが。

「比較用の顔画像はどのくらいあるんだ」

「平均すれば三、四十人掛ける二、三十枚で、合計千枚くらいです」

「やや少ない気もするが、現状の学習結果から転移学習すれば、なんとかなるんじゃないか」

　転移学習とは深層学習（ディープラーニング）で使われる手法で、別のデータセットについて学習済みのニューラルネットワークを土台として利用し、最終層に近い層だけを目的のデータセット——この場合は『ストリートチルドレン』の顔画像を使って学習しなおすことを指す。意外なことに、土台と追加分は別種のデータでもよい。たとえば動物の分類を学習したネットワークを土台に、逆神研のメンバーの顔認識を追加することもできる。直感的に言えば、人間の顔を動物に喩えたり、それらの線形結合（組合わせ）で表現するのに近い。

「任田さんに安請け合いしちゃったんじゃないかと不安でしたので、それを聞いて安心しました。より難しそうなのは、サヤちゃんの身元追跡ですが……」

瞳は上目づかいに逆神の顔色を窺う。自分たちの任務は背景調査だから、個別事例に深入りするな、と釘を刺されるかもしれないと思ったからだが、幸い取り越し苦労だった。

「幼い子だからな。そもそも幾つなんだ」

「五歳というのが任田さんの推定です。私にもそのくらいに見えます」

「それじゃ三年前には、まだ立って歩き始めたばかりだ。顔も相当変わっているだろうから、現状のVJでは照合できないだろう」

「せや。未成年の場合はパスポートの更新期限が五年なのも、そういう理由やしな」

「何かいい方法はないでしょうか」

「変わる、と言っても別人になるわけじゃないからな」逆神はしばらく、指先で額を叩いていたが、唐突に言った。「昔、カップルの赤ちゃんの顔を予想するアプリがあったの、知らないか」

「現物を見たことはないですけど、話だけは聞いています」

昭和末期からあるらしいから、枯れた技術なのだろう。瞳の親世代は合コンなどで盛り上がったそうだが、合成される顔が結局は想定内なのと、使い方次第ではセクハラになるから、いつしか廃(すた)れてしまった。

「あれはもちろん二人の顔画像を混合(マージ)するアルゴリズムだが、それとは別に、大人から乳幼児の顔を推定するアルゴリズムも使っているはずだ。つまり成長による顔の変化には、数式化できる規則があるんだ。科警研（うち）だと生物二研の担当だから、後で訊いてみよう」

「そうか、じゃあ！」勢い込んだ瞳は、喉に残ったコショウにむせそうになった。

「今日のサヤちゃんの顔から、たとえば四歳、三歳、二歳のサヤちゃんの顔を推定して、各時期のビッグデータと照合すればいいんですね」

それができれば、サヤの手を引く母親の姿にたどり着けるかもしれない。瞳は芝生の陽だまりで膝に抱いていたサヤの笑顔を思い出し、きっと見つけてあげるね、とつぶやいた。


翌朝、ホテルの部屋を出た瞳は《ワイズキャブ》にこもり、ジーヴスと相談しながら深層学習ネットワークの設計に取りかかった。期せずして出張予定が延び、帰京しなくてよくなったのはラッキーだ。転移学習に加えてファインチューニングができれば、かなりの精度で『ストリートチルドレン』たちの画像が照合でき、点同士が結ばれて、地図上のタイムラインとして追えるかもしれない。重い解析は《ワイズキャブ》のワークステーションでは無理なので、柏のメインシステムとの分散処理になる。

翌週初めまで、三人は同じビジネスホテルを拠点に、各自の仕事に集中した。逆神と井伏は二、三回、小松基地の第六航空団に出向いて早期警戒機（AEW）内の殺人事件を調査し、瞳は金沢中署に居場所を作ってもらい、『ストリートチルドレン』関連の膨大な書類に目を通す一方、任田と二人、《ワイズキャブ》で市内を巡回し、ＶＪの網の目よりきめ細かく、『ストリートチルドレン』の生活を観察し、記録を取った。

週末になると逆神はガレージの近所をうろつき、マンションの空き部屋を探していた。駅ビルのレストランで昼食の時に尋ねると、やはり「金沢支所」のオフィス探しだった。

「じゃあ本気なんですね。つい先月まで『そんな予算がどこにある』が口癖だった人とも思えません」

「この予算執行がすんなり認められるかどうかで、上の本気度が解るだろう。それにどの案件も日本海側が舞台だから、いちいち出張してたんじゃ非効率だ」

逆神は理由を並べ立てたが、結論ありきにしか聞こえない。

「そうですね」瞳は苦笑しながら応えた。

「それに、いくら引きこもりの君でも、まさか《ワイズキャブ》で一週間は過ごせまい」

「引きこもりとは失礼な。超インドア派と呼んでください」

そう言って抗議したけれど、内心では一週間くらいなら余裕だと思った。

適当な物件はすぐに見つかった。金沢市の中心街に建つ築浅のマンションだ。週明けから、三人は仕事の合間に「情科四研金沢支所（仮）」の開設準備をした。もちろん機密の調査なのだから、何か適当な名前を考えなければならない。二、三日したら、柏の機材の一部を運び入れる手配も兼ねて、新人の須田を呼び寄せることになっている。

小松基地での聞き取り調査が一段落した水曜、井伏は酒田でＣ案件――卒業アルバム損壊事件を調査している小森田の陣中見舞いだと言って、金沢を去った。

第4章　ゴルディアスの結び目

疲れて寝付いた夜など、小森田はいまだに猛暑の大阪万博会場の夢を見る。

警視庁警備部から科警研に移籍した翌年は、複雑極まる警備計画をまとめ上げ、瑕(か)疵(し)をチェックする作業に費やされた。現在のＶＪ(バーチャルジャパン)の前身である深層学習システムも大いに活躍した。

ちょうど四年前の二〇二五年七月——その日は夏休み最初の週末で、大阪市夢洲(ゆめしま)の国際博覧会会場には、普段の倍、四十五万人の観客がひしめいていた。猛暑日まであと少しという快晴で、売店には冷たいスイーツを求める客が列をなし、熱中症対策のミスト装置には、シャツの襟元をくつろげたり、吸入器よろしく大口を開けた老若男女が群がっていた。メインイベントを待つ人の群れが、中央広場の密度をしだいに押し上げてゆく。

午後一時、司会を務める女性タレントの弾けるような挨拶に会場が沸き立った瞬間、スタジアムの差しかけ屋根の縁を越え、いくつもの黒い物体が飛び立つのが目に入った。一瞬、海鳥にも見えたが、ビーンというかすかなプロペラ音がそれを否定する

――五機、そして十機……イベントの進行状況と警備計画を突き合わせていた小森田が気づいた時には、二十機の大型ドローンが整然とマトリクス状の隊伍を組み、屋根の縁で切り取られた楕円形の青空に静止していた。式次第にこんな予定はない。何か行き違いがあったのかと博覧会事務局に問い合わせる。

「こちらではわかりかねます。警備用のドローンじゃないんですか」

先方も予想外の事態にあわてふためいている。観客を落ち着かせるために、何かメッセージを出すべきかもしれない――小森田は警備責任者にも警戒態勢入りを命じた。もちろん警視庁警備部では、ドローンによるテロも事前に想定していた。二〇一八年にベネズエラのマドゥロ大統領がドローンに暗殺されかけ、翌年にはサウジアラビアの油田がイラン革命防衛軍の有翼ドローン群の攻撃で炎上した。以来、世界中の警察やインテリジェンス組織は、この「貧者のミサイル」への警戒を強め、対策を強化してきたのだ。

警備用ブースから走り出た制服の機動隊員が片膝をつき、ライフル銃のようなものを空に向けた。銃口の代わりに不格好なホームベース状のものがついている。これは「ジャミングガン」といい、不審なドローンを電波妨害により操縦不能に陥れる機能を持つ。東京五輪に先立って警察庁が導入を決めた最新兵器だ。だがドローンが大群衆の上に墜落すれば負傷者が発生する恐れがある。うまくやってくれよ――祈る気持ちで空を見上げた。だが、皮肉にもそれは杞憂に過ぎなかった。妨害電波を照射しても、編隊はわずかに隊伍を乱しただけで、一機も墜落しなかったからだ。

「AIによる自律制御か」

小森田は低く唸った。密かに恐れていたことが現実になった。外部から操縦されていない機械を、妨害電波によって停止することはできない。隊伍がゆらいだのは、強力な電波で回路が影響を受けたためだろうが、上空からの映像をもとにドローンが自分で考え、飛行しているのなら、犯人は近くに潜んでいる必要さえない。

二十機のドローンが一斉に白色の煙だか粉末状の物質を散布し始めた。会場のざわめきに不安が混じり、観客の周縁がぼやけはじめたのはようやくこの時だ。それまではむしろ、何の演し物が始まるのかと期待を込めて見上げる者の方が多かった。

「炭疽菌テロ」「地下鉄サリン事件と同じ」「将軍様が兄貴を殺したあれじゃね」「超新型コロナ」……SNS上を飛び交う憶測やデマが電子の波紋のようにパニックを拡げてゆく。後の捜査でわかったことだが、デマツイートや投稿の多くは、所属不明のIPアドレスが発信源だった。犯人側が関与しているのは間違いない。

警備ブースとは別の一角から、八つのプロペラがついた大型ドローンが二機、勢いよく舞い上がった。カーキ色の機体のどこかに桜のマークが入っているはずだ。「ドローン捕獲ドローン」と呼ばれるそれは、合成繊維のネットを不審な黒いドローンめがけて発射し、機体を絡め取った。撃墜するのではなく、捕らえて「お縄にする」のだ。先端技術とは言え、発想自体は江戸時代の奉行所と変わらない。だが二機しかない捕獲ドローンが四機の不審ドローンをようやく無力化するのに、十五分近くかかった。薬剤を撒きつくした残り十六機は一斉に西の空へ飛び去り、大阪湾の海面につぎつぎと墜落した。電源が尽きたためか、そのようにプログラムされていたのかはわからない。それは太平洋戦争末期の特攻機を彷彿させる異様な光景だった。

府警は海底のヘドロを浚(さら)い、多くの機体を回収したが、それらからも、会場上空で捕獲された四機からも、機体そのもの以外の証拠は何一つ得られなかった。自律制御用のAIシステムは、バッテリーバックアップされた揮発性メモリ(DRAM)にOSと共に格納されていたらしく、きれいに消失していたからだ。

そして敵の最大の策略を警察は見抜けなかった。ドローン攻撃は陽動作戦に過ぎなかったのだ。噴霧されていた白い薬液は、どこの薬局でも買えるマグネシウムミルク、つまり緩下剤に過ぎず、後に「OVID-25」と命名された生物兵器は、会場のいたるところに設置されたミスト装置のタンクに混入されていた。エスカレーターのベルトに塗布する特殊装置も計六か所で発見された。

死者三千六百八十三名、感染者約五万一千名——事件から五か月後にようやく終息宣言にこぎ着けた政府がまとめた数字だ。逃げ惑う群衆の下敷きになった犠牲者も数十名を数えた。経済的打撃は十兆円の桁に及び、中小企業の相次ぐ倒産で、長期低落傾向にあった自殺者数の数字も跳ね上がった。何よりも国民の間に広がった先の見えない不安こそが最大の被害だった。犯人側にとっては最大の成果だろう。

国会や府議会での紛糾した議論の末、大阪万博は三か月もの開催期間を残して中止された。夢洲の会場は全国から招集された二百人の警察官がロボット掃除機のように動き回る巨大な捜査現場となった。テロリストたちの正体や動機は、今も不明だ。

原因究明よりも責任追及が先行した。実質的に警備計画を策定した小森田は、全方位からの批判に耐えながらも、この敗北から将来のテロ対策に役立つ教訓を得るべく、警備活動の総括を続けた。そのころ、ふと逆神に漏らしたことがある。

「最近、犯罪自体が進化している気がするんです」

「手口が複雑化したということか」

「というより、誰かが他人に仕掛ける悪事という従来の犯罪の定義から外れて、人の営みとは関係のない、偶発事件というか、自然災害のように思えることがあるんです」

「自然災害？」

逆神はとっぴな発想に驚いていたが、しばらく話してみると、似たような感覚を別の言い方で表現していただけだと判った。要するに、敵の姿が見えなくなったということだ。犯人が不明なばかりか、犯人像が描けない。犯人像を推定し、手口や動機を探り、物理的な犯行の可能性を突き詰めてゆく従来の捜査手法が使えないのである。自分たちは一体誰を、いや何を相手に戦っているのか。

テロ事件から一か月経った八月、小森田は逆神と共に桜田門の警察庁副長官室に呼び出された。小森田は万博での警備失敗についての叱責と処分を覚悟していた。どうせふたたび転属されるなら、警視庁警備部に戻るより、現場で犯罪捜査に携わりたかった。「国テロ」に出向していたころの、海外での捜査経験が水にあっていたからだ。逆神の方は、自分を辞めさせたらＡＩ捜査の未来はないとばかりに超然と構えていたが、やはり緊張は隠せなかった。

だが呼び入れられた会議室には、当時岩倉の前任だった迫田(さこた)法科学第四部長や三﨑(みさき)科警研所長の顔はなく、木戸副長官を交えた三者面談のようなものだった。テロ事件はおろか、警備活動についての具体的な話題は一切なく、哲学的でとりとめのない話(わ)柄(へい)に終始したのだ。わずか二時間足らずだったが、その会合の不思議な印象は今でも残っている。

「すべてが複雑に連動する現代社会において、犯罪は何が動機でもおかしくないし、推理小説のようなわかりやすい動機を求める方が、間違っているかもしれない」

静かにささやくような声で、木戸副長官は話しはじめた。まるで大学の哲学か政治思想のゼミに参加しているようだ。「木戸教授の白熱教室」というのが、後に逆神とつけた通り名だ。

「すべて、とはどこからどこまでですか？」逆神が質問した。

「犯罪、戦争、技術、経済、倫理、宗教など一切。君らが経験したのはある意味でテロリストという犯罪者らとの技術開発競争だ。そして限りなく戦争に近い。そう感じなかったかね」

「わかりません。ただ、今までの防犯の常識や概念が通用しない相手と戦っている不気味さと無力感がありました」

「宗教上の対立でテロという名の戦争が起き、それが誰かのビジネスプランの一部だったことなどざらにある。武力であれマネーであれ、世界的な騒動を引き起こすパワーさえあれば、他人を踊らせて金融市場から莫大な利益を吸い上げられるのだ。自爆テロ犯にとっての真実と、テロに出資する黒幕にとっての真実は一致しない。また逆に軍備や治安維持体制の整備には巨額の費用がかかり、それが経済を回す原動力にもなっている」

木戸が漆黒のガラステーブルの上に手をかざすと、空間に天井につかえるほどの立体地球儀が現れた。指で回転・拡大すると、日本海を中心とした列島と東アジア各国の拡大図になった。

「だがいまは経済や宗教はひとまず置こう。われわれが考えるべきテーマは、犯罪、技術、倫理の三者の相互関係、そこに潜む《ゴルディアスの結び目》を解くことだ。そして犯罪と戦争との境界線は極めてあいまいになっている。情報技術（IT）の専門家である君らには、私が言う意味はわかるな」

「わかります」

逆神が答えた。「コンピューターにもソフトウェアにも、軍事と民生の境界線などありません。兵器さえシステムの構成要素として取り込めます。さらにプロとアマの区別もつきません」

それはＩＴの夢と希望だが、同時に悪夢と恐怖でもある。銃やミサイルを除けば、すべての要素技術は秋葉原電気街で買えるし、あとは目的に応じて組み合わせる術さえ知ればよい。悪意の天才プログラマーは、他の犯罪者をはるかに超える深刻な事態を社会にもたらせる。そこに自己表現の密かな喜びを感じ、より高度な犯罪に手を染める者も多いが、いずれにせよ境界線は個人の心の中にだけあり、技術自体にはないのだ。

「ＩＴの中でも人工知能（ＡＩ）には、その両面性が強く表れている。人間と機械の境界線が曖昧になるからだ。君らには釈迦に説法だろうが、その可能性と危険性は無限だ。現に万博会場のテロでも『貧者のミサイル』と呼ばれるドローンがＡＩ兵器として悪用された。蓋を開ければオトリだったが」

「ドローン自体は兵器ではなく、誰でも買えます。法的には登録義務が設けられましたが、技術がある人間なら自作もできる。万博会場で使われたドローンも、汎用デバイスと３Ｄプリンタ製のパーツを組み合わせたカスタムメイドでした。それを制御するＡＩソフトウェア次第で、さまざまな犯行が可能です。ですから、先ほどおっしゃったように、治安を維持するわれわれも犯罪者との技術開発競争を続けざるを得ない。

ただ、それが《ゴルディアスの結び目》と言うべき難問（アポリア）を生み出す理由が、よく解りません」

それは古代アナトリア地方に伝わる伝説だ。フリギア王ゴルディアスは、柱に牛車を固くしっかりと結びつけ、この結び目を解き得た者はアジアの王たらんと予言した。以来多くの力自慢が挑んだが決して解けなかった。数百年後に結び目を剣で一刀両断し、予言通りにアジアの覇者となったのが、大遠征中のマケドニア王アレクサンドロスだった。

「鍵は『倫理』にある」

木戸は結び目を再現するかのように、大きく分厚い両手を机上で組んだ。「犯罪＝戦争と技術という二項関係なら結び目はできない。そこに『倫理』が加わることで、問題は一挙に複雑になる。古典物理学の三体問題に厳密解がないのと似ている。実を言えばこの難問について考えることが、私がこの国の警察機構にやってきた理由なのだ。それ以前にどこにいたかは明かせないが、そこで私は長年にわたり、ある男の下で国防の仕事に携わってきた。敵と味方の力をできる限り正確に評価（アセスメント）する仕事だ。そこでこの難問に突き当たった。戦時において自国の損害を最小限に留め、それ以前に、他国に戦争を仕掛けさせないためには、つねに技術的優位性を保つ研究開発に注力しなくてはならない。米ソ冷戦時代や、米中新冷戦時代の軍拡競争がそれだし、近年では宇宙やサイバー、バイオ、ＡＩにも戦場は広がり、競争は全世界の技術者を巻き込んで日増しに激化している。そこで君らに訊くが、米国のような、技術的に圧倒的に優位な国に、劣位の国や組織が、しばしば対等以上の戦いを挑めるのはなぜだと思う」

小森田はしばらく考えて答えた。「劣位の国が倫理的制約を外すからですか」

木戸副長官は肯いた。

「先進国ほど、また成熟した民主主義国家ほど、戦争と技術との関わりに倫理という第三の要素が強く関わってくる。兵器開発について言えば、国同士の技術力・工業力の差が勝敗を決するのは近代戦の常識だから、各国の軍事技術者たちは、敵に対する支配的優位を保つことを至上命題としてきた。核兵器やスパイ衛星などの『第一オフセット』、ステルス技術、精密誘導弾、情報技術などの『第二オフセット』までは、技術力で相手を圧倒して勝つ、というこのモデルはうまく機能した。具体的には一九九一年の湾岸戦争までだ。だが、ロボット、AI、バイオ技術を中心とする『第三オフセット』の時代、つまり『未来戦（フユーチヤー・ウオー）』を前に様相は大きく変わり、単純な技術比較から逸脱してしまった。倫理の問題がクローズアップされてきたからだ。常に最先端を追求する兵器開発が、かえって軍事費を際限なく増大させ、現場の状況を国民が理解できないものにし、無辜（むこ）の市民を無差別に巻き込み、意義もわからぬまま殺される過酷な戦闘を生身の兵士に強（し）いることに繋がる。そうした弊害が無視できなくなったのだ。警察の領域では、犯罪捜査と人権の関係がこれに相当する。戦争や犯罪捜査の非人道的な面が増幅されることで《ゴルディアスの結び目》が生まれるのだ。民主主義国の有権者は、民間人を巻き込む無差別爆撃や、若い兵士の大量死を是認しないし、国家指導者も議会承認なしに無謀な戦争に踏み切れない。逆に、技術力に劣る敵国——ロシア、中国、北朝鮮、ベトナム、アフガニスタン、イラン、パキスタン、シリア、そしてISなどが強大な米国と対等に戦い、ときに戦争目的を達成したように見えるのは、倫理の制約を自由に外せるからだ。そしていまや、AI兵器の『倫理』が国際的に議論される時代になった。その流れは知っているな?」

「『攻撃の最終判断をAIに委ねてはならない』——それが取りあえずの国際的コンセンサスです。しかしAI兵器の素人である私が聞いてさえ、そんな取り決めが実効性を持ちえるのか疑問です」逆神が答えた。

たとえば中国やロシアでは、無尽蔵に保有する従来型の戦車に、人間の戦車兵の代わりにAI機器の搭載を進めているとされる。AI兵器の国際的な規制は、使われた証拠が残らない分、クラスター爆弾や対人地雷といった「非人道的兵器」以上に困難なのだ。

「従来の戦闘でさえ、誰が攻撃の判断を下したのかは検証困難だし、それがAIであっても突き止めようがない」

「はい。先日の万博テロでもそうでした」苦い経験を嚙みしめながら小森田は言った。

「判断ロジック自体が消去されてしまえば、検証は原理的に不可能です。今後の捜査で主犯が逮捕され、自白でもしない限りは」

「主犯が人間ならね」逆神がポツリと言う。

「どういう意味です？」

「あのドローン群を操っていたのも、それ自体AIかもしれないということだ」

「そんなことは不可能です。ミスト装置やエスカレーターに細工をしたのは犯人グループの誰かでしょう。それもロボットだったとでも言うんですか」

「そうじゃないが、その犯人たちもAIに操られていたかもしれない。AIに人間のような自意識や意思があるとは思わないが、論理的に思考できさえすれば犯罪や戦争は計画できる。つまり悪意のAIという存在が想定できるんだ」

「人間と同様の判断ができるとすれば、実効上は人間と見なして差し支えないだろうな。ルーマンという学者が提唱した新しい社会学では、社会の構成要素はわれわれ個人ではなく『コミュニケーション』だそうだ。だとすれば人間とコミュニケーションできるAIは、人間と対等の立場で社会に参画していることになる」

「その理解で正しいと思います。すでに人間は機械と一緒に社会を作り上げています。しかし、今はまだ、その事実を受け入れられない人が多いために、さまざまな軋轢が生じている過渡期なのではないでしょうか」

「できれば、私はその多数に加えていただきたいですね」

小森田は反論した。逆神の理解は先鋭的すぎると思った。社会の「かたち」は人間が、人間だけが議論して決めるべきであって、不可逆な技術の進歩でなしくずしに決まるものではないはずだ。

「君ら専門家の間でも意見が食い違うとは興味深い。いい機会だから一つ質問させてくれるか――《技術的特異点（シンギュラリティ）》は本当にやってくるかね？」

「遠い将来には、そんな日が来るかもしれません」小森田は即答したが、逆神の意見は違った。

「ＡＩはいずれ人間を追い越します。ただ知能の定義は明確とは言えません」

「知能が定義できないなら、シンギュラリティも砂上の楼閣に過ぎませんよね」

そう食い下がった小森田は、自分が「人間の尊厳」にこだわっていることを自覚している。一方、逆神は、ＡＩに追い越されたところで、人間の尊厳は損なわれないと考えているようだ。

「定義できないのではない。たとえば、知能とは何百種目もあるオリンピックだと考えたらどうだろう。計算はもとより、将棋や囲碁といった知的なゲームでも、すでにＡＩは人間に勝っている。演奏、料理、デザイン、翻訳、作曲、法的判断、演出、小説執筆などの種目で追い越されるのも時間の問題だ。もしほとんどの種目でＡＩが人間を上回る日が来れば、シンギュラリティはもう過ぎたと思うべきだろう」

「そんな日が来るでしょうか」

「いずれは来るさ。それにこのモデルに基づくなら、シンギュラリティは種目ごとにあるわけで、いくつかはもう来てしまった。犯罪や戦争という種目でＡＩが人間を凌駕する日は、すぐそこまで来ていると思う」

小森田は今ひとつ納得いかなかったが、木戸副長官は腕組みをして深く肯いた。それがこの対等でない、二等辺三角形のような会合の終了の合図になった。最近思うのだが、あれは木戸副長官が何かを決断するための会合だったのではないか。四年後のいま自分たちが取り組んでいる奇妙な仕事の、か細い源流だったのかもしれない。

酒田に発つ前日、小森田は逆神に二つの疑問をぶつけた。なぜ木戸副長官がＣ案件に関心をもったかは、逆神も自分と同様のお手上げ状態だったが、酒田署の穂積氏がこの事案を面白半分の悪戯ではないと判断した「事件の感触」のようなものを共有できれば、少しは解ってくるかもしれない、とも言った。

「苦し紛れの説明ですまないが、唯一の捜査経験者である君にこの案件を任せるのは、それが理由なんだ」

「さしものＡＩも『刑事の勘』までは無理ですか」小森田はニヤリと笑った。四年前にやりこめられたお返しができた。「それからこれも、無理を承知でお訊きしますが、三事案の関連性をＶＪを使って確かめよ、という『木戸ミッション』の問題設定自体、逆立ちしていませんか」

「君もそう感じるか」

「そうですよ。こうやって列挙するくらいなら、木戸副長官はこれらの関連性について、なにかしら摑んでいるわけでしょう。なぜわざわざ、法外な予算と一つの研究室の九か月ものマンパワーを使ってまで、ゼロから関連性を探らせたりするんでしょう？」

逆神はしばらく考えた末、会議テーブルの上に単語を投げ出した。

「検算」

「なんですって？」

「まっ先に連想したのがその言葉なんだ。最初の計算はすでにどこかにあって、副長官はそれをもう一度確かめたいのかもしれない」

「どこかに『チームＡ』があって、われわれは『チームＢ』ってことですか」

「『チームＡ∨チームＢ』という含意がないなら、そうだ。あるいは木戸さんは、三つの事案が関係しており、もしそれが事実なら重大な事態が起こると直感されたのかもしれない。だが論理的に説明できないし、確かめる手段もない。そこでわれわれに、一切の予断を与えず、裏付けを取らせることにした」

　どちらにしても雲を摑むような話だ。あやふやな足場の上に堅牢な家が建てられるだろうか。小森田には割り切れないものが残った。

　羽田から庄内空港へのフライトはＡＮＡ便でちょうど一時間。小森田はその間、電話での印象を反芻（はんすう）しながら、これから会う協力者にどう接するべきか、いわばシミュレーションをしていた。何事も事前に計画を立ててから臨むのが流儀なのだ。

自分が担当したC案件は、一見すると所轄の刑事でも対応できそうな軽犯罪レベルの事件にも思える。スマホの画面で、これで何度目になるか、副長官が書いたままの文章を読み返した。

C　東北各県における「卒業アルバム」損壊多発事件の背景調査
二〇一〇年代初頭、東北各県の公共図書館を中心に、中高の卒業アルバムからページが破り取られ、持ち去られる事案が短期間に百件以上発生した。地元警察へ通報されたが、表面上は単なる器物損壊事件として処理され、踏み込んだ捜査はなされなかったという。唯一、いわゆる「背乗り」との関連を疑い、精力的に資料収集に努められた、山形県警酒田署文書課の穂積巡査部長と連携し、この事件の背景を調査されたい。

見方によっては、自分のいる学校だか出身校に不満を抱いた単なる子どもの悪戯であってもおかしくない。しかも十五年以上も経った事件で、軽犯罪としてとっくに時効が成立している。もし重要性があるとすれば、木戸副長官が関心を持ったという一点にかかっている。その理由は逆神研の誰にもわからないが、いずれは判明するだろう。だからそのことは棚上げするとして、小森田は今日の顔合わせや今後の調査活動で、協力者のペースに巻き込まれないようにしようと肝に銘じた。

これから会う酒田署の穂積巡査部長にしても、A案件で「ストリートチルドレン」を長年追っている金沢中署の任田巡査部長にしても、その努力には頭が下がるが、背後には当然、自分の見立てが正しいという信念がある。そうでなければ警察人生をかけて打ち込むはずはないし、宣教師のような熱意が木戸副長官の目に留まることもなかっただろう。相手は木戸が自分を差し向けたことで「お墨付きが得られた」と考えるかもしれないが、熱意は信念の正しさを裏付けないし、酷な言い方をするなら思い込みかもしれない。だから相手から最大限の情報を引き出しつつも、彼ら宣教師に「改宗」させられない心構えが必要なのだ。

だが、酒田署で待ち構えていたに穂積巡査部長は、およそ熱心な宣教師タイプではなく、山仕事をする人の着実な足取りを連想させる話し方の人物だった。この事件を本来担当すべき生活安全課ではなく、総務課で文書管理を担当しており、書類の行間を読む目は確かだった。

秋田県下の九つの公共図書館で卒業アルバムが毀損(きそん)される被害が発生したのは、もう十数年前だ。その手口は執拗で、中学校八校、高校三校のアルバムの写真や特定ページが切り取られたり、本自体が盗み去られた。図書館と学校の数を考えれば悪戯半分にやれる手間とも思えず、たとえ未成年者の犯行にせよ、根深い怨恨や敵意が感じられる。

「利用者のマナーも最近は低下してましてね。本に書き込んだり、傷つけたり、ページが折られたり破られたりの被害も増えちゃいるんですが」穂積は長年捜査しているうちに、自分まで図書館員になったような口ぶりで言った。「すぐに返さなきゃなんねえ本に書き込みをしたって、何にもならねえのにな」

そして当時の捜査記録を元に丁寧に説明してくれた。「ここにある通り、本の毀損ってのは、特定の有名人への反感とか、政治的立場の相違とか、文章の内容が癪に障って思わず――とか、なんらかの動機が透けて見えるケースが多いんですわ」

「そう言えば以前、千葉県で特定著者の本を図書館職員が勝手に廃棄した事件がありましたね。政治的立場というのはそうした場合ですか」

「まんずな。破られたり落書きされる写真も、芸能人より政治家が多いです。地元の名士とかね」

警察庁のエリート研究者が調査に来ると聞いて、最初のうちこそ緊張していた穂積だが、次第にリラックスして、庄内弁も飛び出した。「そもそも、それだけならただの悪戯ですて、図書館で内々に処理されるもんです。この卒業アルバム事件も、そういう悪戯の聞き込みついでにわかったくらいのもんで。ところが、こいつは今言ったような動機に当て嵌まらんのです。被害規模が大きいから悪質ではあるけんど、そもそも悪意があるんだかないんだか、はっきりしない。それより、むしろ何かを隠そうとしているように感じるんです」

「これは卒アルだから、誰かの顔を隠す、ということですか」

「もっと言えば、名前と顔の繋がりを隠すということです。ださげ私は『背乗り』を疑ったわけでして」

「背乗り」とは警察、特に公安や外事の隠語で、他人の名前や経歴を騙って本人になりすますことを指す。他国のスパイが日本に潜入する場合に使う手口なので、国家機密漏洩や文書偽造、時には殺人といった重大犯罪が隠れている場合もあるのだ。話に熱がこもって穂積はテーブルに身を乗り出した。小森田はテーブルから少し椅子を引き、とうに暗記していたことをあえて訊ねた。

「発生時期はいつごろなんでしたっけ」

「起こり始めたというか、発覚した時期は十四年前に集中してますけんど、十年前までは時折、思い出したように発生しとります。むろん、開架の棚に出してある館だけですが」

「卒業アルバムなんかを閉架の書庫に置いている図書館もあるんですか」

「その頃から個人情報保護ちゅうことが、この田舎でもやかましく言われ出したからね。むしろあの事件を受けて、引っ込めてしまった館が多いんです」

「閉架にした図書館では、その後事件は発生していないんですか」

「年に一回くらい各図書館に問い合わせてますけど、起きてません。そりゃ、司書さんに頼んで出してもらうわけだし、わざわざ卒業アルバムを借り出す利用者なんてわずかだろうから、犯人としてもやりづらいんでしょう」

「むしろ卒業アルバムを人目につかない場所に追いやることが、犯人の狙いだったと考えられませんか」

「私もそう思っとります」

そろそろ事件の核心に触れる潮時だと思った。

「穂積さんが、『背乗り』を疑われた理由は何ですか」

穂積はお茶請けの羊羹(ようかん)を一口かじり、断面をしげしげと眺めた。

「いくつもありますけんど、一つ挙げるとすれば、未成年がやるような、行き当たりばったりの愉快犯じゃなく、大の大人が周到な計画の元に実行したことが判明したからです。これはまだポンチ絵ですけんど——」

自席の引き出しから持って来たのは、大きな紙に手描きされた図で、すべての事件を発生場所の図書館ではなく、卒業アルバムを発行した学校側の視点から整理し直したものだ。八校の中学はいずれも三校の高校の学区に含まれており、事件の発生時期から考えても、犯人は最初に高校を対象として何クラスかの写真を持ち去り、それから中学校に遡(さかのぼ)って同様の行為に及んでいる。

「それは生徒を一人ずつたどらなければできませんね」

「それでピンと来たんですわ。こいつは悪戯どころか、誰かの存在を隠そうとして、つまり誰かの名前や身分を盗み取るために、組織的にやったことだと」

「ですが、最初にこの事件を知ったときから、いま一つ得心がいかなかったんですが、卒業アルバムは卒業生の人数分作られるわけですから、図書館の蔵書だけをどうこうしても、身分を乗っ取る役に立つのでしょうか。親族や友人だっているでしょうし」

「もちろんこんな地方だから、人間関係は濃密で、ときにうっとうしくもなりますよ。でもね小森田さん」

穂積は含み笑いを浮かべて小森田の顔を見た。「あなたは東京の人らしいし、友だちもいっぺおるからわからんかもしれんけど、地方には、高校を卒業したらすぐに都会に出たっきり、戻って来ない者も多いんです。親戚付き合いもなく、親にも連絡せん者もね」

「そういう人に心当たりがありますか」

「休日とか仕事の合間に、当事者を一人、二人と訪問してきましたが、中にはどうしても会えない人や、行方知れずの人もおったんです」

穂積はファイルの二、三ページを取り外してコピーし、小森田に渡した。四十人ほどの氏名や住所がリストになっている。多くの図書館で持ち去られた卒業アルバムの原本も、穂積は同窓生に頼んで借りてきていた。リストにある生徒たちに黄色いプラスチックの付箋が貼られている。敬服すべき熱意だ。

「私にできたのはここまでです。海のもんとも山のもんともわからんこの仕事は、上司の受けも悪かったんですが、こうして警察庁のお偉方からお声がけいただいたおかげで、割ける時間も増えたし、署長が特別に若い者も一人つけてくれました。高校にも連絡して、来週さっそく同窓会筋から洗い直します」

穂積は小森田の手を取った。長年の努力がようやく実るかもしれないと感激しているが、過剰な期待を抱かせてはいけないし、こっちまで感激に感染してはなおいけない。だが、詳しい事情を聞くうちに、この案件の特異さも十分に理解できた。「ここには何かある」と感じた穂積の勘をまさに共有できたわけだ。丁重に礼を言い、署を後にした。

酒田駅前のホテルに戻った小森田は、履歴書風に整理された対象者のデータを一つずつ眺めた。写真の生徒たちは現在三十代前半を迎えているはずだ。だが、VJをこの事案に活用するプランが浮かばない。事件の発端は運用開始の十年も前だし、たとえ高校の卒業写真をたまたま現在の防犯カメラの映像と照合できても、酒田市内や山形県内の設置台数から言って、個人行動までは追跡できないだろう。考えあぐねて夕刻になり、ようやくあるアイデアが浮かんだ瞬間、ドアホンが鳴ったのでスコープを覗くと、視野一杯に思いがけない顔があった。金沢にいるはずの井伏室長補佐が陣中見舞いにやってきたのだ。

「金沢から酒田なんて近いかと思うとったら、結構あるなあ。新幹線を乗り継いで七時間もかかるとは思わんかったで」

ビジネスホテルの狭い廊下で無遠慮な声を出す井伏を、すばやく部屋に引き入れる。

「新幹線って、まさか高崎経由で来たんですか」

「そうゆうこと」

「飛行機で来ればよかったのに。新潟県の広さを舐めちゃダメですよ」この人の脳内地図は、一体どうなっているのだ。

「北陸新幹線ちゅうのに、いっぺん乗ってみたかったんや」井伏は無邪気な子どものように言った。そう、麺オタと軍オタに加え、無類の鉄オタでもあるのだ。「ところで、もうええ時間や。どっかで飯でも食いながら情報交換といこか」

駅の裏手に回り、古民家を改装したそば屋の片隅で卓を囲んだ。井伏が選ぶ店は常に麺類限定だから、ご相伴することが少ない小森田でさえちょっと辟易する。逆神室長などはさぞ閉口しているだろう。だが「人類みな麺類!」を標榜する井伏は、こと麺にかけては他人への配慮など一切ない。

各案件について、初動調査の結果を情報交換した。どれもまだ着手したてで、互いの関連性どころではない。井伏からA案件やB案件の現状を聞く限り、防犯カメラや航空自衛隊による膨大な映像データもあり、VJが有効活用できそうだった。だが、自分のC案件はそうはいくまい。全対象者は二百名もおり、特に疑わしい四十名を穂積氏が選り出してくれたが、画像データは十五年も前の小さな顔写真や、学校生活のスナップだけだ。卒業後は県外や首都圏に出て行った者も多く、一人ひとりの所在や経歴をどのように追跡すればよいのか。

小森田は、さっき思いついたばかりのアイデアを、井伏に話してみることにした。

「顔写真からでなく、テキストデータから出発しようと思うんです」

つまり、最初に対象者の氏名を、戸籍や住民票などの公的データやネットログと照合する。アルバムを損壊した犯人がやっただろう手順をなぞるのだ。損壊に着手する前に、犯人はまず何らかの理由で「背乗り」のターゲットとなる高校を絞ったわけで、もしその中の誰かになりすましたのなら、その後その名前で活動しているはずだから、必ずビッグデータに痕跡を残す。地元で進学したり就職した者は可能性も低いから、県外や首都圏、あるいは海外組を中心にしてチェックした後で、逆に卒業アルバムに戻ってくれれば、画像からのアプローチも可能なのではないか——。

井伏は柚子（ゆず）切りそばを肴（さかな）に、地酒の杯を傾けつつ話を聞いていたが、おもむろに言った。

「それでええのんとちゃうか」

だが、懸念もあった。「現時点で『背乗り』という前提を置くのは、調査に予断を持ち込むことにならないでしょうか」

「たとえ予断であるにせよ、学習結果に影響させへんかったらええのや。木戸副長官の指示にも、『酒田署の穂積巡査部長は背乗りとの関連を疑い』云々てあるのやから、この案件が他と関連してくるのは『背乗り』が絡む場合だけで、そうでないなら酒田署に任せておけばええ。ことによると穂積氏や木戸副長官の見込み違いで、やっぱり卒業生の悪戯でした、てなるかもしれんけど、それが判るのも立派な成果や」

「それはそうですね」

やや気が楽になった小森田はようやく酒肴に手を伸ばしたが、焼き鳥はすっかり冷たくなっていた。

「そいで、いつまでこっちにおるんや」

「少なくとも一か月くらいは穂積さんに付いて、学校や卒業生を訪問してみます。基礎データが集まるし、対象者ももう少し絞り込みたいので。週末毎に柏に顔を出して逆神室長に報告を入れる予定です」

「小森田はやっぱ律儀やな。でも、この週末、逆神はんは金沢で支所を開設するそうやから、そっちに合流するのもおもろいで」井伏は観光旅行でも計画するような、弾んだ声で言う。

「支所って、何のです?」

「『情科四研金沢支所』や。格好ええやろ」

「まるで大人の秘密基地ごっこですね」

小森田は眉根にしわを寄せた。井伏や若いメンバーはともかく、逆神室長まで「木戸バブル」に浮かれているようでは先が思いやられる。

「浮かん顔すな。あのな、わしら全員これから九か月もこの調査に手を取られるんやで。この機会にどえらい成果が挙がれば、AI捜査の存在感がぐんと高まるやろうし、ご褒美として量子コンピュータかて夢やない」井伏はそば屋の小さな卓に身を乗り出す。

「どえらい成果ねえ」

井伏はともかく逆神室長には、もう少し具体的な目標があってほしいが、と小森田は思った。あとでジーヴスにそれとなく訊いてみよう。


翌々日は七月最後の金曜日で、小森田は井伏の誘いに従い庄内空港から金沢に飛んだ。直行便で一時間もかからない。小松空港の時代には羽田を経由していたそうだから、格段に近くなった。新幹線を七時間も乗り継ぐ井伏の気が知れない。その井伏は、そば屋での会合が済むや酒田駅前から夜行バスで帰京していった。羨ましいタフさだ。

翌朝、教えられた中心部のマンションを訪ねると、六階の一室に「SIP株式会社」というロゴの入った表札が取りつけてある。この手のダミー企業は警視庁公安部や外事部門がよく隠れ蓑に使う。いくら三つの案件がどれも日本海側で起きているとは言え、ちょっと大げさ過ぎる気もしたが、スポンサーの木戸が容認しているのなら、メンバーにはまだ伝えていない目的があるのだろう。実を言えば小森田自身も、木戸副長官から口頭である指示を受けていた。

十五畳ほどのリビングルームでは逆神と物原、それに柏から呼び寄せた「大型新人」の須田マクシミリアンが、あわただしく開設準備の仕上げにかかっていた。会議スペースには三台のワークステーションに最新型の会議テーブルが入り、柏の「本社」と専用の光回線まで引くという。いまどき仮想専用線（Virtual Private Network）でない本物の専用回線は珍しい。いったいいくらするのだろう。

会議スペースに迎え入れられた小森田は、自然、逆神の説明を聞く形になった。

「岩倉部長とも打ち合わせた通り、この仕事は厳秘扱いで、従来の研究についているように振る舞わなければならないんだが、柏の刑務所みたいなビルでは人目が多すぎるからね。ここは防衛省とのリエゾンオフィスでもあり、近くあちらのメンバーもやってくる。だから空自の小松基地との間にもう一本専用回線を引く予定だ。市ヶ谷から直接引くのは、承認手続が通らないだろうから」

逆神はあっさり説明したが、小森田はことの重大さに呆然とした。防衛省と回線を直結して互いのビッグデータを共有する？　およそ警察内部でそんな大それた試みをする者はいない。たとえば警視庁でそんな稟議を上げたら瞬殺されるに違いない。

「よく先方の了解を取りつけましたね。あちらさんはそんなに協力的なんですか」

「不思議なほどにね」小森田は眉根にしわを寄せ、ちょっと首を傾げた。

「井伏室長補佐から伺いましたが、防衛省側は防諜部門が担当者だったんですよね」

「そう、情報保全隊の保全官だという鷲津一佐とその部下。それに小松基地の航空自衛隊関係者が数名」

「警務官は加わっていないのですか」

「警務官？」逆神は意表を突かれたようだ。「いなかったと思う。もう事件は現場を離れたということかな」

小森田が同僚たちを——ああ、この人たちは警察官じゃなかったっけ、と感じるのはこんな時だ。警務官とは、陸・海・空の各自衛隊における犯罪や不祥事を捜査する司法警察員である。海外のMP(ミリタリーポリス)や旧日本軍の憲兵にあたるが、「泣く子も黙る」と恐れられた憲兵との違いは、一般国民は取り締まり対象でないことだ。自衛隊員を逮捕して取り調べ、検察庁に送致するのが仕事だから、B案件のように明らかに隊内で起きた犯罪については、最初から警察が捜査することはまずない。

「基本的には、小松基地所属部隊での犯罪なら航空警務隊が担当するはずですし、防衛省内ならもちろん警視庁の管轄です。しかし、井伏さんから聞いたところでは、早期警戒機(AEW)で起きた事件は、どちらも積極的には関与していない感じです。おかしくはないですか」

「おかしいと言えばその通りだが、そもそもわれわれが調査していること自体が異例だからね。だからこそ警察と防衛省のデータベースを相互接続するという、正攻法だと百年かかりそうなことが実現できたわけだ」

「相互接続って、われわれの方からだけじゃなく、あちらも警察側のビッグデータにフリーアクセスなんですか」

「当然さ。情報はギブアンドテイクが基本だから」

「それではここは、双方のリエゾンオフィスというだけではなく、ネットワークのゲートウェイでもあるんですね」

「その通りだ。まさか桜田門と市ヶ谷を専用回線で直結もできないだろう。それじゃことが露見した時に逃げ場がない。『深層学習による捜査データの解析』という情科四研の職責上、柏からは警察側の全データへアクセスできるようになっているし、市ヶ谷と小松基地も以前から回線で結ばれているから、このオフィスを経由して双方を結べば、物理的に二大ビッグデータを接続できる。史上初めて、犯罪捜査情報と国防情報を統合した大規模解析が可能になるんだ。こんなチャンスをみすみす逃せるか。君の専門である警備計画の分野でも、可能性を考えただけでワクワクするだろう」

「この件がマスコミとか内調に漏れたらと思うと、背筋がゾクゾクします。それに機密情報が相手側から漏れたら、誰が責任を取るんです」

内調こと内閣情報調査室は、各省の情報機関の連絡調整や取りまとめを行う内閣官房直属の部署だ。

「君は心配症（ナチュラルウオリアーズ）だなあ」逆神は小森田の気後れを笑い飛ばした。「そんな重大責任を取れる人間なんて誰もいないさ。私や岩倉卿はもちろん、黒幕である木戸副長官の首だって、とうてい釣り合わないな」

　室長一人の暴走ではないとわかって安堵したものの、小森田は、錚々（そうそう）たる上司たちの首に並んで獄門台にかけられた自分の首を想像せずにはいられなかった。

第5章　隠れたリンク（ヒドゥンリンク）

　十日ぶりの港公園は夏本番の陽射しに炙（あぶ）られ、木陰に逃げ込んだ人々は、時折吹く風にわずかな涼を求めていた。「しまむら」の紙袋とコンビニ袋を提げた瞳はショータとサヤの姿を捜したが、芝生にはいない。ぐるりと見回した時、弾けるような声がした。「お姉ちゃん！」

　ワンピースの裾をおへその上までたくし上げたサヤが、噴水池の中をザブザブ歩いている。池の縁に腰掛けたショータは振り向きもせず見守っている。どう見ても幼い兄妹だが、池で子どもを遊ばせている親たちの多くは、二人に冷ややかな目を向けている。風体がみすぼらしく、特にサヤの服や下着が汚れているからだ。

「ショータくん、サヤちゃん！」二人に駆け寄り、ショータにはアイス最中を、サヤにはオレンジジュースを差し出す。「お姉さん、可愛い服を買ってきたから、ちょっとあっちで着替えてこようよ。ショータくんのもあるよ」

「オレはいいよ。後で着替えるから」

　サヤをつれて公園の公衆トイレに入り、一番汚れていない個室を選んで着替えさせた。服も身体もかわいそうなほど汚れており、このままホテルに連れ帰ってゴシゴシ洗ってやりたい衝動に駆られる。

「プチシャネ好き」スニーカーのアニメキャラを指してにっこり笑う。

「よかった。ねえ、ショータお兄ちゃんは好き？」

「うん。ミキオお兄ちゃんと同じくらいやさしいから、好き」

「ミキオお兄ちゃんとは、お姉さん会ったことないんだ」

「だって、ミキオお兄ちゃんは中にいるもん。中はミキオお兄ちゃんで、外はショータお兄ちゃんだよ」

　中と外とは、何のだろう？　二人だけで話せれば多くのことがわかるだろうが、長引けばショータに怪しまれる。サヤの古い服と下着、すり減ったビーチサンダルを紙袋に入れた。サヤを連れて戻ると、大人たちは身内と判断した瞳にも咎めるような視線を向けたが、にらみ返すと目をそらした。きっとこの子たちの境遇に貧しい想像力が及ばないのだろう。

「すまねえな、金は払うよ」やけに大人びた口調でショータが言った。

「残念でした。もう叔父さんにもらっちゃったもんね」瞳は嘘を吐いた。

　だがこの日のショータは無口で、表情も暗かった。一時間近くいたが、話せたのはもっぱらサヤとだけだ。美味しいものを食べに行こう、と誘っても乗って来なかった。

任田さんはどうして今日のこの場を私一人に任せたのだろう。おそらくショータとこの公園で定期的に会い、話を聞き出す手法に行き詰まりを感じているからだ。だがピンチヒッターの自分も、どうやら期待に応えられず三振しそうだ。

だが一方で、瞳は逆神と相談した上、ある仕掛けをしていた。サヤのスニーカーの底に極小型の発信器を埋め込んだのだ。常に電波を発信するのではなく、交差点の防犯カメラからの電波を受信すると自分で起動し、ＩＤを返信してスリープする受動(パッシブ)タイプである。これを使えば今後のサヤの足取りがＶＪから捕捉でき、メッシュは粗いがある程度の追跡が可能になる。このことを任田に隠すのは気が咎めたけれど。

この日、金沢港の国際埠頭に横付けされていたのは、太平洋最大級を謳う巨大クルーズ船「バーニング・アジア」号で、乗客定員は五千名以上、まさに海に浮かぶ小都市だ。港公園までの路上で、多くの外国人観光客に出会ったのはそのためだ。ごま粒のように市内全域に散らばった彼らは夕刻また船に戻り、長崎港、そして上海港へと回航する。シンガポールで折り返した後は、朝鮮半島の釜山と羅先に寄港し、函館を経て再びここ金沢に戻る。一周が三週間以上になる豪華な船旅である。日本と半島の間にはいまや年間百万人近い行き来があるのだ。

港公園からＳＩＰこと金沢支所に戻った瞳は、エントランスの宅配ボックスに入っていた二つのクッション封筒を手にエレベーターで最上階に昇った。ドアノブに手をかけたとき、井伏の豪快な笑い声がマンションの廊下まで響いてきた。週の半ばに酒田から柏に帰ったのではなかったのか。これで西田一人を除き、逆神研のメンバー全員がこちらに来たことになる。柏の研究室で「ジェダイの騎士」がどうのとゴネる西田の姿が目に浮かんだ。

「みなさんの名刺が届きましたよ」

部屋に入った瞳はクッション封筒の片方を開け、会議テーブルを囲むメンバーたちの前にプラスチックの小箱を配った。数日前に自分が発注した「ＳＩＰ株式会社」社員の名刺である。偽の身分を名乗るなどスパイごっこも本格化してきた。もちろん積極的に営業活動をするつもりはないが、この国の財界では名刺を持たない人間は全く信用されない。そのくせ自由に印刷できる紙の上の文字は疑わないのだからアンバランスだ。

瞳が「出社」したのをきっかけに、簡単な会議が始まった。柏にいる西田主任もリモートで参加している。警察庁と防衛省が秘密裏に共同運営するこの支所の性格を説明した後、逆神は仮想ホワイトボードに

SI＝Human×AI

と大書した。そう言えばまだ誰も「ＳＩＰ」の由来を知らない。名刺にはイニシアルしか刷られていなかった。

「世間では人間がＡＩに負けるとか、ＡＩに仕事を奪われるといった後ろ向きな議論

がまだある。君らは先刻承知だろうが、人間とAIの知能は決して対立関係にはない。それぞれ得意な領域の知能を補完し合い、より高度な判断が素早くできるように組み合わせるべきだし、そもそもAIは人間が開発しているのだから、そのように設計すればいい。だからこの『×』は『VS（バーサス）』ではない。2と5が7ではなく10になるような相乗効果を発揮することで、この世界にいまだ存在しない《超知能（SI）（Super Intelligence）》が生まれるのだ。人類が世界規模の問題を克服し、持続可能な繁栄へと向かうには、新しい進化の枝とも言えるこのSIが絶対に欠かせないと思い、この名前をつけた。どうせ支所を開設するなら、単に『木戸ミッション』用の偽装組織に終わらない、将来も活用できる場所にしたいんだ」

「結構でんな」井伏が刷り立ての名刺を嗅ぐ。「この際、ちょっとは儲け仕事もやってみたらどないでっか」

「そんな事していいんですか」瞳が目を丸くした。小森田は聞かないふりをするかのように、ベランダの外を眺めている。

「もちろん大っぴらにはやれへんよ。でも、株式会社として登記したんやから、売上〇（ゼロ）やと却（かえ）って税務署に怪しまれるわ。利益は研究のため使えばええのや」

「うむ。ミッションが終わる来年度にはそれも考えてみよう」

逆神には腹案があるらしかった。例えば、VJの拡張モジュールとして逆神が昨年度に開発した法的推論機能など、法律事務所や企業の法務部向けのサービスに最適だろう。法律文書の文案を自動生成したり、特定の企業活動が合法かどうかチェックしてやれば、顧客の仕事効率は大幅に上がる。

「ところで、Pは何の略ですか」瞳が訊いた。

「それはもちろん『ポリス』でしょう。SIPで《超知能警察》。未来の治安を守る進化版警察官というわけだ」裏金の話は聞き流した小森田が、ここぞとばかりに強調する。

「うん。そうなんだが……」逆神が語尾を濁(にご)す。「実は《超知能総研(SIRI)(Super Intelligence Research Institute)》にしたかったんだが、有名なボイスアシスタントとかぶるので断念したのさ」

その時小森田が見せた落胆した表情を見て、瞳はこの先輩が、自分たちに警察官としての自覚を植え付けようとしていると感じた。それが警視庁出身者としての個人的な使命感なのか、岩倉部長や木戸副長官の意向かまでは判らないが。

須田マクシミリアンが、キャスター付きのスタンドを押しながら通りかかった。柏の研究室にあった《半球(スフィア)》デバイスだ。

「室長、防衛省の鷲津大佐のセクレタリーみたいな人から、何人までならメンバーを常駐させられるか、問い合わせがありました。折り返し回答することになっています」

須田は高校時代まで家族とともにワルシャワにいた帰国子女なので、日本語が微妙に怪しい。ジーヴスの方がうまいだろう。

「常駐者は二人、緊急時はもう一人まで受け入れられると伝えてくれ。単純にスペースの問題で、こっちもそんな陣容だと」

「了解（ラジャー）。でも、われわれ五人で、もう満杯ですよね」

「この事務所開きが終わったら、柏に二、三人帰すさ」

「はい。でもなんだか、すぐにでもやって来るような言い方だったので」

「スダッチありがとう。それ私のワークステーション（WS）に接続しておいてくれる」

「了解です」須田は隣接したウォークインクローゼットに《半球》のスタンドを押して入った。

「ところで、A班の調査に役立つものが届きましたので、ちょっと説明させてください」瞳は二つ目のクッション封筒を注意深く開け、中身を会議テーブルの上に置いた。フルカラーで彩色された四、五歳くらいの童女のマスクだ。「セルロースの粉を固めてあるだけなので、丁寧に扱ってくださいね」

「これは誰なんですか」小森田が訊く。

「私が出会った『ストリートチルドレン』の一人です。通称サヤちゃん、推定年齢五歳。実はここに来る前にも、公園でおしゃべりして来たんです」

井伏が両手で包むようにマスクを持ち上げると、下から一回り小さなお面が出てきた。さらにその下からも。マトリョーシカ人形のように都合四枚のマスクが重なっていたのだ。

「一番上のが私が撮った実物の３Ｄ写真、下のが四、三、二歳までの顔つきをシミュレーションで推定したものです」

「なるほど、下のほど赤ん坊やな」

「シミュレーションはどうしたんだ」

「生科二研に女子会メンバーがいるんで、室長にヒントをいただいた通り、『加齢シミュレーション』システムを使わせてもらうよう、横からちょっと頼みました」

「やはり、あのシステムは、未来の顔を予想するだけじゃなく、こんな使い方もできるんだな」

生物科学第二研究室は人間の顔や骨格に関すること全般を担当しており、白骨遺体からの復顔や指名手配写真の加工なども行う。ジーヴスの顔を開発するときも相談に乗ってもらった。「加齢シミュレーション」とは、たとえば青年時代の写真から中年や老人の顔を推定する技術だ。長年に亘って逃亡している指名手配犯を、若い頃の写真では捕まえられないからだ。もともと都市銀行系の研究所で開発された技術だそうだが、それを応用してサヤの過去の顔を作り出したわけだ。

「だが、このお面はどこで製作したんだ。ずいぶん手回しがいいじゃないか」

「へへっ」瞳は得意気に小鼻をうごめかす。「市内でいいプリントラボを見つけたんで、使ってみました。立体形状データをネットで送って、完成品を自分で取りに行けば、製作自体は数時間で済むんです。もうワンセットは、出力できしだい金沢中署の任田巡査部長に届くよう手配しました」

戻って来た須田も加わり、全員、サヤのマスクを不思議そうに眺めている。つぶらな瞳で、今にもしゃべり出しそうに小さな口を半開きにした幼女の顔が、乳白色の会議机に浮かんだ光景は、ミルクの海を泳いでいるような超現実感がある。

3Dプリンタは三十年間で長足の進歩を遂げた。こうして警察捜査にも役立つが、犯罪自体の巧妙化・凶悪化にも利用できる両刃の剣だ。大概の顔認証システムはこのお面をサヤ本人と見分けられないし、印鑑や指紋すら複製できる。また、3Dプリント銃といえば、二十年前には不細工なプラスチック塊に過ぎなかったが、現在では金属粉をレーザー光線で焼結するDMLS（Direct Metal Laser Sintering）工法で、フィリピンやルーマニア産の粗製トカレフよりよほど精密な拳銃を製造できる。警視庁や県警の組対は取り締まりに躍起だが、もはや根絶は無理だろう。ビルの一室やトラックの荷台で音も無く拳銃が作られるのでは発見しようがない。そう言えば最近、統一朝鮮(URK)では、3Dプリンタ製の拳銃と自動小銃を陸軍の制式銃として採用したそうだ。数千発の実弾を発射できる耐久性があるそうだから、もう偽物とか玩具とは侮れない。3Dプリンタは本物と偽物の区別をなくしてしまう魔法の杖だ。ここにもまた逆神の口癖である「犯罪者と警察の技術開発競争」がある。何が本物で何が偽物か疑いきれなくなった時、人は疑うのを止めてしまうが、それこそが犯罪者の狙いなのだ。

「あの、一つご了解を得たいのですけれど」瞳は逆神におずおずと申し出た。「私たちの仕事は調査研究で、捜査に深入りしない原則は心得ています。ですが、サヤちゃんの身元が判明すれば、『ストリートチルドレン』についての解明は進むと思うんです。だから、このまま調査を続行することを認めていただきたいんです」

「彼女のスニーカーに発信器を仕込むことを許可したときから、こうなるとは思っていた。だが、大勢の中で、なぜそこまで彼女一人に注目するんだ」

「会ってみた印象なのですが、私にはサヤちゃんは『ストリートチルドレン』ではなく、どこかに戸籍もあって、親の顔も知っているとしか思えないんです。何か事情があって親は捜索願を出せなかったのかもしれない。いずれVJの調査で明らかにしたいと思っています。それにサヤちゃんの身元や生活パターンがわかれば、他の『ストリートチルドレン』の調査も――」

「わかった」逆神は説明を遮った。「ただし、任田さんの意向を尊重する条件付きだぞ」

「むしろ、任田さんの方が幼いサヤちゃんを『ほっとけない』と言ってらっしゃったので、そこは大丈夫だと思います。でも、発信器のことも打ち明けるのですか」

「それはいい。今からじゃかえって誤解を生むだろう」

「ありがとうございます。ではこのデータを早速VJにかけます」

四枚のお面を大事そうに重ね持った瞳は「自室」に戻った。ウォークインクローゼットとはいえ、マンションの一区画に過ぎないオフィスの一部屋を独占できるのは破格の待遇だが、閉鎖空間を確保してやれば超インドア派の彼女が三人力の働きをすることは、誰もが認めていた。

「A班は着実に成果を挙げていますね。私ものんびりしていられないな」瞳がドアを閉める直前、小森田の声が追いかけてきた。


翌々日、火曜日の午前八時十五分きっかりに玄関チャイムが鳴った。ワークステーションの前に突っ伏して寝息を立てていた物原瞳は、「うにゃにゃ」と意味不明な寝言とともに跳ね起きた。部屋から飛び出してドアスコープを覗くと、制服に身を包んだ男女が魚眼レンズ一杯に直立し、最敬礼までしていた。

「おはようございます。当リエゾンオフィスに防衛省側担当者として着任してまいりました、航空自衛隊第六航空団の才谷彰三等空佐と、自衛隊情報保全隊本部第二情報保全室の来嶋奈海一等海尉であります」

「あっはい、ただいま……」

ワイドショーの直撃訪問を喰らった主婦のような間抜けた返事をしながら、瞳はパジャマ代わりのジャージ姿を見た。まだ化粧すらしておらず、とても来客を迎えられる姿ではないが、逆神と須田は近くのビジネスホテルに引き上げ、ここには自分しかいないので出るしかない。

「科警研情報科学第四研究室の物原瞳です。ようこそいらっしゃいました」玄関ドアを開けた瞳は小声で言うなり、逃走犯を匿うように素早く二人を玄関に引き入れた。第一礼装とでも言うのか、ニュースの観閲式とかで見かける折り目正しい制服姿で、彼我の差は二オクターブくらいある。時刻といい服装といい、なにか連絡に行き違いがあるのではないか。「あのう、ここが民間企業を装った隠密のオフィスだということはご存じなんですよね」

「えっ！　そうだったのですか」才谷と名乗った男性が目を丸くした。「土曜日に電話連絡をさせていただいた際、別の方が『正式に二名の方をお迎えする準備が整いました』と言われたもので」

開設準備でごたついていた光景を頭の中で再生する。その電話を受けたのは確か──須田だ。

「あのバカちんがっ」

「どうしました」

「いえ、独り言です。実は日本語がやや不自由な帰国子女がおりまして、言葉足らずなご案内をしてしまったようです。申し訳ありませんが、私服の用意はおありですか？」

「ええ、大丈夫ですよ」

瞳より少し年長に見える来嶋と名乗った女性隊員が、カーキ色の巨大なボストンバッグを片手で事もなげに持ち上げた。二人がそれぞれ別室で着替える間に、自分も大急ぎでビジネスーツに着替えて化粧を済ませ、逆神に連絡を入れた。

「早いな」現状を手短に報告すると、逆神のくぐもった声がした。ビデオをオフにしているから、事情はこちらと五十歩百歩のようだ。

「自衛隊的には、朝八時十五分の正式訪問はアリらしいです」

「わかった。九時にはそちらに行く」盛大に伸びをする呻き声がした。

「お待ちしています。それと、そこにスダッチはいますか」

「隣の部屋にいる」

「ちょっと締めといてください。他所(よそ)の人に説明するときは、慎重に言葉を選べって」

そんな顛末の後、警察庁側の逆神、物原、須田と、防衛省側の才谷、来嶋の合計五人が「正式」な初会合を持った。井伏は空自の小松基地に出かけた。

「やあ、君か」逆神は相好を崩した。

「来嶋一尉をご存じなんですか」才谷三佐が意外そうに言った。「ではむしろ、こちらの方が面識が浅いな。昨日初めて引き合わされたわけだから」

「そうですね」来嶋は肯く。

「今月の初めに、防衛省で情報保全隊の鷲津さんから紹介されたのです。ほら、ちゃんと対等の立場で情報をギブアンドテイクする態勢ができただろう」

「その節は失礼いたしました」

来嶋が頬を赤らめて軽く頭を下げると、後頭部のお団子がポンと跳ね上がった。市ヶ谷で逆神に食ってかかったことを謝ったのだ。逆神の方は熱意のある若者だなと思ったくらいで、悪い印象は持っていない。第六航空団の才谷三佐とは、先々週小松基地で知り合った。

二人に、SIPオフィスの目的や運用体制を説明する。警察庁と防衛省の担当者が協同で、B案件（防衛省、航空自衛隊内における連続不審事象）を中心に調査研究を行う拠点であることや、容量（キャパ）は双方合計で六名までだが、泊まり込めるのはせいぜい二、三名であること。才谷と来嶋が巨大な隊用バッグを提げて来たところを見ると、すっかり常駐する気でいたらしい。

だがここは双方の人材の合流点であるだけでなく、ビッグデータの合流点でありファイアウォールでもある。科警研と情報保全隊は双方の組織における情報の集積地だから、技術的には無制限に相手方にデータを開示できるが、それでは機密情報が管理できないし、外部からハッキングされる恐れもある。そこで相互にアクセスするビッグデータをこの場所で一度堰（せ）き止め、高度な暗号化処置を講ずる。つまりデータは「桜田門－柏－SIP－小松基地－市ヶ谷」という経路で双方向に流れることになる。

近年では暗号化されたままのビッグデータを学習する技法も開発されているから、データを隠蔽したり出し惜しむ必要はない。持てる技術力とデータのすべてを結集しなければB案件が解決しないことは、逆神と鷲津の間ですでに暗黙の了解となっていた。

続いて才谷から重要な報告があった。早期警戒機（AEW）「アドバンストホークアイ」の機内で乗組員が錯乱を起こし、同僚二名を殺傷する事件を起こしている間も、警戒システム自体は各種の電子装備からデータを収集し続けていた。念のためにそれを精査したところ、文字通り「水面下」で異常事態が起きていたことが判明したという。

他国の航空機や潜水艦を発見するため、早期警戒機は電子装備を満載している。航空機の探査は主にレーダーの役割だが、この機種にはステルス機さえ発見できる特殊波長レーダーが装備されている。だが潜水艦はレーダーで発見できないから、磁気や音響の出番になる。加害者の水野曹長は、地表の磁場のわずかな乱れを探知する磁気探知装置（MAD）(Magnetic Anomaly Detector)の担当だった。

「当時は犯行を阻止するのに必死で、誰一人気がつきませんでしたが、後に装置の記録を再チェックしたところ、まさにその時、海面下で重大事象が発生していたのです」

才谷は会議テーブル上に一枚の画像を投影した。色とりどりのタイルを敷き詰めたモザイクのように見える。一面の青に囲まれ、ピンク色から深紅、そして黒に近いさまざまな明度の赤。その表示は刻々と変化し、赤黒い紡錘形のものが右上から左下へとゆっくり通過したことを示していた。

「機上で争っている間に海面下を何かが通過した。それに後で気づいたわけですか」

「今では国籍不明の潜水艦だったと断定できます」

「もし機上で異変がなく、それを発見できていた場合、どういう行動を取るのでしょう」

「ソノブイを投下して音響データの収集を開始したでしょう。それで確実に艦種や国籍を特定できます。E－2Dは最新の共同交戦能力（Cooperative Engagement Capability）を備えており、他の航空機やイージス艦とも探知情報を共有できますから、不明艦が公海上に出るまで、ぴったりとマークできたはずです」

「すると、ここは微妙な問題ですが」逆神は天井の隅を見つめ、機内の様子を思い描く。「水野曹長は、不明艦から注意を逸らすために犯行に及んだのでしょうか」

「その確信が持てないのです。それほど明確な目的があるなら、錯乱を装わなくとも、冷静に犯行に及べばいい。しかも自らを犠牲にしてまで。ですが実際、六月十七日からつい最近までの四十日以上も、われわれは潜水艦の存在を見過ごしていたのですから、結果的には目的を達したわけです。それに、個人的な見解ですが、あのとき水野が演技をしていたとは何度見ても思えないのです」

　逆神は才谷三佐の言葉に違和感を覚えた。才谷と水野曹長の間には階級を超えた同僚の絆があったらしいが、「何度見ても」とはどういう意味か。今は信頼関係を築けるかどうかの瀬戸際であり、見過ごしにはできない。

「才谷さん！」逆神は声にかすかな怒りを込めた。「犯行現場の記録映像があることを、なぜ隠していたのです」

「すみません。なにぶん身内の恥なので言い出しかねたのです。それに事件の経緯さえ明確なら、映像はさほど重要でないかと」才谷三佐の表情は苦しげだった。

「お気持ちはわかりますが、私たちは同じ謎に挑む同志なのです。それに動機を余さず解明してこそ、死者たちへの手向けになるのではないでしょうか」

「わかりました」

会議テーブルから立ち上がった才谷が、窓際のワークステーションから防衛省側のネットワークにアクセスすると、しばらくして高精細ディスプレイに機内の映像が映し出された。水野曹長を含む三人の電子システム士官の姿が斜め後ろから捉えられ、犯行が起きた二分間を挟む約十分間が鮮明に記録されていた。始めはもちろん通常勤務の光景であり、水野は二人の同僚と並んで腰掛け、磁気探知装置(MAD)のモニター画面を注視しながらも、隣の同僚と軽口を叩いたりリラックスした様子だ。だが先ほど見た赤黒い紡錘形が表示され始めた瞬間、表情が苦悶に歪み、上体が前後に揺れ始めた。それは数秒の間に激しい痙攣(けいれん)になり、水野は「キエーッ」という剣道の気合いのような奇声を発して前屈みに立ち上がった。その姿勢はMADの画面を覆い隠しているようにも見えたが、逆神が連想したのは、この数か月、嫌というほど観察してきた行動類型だった。

《態度の豹変（サドゥンチェンジ）》――凄惨な交通事故を起こした篠田一輝を始め、全国で続々と発見されつつある異常行動パターン。VJ（バーチャルジャパン）はすでにその特異行動を弁別できるパラメータを獲得し、信号機に内蔵された3D防犯カメラ、つまりエッジ側機器（デバイス）に試験的に転送している。「木戸ミッション」の前に情科四研が取り組んでいた本来の研究テーマだ。

何事か喚きながら制服の胸ボタンを外した水野は、隠し持っていた刃渡り十五センチほどのタクティカルナイフを抜き出す。同僚たちが後ずさるが、狭い機内では余地がない。操縦席に駆け寄ろうとした水野は、後ろから羽交い締めにしようと飛びかかった同僚の首筋を、振り返りざまナイフの一閃で掻き切った。ほんの十秒前まで軽口を交わしていた相手だというのに。喉笛から漏れるヒュウッという風切音とともに大量の鮮血が噴き出し、乗組員や装置類、そして監視カメラのレンズにまで降りかかった。

水野の歪んだ表情が一瞬アップになった後にカメラの視野から消え、言い争う叫び声と物音に続いて野太い叫び声がした。副パイロットが肩を刺されたらしい。続いて二発の銃声が響いた。機を守るために主パイロットが発砲したのだ。よろけながら視野に戻って来た水野の胸は鮮血に染まっていたが、何か緩衝（クッション）になるものを服の下に忍ばせているのか、致命傷を負ったようには見えなかった。同僚の傍らにうずくまり、頸動脈からの出血を止めようと空しい努力を重ねている二人の同僚を「退（ど）け」と一喝し、後部ドアから出て行った。映像は混乱のうちに終わっている——突然の大きな風切り音や、耳障りな警報音。専門用語で矢継ぎ早に指示する主パイロットの声など。

「貴重な映像を見せていただいて感謝します」逆神は丁重に頭を下げた。「ですがおっしゃる通り、到底、冷静かつ計画的な犯行とは言えませんね」

「そうでしょう。ですがサバイバルキットのナイフを持ち込んだり、後部ハッチがすぐに開く細工をしたりと、ある程度の事前準備はしているのです。ただ犯行のやり方がそれこそ衝動的かつ凶暴で、なんというか——来嶋はどう思う？」

才谷三佐は黙って話を聞いていた来嶋一尉に、助けを求めるように話を振った。

「ふさわしい言い方かわかりませんが、何かに取り憑かれている感じとでも言いますか」

才谷は我が意を得たりという表情になった。逆神が後を受ける。

「ある種本能的とでも言うか、私にはあの赤黒い表示自体が『リリーサー』になり、一連の凶行が解発されたように見えました」

「本当に？　なんだかローレンツとか、ティンベルヘンとか、動物行動学の講義でも聞いているみたい」

来嶋が目を丸くして逆神の説明に興味を示す。彼女の学問的経歴はどういうものなのだろう。「解発」とは、パターン化された刺激のうち、動物に一定の行動を引き起こすものを言い、生得的なものと習得的なものがある。心理学で言う「後催眠暗示」

も「習得的リリーサー」の一種だし、おそらくこの磁気探知装置の画面もそうだ。

「まさしくその意味で使いました。実は私たちが調査していた対象者に、これとよく似た《態度の豹変（サドゥンチェンジ）》を見せた者が大勢いるのです。たとえば都内の交差点で車を暴走させ、十人近い死傷者を出した運転者は、病院で二時間後に死亡しましたが……」

「ああ、その事故なら、しばらく世間で話題になりましたね。現場映像があるのですか」

「現場というより加害車輌内部からの再現です。かなりショッキングな映像ですが、ご覧になりますか」

才谷が肯く。凄惨な事故映像を全員で見た。

「何と言うか——物の怪がカメラを持って助手席に忍び込んでいるみたいだ。警察はここまでの映像を密かに収集しているのですね」才谷が感想を漏らす。

「この映像はいわば新薬の原料になる劇薬みたいなものだ。これを国民のプライバシーを侵害しない形で、防犯と治安維持に役立つ情報に加工すること。そこにわれわれの使命があります」

「それにしても、この人は何を喚いているんでしょう」再びヘッドマウントディスプレイ（HMD）をのぞいた来嶋がつぶやく。

「来い、来ーい！　来てくれえ！」逆神が叫び声を上げたので、二人は驚いたように逆神を見つめた。「これはＡＩ読唇システムによる推定に過ぎませんがね。でも、それより重要なのは、特異行動を示した対象者のほとんどに、何らかのリリーサーとなる刺激があるらしいことです。その内容はさまざまですが、この場合は明るい緑色に光っているカーナビ画面に、何らかの記号なり図形が表示されているらしい。残念ながらどの防犯カメラからも死角になっていて、はっきり見えませんが。そしてもう一つの要因があります。加害者の死後、血液から複数の覚醒剤が検出されました。だが住居からも車からも薬物が発見されないまま、被疑者死亡で片付けられてしまった。念のためお伺いしますが、水野曹長には過去に薬物の使用歴はないのですか」

「とんでもない」才谷三佐は言下に否定した。「早期警戒機の乗員といえば隊内でもトップクラスのエリートです。問題行動がある人間は最初から選ばれませんし、懲戒免職は免れないでしょう」

「市ヶ谷で鷲津一佐に聞きましたが、確かバイク事故の予後がよくないと同僚にこぼしていたとか。来嶋さんもあの時ご一緒でしたね。事故の詳細を教えてくれませんか」

逆神のリクエストに、来嶋が心外そうに口を尖らせた。「あの時は詳細は省けと言ったくせに」

逆神は冗談めかして彼女を拝む真似をした。「機内映像を見せてもらったら、あの時とは事情が違うとわかったんだ。頼むよ」

「はいはい、かしこまりました」

来嶋一尉はどこかに電話をかけた。須田と才谷三佐が目を丸くして二人の顔を見比べている。その表情を翻訳すると——この二人、案外気が合うんじゃないの。

瞳だけが仏頂面で来嶋一尉の横顔を眺めていた。

今朝、私服に着替えているところを偶然のぞいてしまってから、来嶋一尉の見事な女っぷりに、いささか引け目を感じていたのだ。女性らしい曲線美と鍛え上げた筋肉美は両立しないと思っていたのに、彼女の肉体は例外で、幼児体型の自分とは対照的だ。いまはカップ付きTシャツにオリーブ色のジャケットを羽織ったラフな格好だが、隣からチラ見するだけで、雄大な起伏に圧倒されてしまう。だが、背中に走るいくつもの無残な傷も見てしまった。あれは絶対にスポーツでついた傷なんかじゃない。この偉そうな女は、いったい何者なんだろう。

来嶋が差し出すスマホに出ると、小松地方警務隊の航空警務官だった。事件の担当者として、水野曹長の周囲と過去を一通り調べたという。それによれば、バイク事故は昨年十二月十五日金曜日の午後四時ごろ、場所は北陸自動車道美川(みかわ)インターチェンジ付近の上り線で発生した。搭乗機の整備中に三日間の有給休暇を取っていた水野曹長は、能登島まで単独行のツーリングをした帰路で、後に意識を取り戻した彼自身の証言によると、無謀な幅寄(よ)せをしてきたハマーを避けきれずに転倒し、左脚を折ったという。轢き逃げ車のナンバーを見る余裕はなかったそうだ。

「ありふれた車種じゃないから、きっとすぐに捕まりますよ」

轢き逃げ事故を担当した交通課の警察官は、病室で水野に請け合ったが、犯人はその後も判明しなかった。救急搬送された水野は白山市内の病院で左大腿骨の接合手術を受けた後、基地や官舎に近いという理由からか小松市民病院に転院、合計六日間の入院生活を送った。旭川の実家から市民病院に見舞いに来た母親によれば、「自分には落ち度のない轢き逃げ事故で搭乗員の任を解かれたら、悔やんでも悔やみきれない」と犯人への怒りを滾らせていたが、このくらい元気があればと逆に安心したという。

隊に復帰後、松葉杖を突いている間は地上勤務を命じられ、轢き逃げされた悔しさもあってか、しばらく沈んでいたという。体調が優れない、と不定愁訴も始まる。

逆神は警務官と話しながら、水野にとっては不運だろうが、この事故は機上の事件と関係なさそうだと直感したが、来嶋一尉の不興を押し切ってまで問い合わせた手前、すぐにそうも言えない。VJを使えばハマーの行方くらい簡単に見つけ出せるだろうから、一つ防衛省側へのデモとして調べてみるかと思った。

いったんミーティングを解散した逆神は、白山警察署や消防署、二つの病院への問合わせを須田に任せ、自分は轢き逃げ車の探索にかかった。事故直後のハマーの走行映像はほどなくヒットした。

「ジーヴス、時間枠を拡げて、この黄色いハマーの前後の足取りを探ってみてくれ」

「とっくに始めておりますとも」

こうしてジーヴスとコンビで対話しながら進めるのが、今や逆神研の仕事の流儀だ。ジーヴスは誰か一人に独占されることもなく、聖徳太子よろしく同時に数人と対話できる。ほんの数分で結果は出た。その日VJが記録した当該車輌の映像は十七件。内十一件にはナンバー、六件には運転手の顔も記録されていた。いかつい体格にレイバンのサングラス、首にバンダナを巻いた、二十世紀からタイムスリップしてきたようなタフガイである。どうしてこんな悪目立ちする車と容疑者が逮捕できなかったのか不思議なほどだ。だが調査を進めるうち、一見平凡なこの轢き逃げ事故からは、いくつもの奇妙な事実が浮上してきた。まず、ナンバー自体は石川陸運局で未交付の「ご当地図柄入りプレート」で、つまり偽造だろう。さらに十七件の映像という点を「一筆書き」する線が描けない。映像の記録地点と時刻を一台の車で巡回するのは不可能なのである。

「こいつは新手だな。《不可能移動（インポッシブル・トランスファー）》とでも命名するか。だが、一体どうすれば可能なのだろう」

「同じ偽造ナンバーをつけた同じ車種の二台を走らせれば可能です」

「君にしては雑な推論だな。同じ男が運転してるんだぞ。それとも、ハマーという車種から連想される紋切り型（ステレオタイプ）にはまり過ぎているところを見ると、同じような変装をしているのかもしれないが」

「それ以上に、同じ過ぎませんか」

「どういう意味だ」

「わたくしはもう一つ新しいパターンを発見いたしました。《斉一性(ユニフォーミティ)》です。運転者の姿が映っている六つの三次元映像を照合すると、体格・表情・姿勢、すべてがぴったり重なり合います。生身の人間ではありえないことです」

「運転者は人形(ダミー)かもしれないというのか」

「車が一台なら死体かもしれませんが、二台ですから」ジーヴスはこともなげに言う。

すると二台のハマーは違法に自動運転されていたことになる。交通法規を無視すれば、技術的には十分可能だ。四年前の木戸との会話を思い出した——技術的に劣位の側が互角以上に戦うには『倫理』の縛りを緩めるしかない。万一この状況で二台のどちらかが職質や検問に引っかかったら、おそらく非常に暴力的な手段で切り抜けたに違いない。驚くべきことに、この車は事故当日にしかVJに記録されていなかった。まるでこの轢き逃げのためだけに製造され、目的を達成するや解体されてしまったかのように。何らかの組織が関与していると考えない限り、理解できないことだ。そして、正体不明の敵が、防犯カメラの機能をある程度把握した上で行動しているのも間違いない。

そこに、困り顔の須田が戻って来た。

「逆神室長、ちょっとおかしいです。警察の実況見分調書と搬送した救急車の搬送記録はありましたが、最初に搬送された白山総合病院から小松市民病院に転院した経緯が不明です」

頭の後ろに手を組んで背を反らせていた逆神は、上体を起こした。

「診療録(カルテ)には書いてあるだろう」

「『十二月十七日、本人と家族の強い希望により転院許可』としかありません。転院先の小松市民病院側は、新規受け入れ患者と同じ扱いで、通り一遍の記載しか――」

「何か医者とトラブルでもあったのかな」逆神は言いかけて、不自然な点に気づいた。「待てよ、水野の母親が見舞いにきたのは、転院先の病院だと言わなかったか。だとしたら、転院元はどうやって家族の意向とやらを確かめたんだ」

着信履歴を元に、先ほどの航空警務官に事情を話し、追加調査を依頼すると、一時間ほどで回答がきた。半年以上前のことで詳しい経緯はわからないが、一人の看護師が、確か患者の兄という人と入院費用を巡る行き違いがあり、単純な怪我ということもあって転院になったという。だが、はるかに重要なのは、二つの病院の転院日付に一日のズレがあることだった。

「単なる誤記かも知れないが、そうでないとしたら、どういうことになる？　そもそも、大けがとはいえ単純な骨折なんだから、水野自身はなぜわざわざ転院する気になったのだろうな」他人を巻き込みながら考えてゆく逆神の癖がまた出た。

「水野曹長は計画的な殺人犯なんですから、入院中の経緯について嘘をついているのかもしれませんよ」

「だが、交通事故を演出する必要まではないだろう。やはりこれは誰かが水野本人を狙って仕組んだと考えるのが自然じゃないか。例えば、水野の身柄を丸一日確保し、本人の意識不明中に偽装の手術をするとか。これは私が、水野とあの篠田に共通点を感じていればこその推理なのだが」

「でも、いくら重要任務を帯びた航空自衛官を狙うにしても、あまりに大仕掛けではないでしょうか。そこまでやる目的は何ですか」

「最終目的はもちろん、AEWで事件を起こし、不審艦の活動を隠蔽することに違いない。水野曹長はそのために命を賭けたのだから。ただその手段として、轢き逃げをしてまで水野の身体に手を加えたのは何のためか。手術と異常行動を繋ぐ糸は何なのだろう」

残念ながらそれを知る手がかりは一切ない。水野曹長の遺体は日本海の藻屑と消えたし、篠田もとうの昔に荼毘（だび）に付されてしまった。

高度に発達したIT環境にはしばしば妖怪が出没する。

「ちょっとそこのあなた、首を貸してくださいなぁ～」

《半球（スフィア）》の空洞から、瞳に呼びかける猫なで声がした。まるで怪談の『置いてけ堀』

だ。瞳が席についてダイブインすると、すぐ隣に西田の巨大なニヤけ面が浮かんでいた。本人はもちろん柏の研究室にいる。

「わ、びっくりした！　何の用ですか、西田さん」

「何の用ですかはご挨拶だなあ。『ストリートチルドレン』の行動分析に手を貸してくれって頼んだくせに」

そうだった。このところサヤの過去の映像を捜すのに手一杯で、金沢市内全域の計算パワーを要する解析作業を西田に頼んでいたことを忘れていた。

「ごめんなさい。それで、何かわかりましたか」

「県警の任田さんから提供された写真資料を出発点に、ショータ、ミキオ、サヤその他、総勢三十一名の子どもたちの市内全域での映像を集めた。それがこれ」

二人の前に金沢市内の地図が表示された。所狭しと並ぶさまざまな色と形のマーカーは、一回の記録地点だろう。SIPで瞳がやっていた時に比べると、数と種類が格段に増えている。西田がその一つを指で触れると、野球帽を目深（まぶか）にかぶった子どもが、繁華街のアーケードを人目を避けて歩いている映像が表示された

「だけど君が言うとおり、日時も場所もばらばらだから、点を繋いでも線にならないし、まして目的地を推定するには弱すぎる——それが課題だったよね」

「そうなんです」

瞳がこくりと肯くと、仮想空間に浮かぶ二人の頭がぶつかり、「プニュッ」という

妙な効果音とともに交差（インターセクト）した――近いなぁ、もう。

「だから僕は、データ全体を日付を無視して時間帯で整理してみようと思いついた。さらに平日と休日を分ける方がいい結果が得られた」

「『ストリートチルドレン』にも平日とか休日があるんですか」

「あるとわかったこと自体も分析の成果だね」

任田によれば、彼らには身元を保証するものもなく、就業可能な最低年齢にも達していないから、正規の仕事にはありつけない。万引きや置引きに走る者もいるが、年齢を偽って、農家の手伝いやトイレ掃除といった「超非正規」の仕事で暮らしを立てている者が多い。雇用主も彼らの弱みにつけ込み、最低賃金をはるかに下回る条件で働かせるらしい。だがどんな仕事であれ、働くことで生活や行動に一定のリズムとパターンが生まれることがこの場合は重要だ。

西田がいくつかのアイコンを操作すると、地図上に子どもの位置を示す小さな「♂（オス）」マークのようなものが散らばった。時刻を進めるにつれ、マークの位置と方向も目まぐるしく変化する。一見、規則性などないように見えたが、夕方のある時刻を過ぎると、それらのマークが小動物の群れのようにある方向、ある場所へと終結していった。

「内灘（うちなだ）海岸……もしかして空港ですか！」

「その通り。彼らの多くは金沢空港周辺を『住処』としているようだ。任田さんに結果を伝え、署員を動員して『住処』だけでも突き止めるべきじゃないかな」

「ありがとうございます、西田さん。私の方もあと少しで結果が出そうだから、それと一緒に頼んでみます」

「よっしゃ、これで依頼は達成！　室長もそろそろ僕の有能さを思い出して、どこかの現場に配属してくれないかな。ガランとした研究室で僕だけ留守番って不公平だよなあ」

「あれ？　井伏さんはそちらにいらっしゃるんじゃないんですか」

「一昨日（おととい）から、また小松基地だか舞鶴（まいづる）だかに飛んでったよ。軍オタの血が騒ぐんじゃないかな」

「小松基地は航空自衛隊の基地だけど、舞鶴って何ですか？」

ちょっと検索してみると、そこは海自や海保の拠点だった。国籍不明の潜水艦の関与が濃厚になってきたので、調査の焦点も空から海へ移ったということか。

「ところで西田さん。考えてみたらこの《半球（スフィア）》にでかでかと顔を出していなくてもいいはずですよね。仮想空間なんだから」

「つれないこと言うなよ。瞳だってよく、ダイブイン中の逆神さんのデバイスに顔突っ込んでるじゃん」

「見てたんですか。だってあれはリアルだから」

「どうだかねー」

西田の首がドロンと煙とともに消える。女子に構ってもらいたい盛りの男子小学生みたいな言い草だとは思ったが、調査の行き詰まりを打開してくれたことには感謝していた。

第6章　パペットマスター

金沢のSIPから酒田に戻った小森田は、穂積の部下を装い、日々聞き込みに歩いた。

Ｃ案件は見かけほど場所が限定されているわけではない。「酒田市の学校」という括りも、事件当時のスナップショットに過ぎず、十数年後の現在ではどこまで広がっているかわからなかった。数日前、陣中見舞いにやってきた井伏に話した通り、小森田は卒業生たちの名前や住所を、警察ビッグデータを含むあらゆる公的データと照合した。約二百名の調査対象者のうち、百十四名はいまでも酒田市内在住で、ほとんどは定職についている。穂積と臨時参加の若手を加えた三人で、一軒ずつ連絡を取り、訪問した。同級生や同窓生との行き来が続いている人は、背乗られてはいないと考えていい。続けて県外在住の約三十名と、首都圏や海外への転出組も個別に調査した。山形県外の調査は所轄の文書課勤務では出張許可を得ることさえ難しく、これまで手薄だった部分であり、今回も専ら小森田の役割になった。酒田と柏を往復するつもりが、平日はほとんど全国を飛び回る生活が始まった。万事リモートの時代にあっても自分の流儀を押し通し、週末には柏の研究室に極力顔を出し、逆神に報告を入れた。

だが、丸三週間におよんだその努力は、ついに実を結ばなかった。絞り込まれた四十名の重要候補者のいずれも、肉親や調査済みの候補者による本人確認ができ、身元が保証されたのだ。調査は行き詰まり、新事実が出てくるまでは動きようがなかった。

もしかすると、やはり悪戯に過ぎないのかもしれない。穂積さんの刑事の勘も、木戸副長官の神がかった直感も、今度ばかりは外れたのではないだろうか。

お盆を過ぎた八月中旬の金曜日、柏の研究室で、小森田は逆神に二週間ぶりの、最後になるかもしれない報告をした。先週末にはなんと統一朝鮮の釜山まで飛んで、残る対象者の話を聞いたのだ。

「いずれご相談しようと思っていましたが、C案件の調査はこれで終了なのではないでしょうか。損壊された卒業アルバムに写っていた対象者全員の本人確認が取れましたし、穂積巡査部長が疑っていた『背乗り』を暗示する証拠はありませんでした。やはり悪質な愉快犯と考える方が自然でしょう」

逆神は小森田の目をまっすぐ見据えた。「それでいいのか」

「私の調査が不十分だと言われるのですか」

「君の徹底ぶりは知っているさ。だが君自身、その結論に心から納得しているのか」

小森田は唇を嚙んだ。そうなのだ。しばらくだが苦楽を共にした穂積に報いてやりたい気持ちを別にしても、心の底には溶け残った砂糖のようなかすかな疑念が沈殿している。だがそれを最後の一粒まで溶かしきるにはどうしたらよいのか。

「ジーヴス、われわれが何か見落としていないか、意見はあるかい？」

逆神研でよくある「困ったときのジーヴス頼み」だが、返答は素っ気ない。

「お役に立ちたいとは思いますが、わたくしはまだ、小森田様のお仕事について何もデータをいただいておりません」

肝心なことを忘れていた。ジーヴスはＡ案件でＶＪ（バーチャルジャパン）のビッグデータを駆使し、十人力の働きを見せている。だがＣ案件の発端はＶＪ登場以前、十数年も前の卒業アルバムだ。従来通りの捜査手法を採るしかないからこそ、捜査経験者の自分が担当したのだ。

「ではまず、この相関図をチェックしてくれないか」携帯端末からクラウドストレージ上のファイルにアクセスし、ファイルパスをジーヴスに告げる。「赤い節点（ノード）が卒業アルバムに写っていた調査対象者、青い節点が肉親や親戚などの関係者だ。有向枝（アーク）は……」

「その方を本人と特定した証言者と被証言者の関係ですね。わかります」ジーヴスが先回りをする。「しばらくお時間を下さい」

ジーヴスがいなくなったので、小森田は逆神とＢ班の調査状況について情報交換した。防衛省や自衛隊内で頻発する不審事象の調査についても、もちろんＶＪとＪＶ（ジーヴス）の双子コンビはフル稼働しているが、金沢市内にほぼ限定されるＡ案件と異なり、対象地域が広大なため、探索に工夫が要るのだ、と逆神は説明した。だが防衛省内で起きた二つの事件——若手官僚の失踪と、市川市の住宅街での事故死には、何人か共通する関係者が浮上しているとも。つまり、内部犯行の可能性も考慮しなければならないのだ。

「二つ、気がついたことがございます」突然ジーヴスが声を出し、逆神が取り出した携帯電話を二人でのぞき込んだ。「わたくしもこの件は手の込んだ悪戯だろうとは思いますが、小森田様が納得できるような追加調査をご提案いたします。よろしいでしょうか」

「始めてください」

二人の顔を見比べるように左右を見たジーヴスは、大学の教壇に立つ老教授よろしく数分間の講義を始めた。科目は「位相幾何学（トポロジー）」だ。

「他者の身元を証明する問題から一段、抽象度を上げれば、これはグラフ理論の問題だとわかります」

根気よく書き継いできたＰｏｗｅｒＰｏｉｎｔ文書が表示される。印刷すればＡ３判の紙がぎっしり埋まるほどの複雑なグラフで、細字の書き込みも多い。この図を調べながらでなければ、Ｃ案件の調査はとてもできなかった。

「この図が酒田署の穂積様と小森田様の調査結果だとすると、二つ指摘がございます。まずグラフ中には赤い孤立点や、他から矢印で指されていない節点、つまり誰からの身元保証もない人はいません。そこでお二人は、身元を偽ってもぐり込んでいる『背乗り』者はいないと結論されたわけですね」

「そう考えるしかないでしょう」

自分の口調まで講義を受ける学生のようになってきた。ジーヴスという仮想人格と向かい合うとき、相手と自分にどんな役割を割り振るかは人それぞれだ。井伏や西田は年上の同僚のように話しかけるし、自分を密かに「お嬢様」呼ばわりさせているらしい瞳にしても、会話の調子は祖父に甘える孫娘のようだ。

「身元が保証される度合いを、節点のスコアで表示してみます。このグラフは全体が密に連結しているように見えますが、スコアを上げるのは節点に入る矢印だけで、出る矢印は関係ありません。他人の身元を保証することは口先だけでできるのですから。それら無関係な矢印を取り除いてみると、部分グラフの孤立した『島』ができることに気付きます」

画面上のグラフはジーヴスの説明に合わせて変化し、二点から四点で構成されるいくつかの小グラフが孤立していることがわかった。緑色の楕円形で囲んであるのは「家族」の括りだ。別のところでは三つの節点が三すくみの閉路になっている。

「しかしこの状態でもまだ身元を乗っ取れます。孤立した『島』ごと入れ替わればよいからです」

「まさか！　何を言ってるかわかってるのか」思わず学生口調が吹き飛んだ。「凶悪犯罪でも起こさなければ不可能だぞ」

「必ずしもそうではないだろう」逆神が指摘する。「世の中には金で戸籍を売る人間もいるし、貧困に陥るのも家族単位だ。話の持ちかけ方しだいでは、そうした家族から身元を買い取ることはできそうだ」

「身元を売ってしまったら、その後どうやって暮らしていくんです」

「失礼ですが、議論はわたくしの説明が終わった後にしていただけますか」二人を制止したジーヴスが淡々と続ける。「二つ目はより重要です。最初の入れ替わり、または『背乗り』が成功すれば、それは『証言↓被証言』関係を伝って拡大してゆくことです」

言葉の意味をイメージするよりも早く、図が変化しはじめた。最初に二人の家族が毒々しい紫色に変わったかと思うと、みるみる矢印を伝って他の節点に飛び火してゆく。全体の五分の一近くが紫色に染め上げられるまでに、大した時間はかからなかった。まるでウイルスの感染をシミュレーションしたかのようだ。

「だが、自分の中高時代の友人に当てはめて考えても、そんなことが起こり得るものか疑問だ」小森田はなおも抵抗した。普段は物わかりのよい方だが、仕事では納得するまで議論するのが常だ。

「そのクラスメイトで、いまもお会いして交際されている方は何人いますか」

小森田は指を折り、「五人くらいだな」と正直に告げた。

「ではメールやSNS、年賀状などを交わす相手を含めても、その内の数人が入れ替わっても気づかないのではないでしょうか」

ジーヴスはソクラテスもかくやという口調で言い、こちらの理解を待つ。渋々ながら認めざるを得ない。

「そして、この連鎖ないし伝播は、この図の範囲を超えて伝わる可能性もあります。たとえば他の学校や、新たに紹介される友だちにも」

「ちょっと待て」疑わしげな表情で聞いていた逆神が口を挟んだ。「グラフ理論的な説明はそれでいいかもしれないが、これらの有向枝(アーク)は小森田たちが捜査を重ねた結果として書き込んだもので、最初から見えていたわけではない。もしこの中の何人かに目をつけて、『背乗り』を企んだ連中がいたとして、これと同じデータをどうやって集められる。どういう手段で交友関係の希薄な人間の間隙を縫うんだ」

「小森田様のように直接の聞き取り調査はできませんが、電話の通話記録やGPSの位置情報、SNSなどから推定できると思われます」

「そんな情報に手が届くのはプロの諜報組織だけだぞ」

小森田は首を傾げた。話が野放図に広がり過ぎているのではないか。だがSNSという言葉に頭の片隅が反応した。あの大阪万博会場でのテロ事件では、ドローンの襲撃と前後してSNS経由のフェイク情報がまき散らされた。SNSが国家的なセキュリティのアキレス腱であることは、近年の米中対立で浮き彫りになった通りだ。

「先走るな、小森田」逆神がたしなめる。「ジーヴスは成り済ましの可能性が残っていることを示唆しただけで、その手口が実際に使われたのかは、君たちが追加調査すれば判明する。いずれにせよ、そこまでやってシロなら、穂積さんも調査終了に合意するだろうし、君も他班の調査に参加できるだろう」

「もちろんです」小森田は逆神に向き直った。「もう一度酒田に飛びます。穂積さんらと三人で残る不審点をしらみつぶしにしてやりますよ。特にこの親子のように、本人確認が肉親だけというケースを重点的に当たります」

「わかった。西田にも応援を頼んでおく。『ジェダイの騎士』から外されたと、いまだに愚痴っているから」

「わたくしの方でもできる限りの調査はいたします」ジーヴスが言う。「小森田様、対象者のマイナンバーは記録されていますでしょうか」

「もちろんだ。いま見ているPowerPoint文書の隣に『調査対象者』の一覧文書があるだろう。フォルダごと『共有』設定しておくから自由に調べてくれ」

　調査が停滞に追い込まれ、この夏の陽射しのようなじりじりとした思いを抱いているのは、C班の小森田だけではなかった。

「サヤちゃん、あなたはいったいどこにいるのでちゅか？」

柏の研究室で、物原瞳は机の隅に立てかけた三歳児のお面に話しかけた。七月末に瞳が会ってから三週間以上、ショータとサヤが港公園に姿を見せないのが気にかかる。任田と須田が交代で、クルーズ船の寄港日に様子を見に行っているのだが。ショータの姿だけは、その後も何度か市街地の防犯カメラに記録されている。

VJ(バーチャルジャパン)を利用して、過去に遡ってサヤの行動を追跡するというのは、われながら冴えた考えだった。西田の助力で、「ストリートチルドレン」たちの「住処」が金沢空港周辺にあるらしいこともわかった。八月初旬にこれら二つの手がかりを摑んだ時には、解決も近いと楽勝ムードだったのだが。十日前に瞳が柏に戻ってきたのは、子どもたちの「住処(へび)」とサヤの過去の足取りのどちらの調査にもVJの改変が必要なのと、タスク自体が重量級だったからだ。

現在の行方がわからない一方で、過去の調査には二つの成果があった。サヤらしい女児の映像は金沢市と周辺地域で八件見つかった。「四歳」の時にはショータの後をついて歩いていたり、一人で誰かを待っていたりするところが捉えられている。この映像で初めて、ミキオという別の少年の顔を知った。ショータより頭半分くらい高く、中学生くらいと思われる。そして「三歳」と「二歳」の探索では、二年前の夏の映像二件がヒットした。サヤは若い女性に手を引かれている。顔つきは似ているともそうでないとも判断つかなかったが、母親である可能性が高い。だが、その女性がショータたちにサヤを預けたという推測を裏付ける根拠は得られなかった。服装は平凡で歩き方にも特徴はない。現時点で判明したのは、サヤが二年前、つまり二七年の夏まではその女性の元にいたが、遅くともその年末にはショータたちと暮らし始めたことだけだ。

　また、「ストリートチルドレン」の足取りを追ううち、彼らと一緒に写っている中年男の存在も浮上した。頬髯（ほおひげ）の濃い、キャンバス地のバケット帽子をかぶった四十絡みの男だ。はかない影のようなサヤの母親と違い、データが豊富なだけに捜査の進展も期待できそうだ。警察のデータでは前科はないが、顔画像があれば付近への聞き込みもできるだろう。

「ショータやミキオが《笛吹き》と呼んでいた男じゃないかな」

　任田はそれを作業仮説として聞き込みをしてみるという。あるいは「住処」捜しに突破口が開けるかもしれない。新人の須田も、任田の元で刑事の見習いのような毎日を送っている。サヤの母親らしいこの女性が単独で記録されている映像が翌一月までの間に何件か、大野川の南側の津幡（つばた）駅周辺で記録されており、二人は顔写真を持って周辺住民に聞き込みをしている。

「母親の身元がわかりました」任田巡査部長から連絡があったのは、一週間後の月曜だ。

「本当ですか！　それでいまはどこに？」

　そう瞳が訊いたのは、その後の一年半、少なくとも金沢市内や、範囲を拡大した石川県内で、女性は記録されていないからだ。

「それはまだわかりません」

任田は前置きして、現時点で判明していることを告げた。サヤの母親と思われるその女性は小山花純(おやまかすみ)といい、年齢は当時三十四歳。津幡町内で同棲していた男性は捜索願を出しておらず、娘がいることも知らなかった。昨年の二月上旬に、アパートの部屋から勤め先の飲食店に行くと言い残して出かけたまま、結局どちらにも帰ってこなかったのだが、どうせ自分の場合と同じように、客の誰かとくっついて流れていったんだろうと思い、放置してしまったという。逆に言えば、その程度の仲だったのだ。瞳は憤りを感じた。こんな男と同棲するためにサヤがショータたちのところに置き去りにされたのか。そう思うと、サヤのためにも母親を捜し出そうとした自分の気持ちさえ踏みにじられた気がした。面と向かったら平静でいられる自信はない。全国の住民台帳データベースで実家の特定を進めているからいずれ戸籍も判明するだろうが、捜索願がヒットしないのだから、実家とも疎遠になっているだろうと任田は言う。

「そう。そのことでお訊きしたいことがあったんだ。ほら、あなたがサヤに服や靴を買って港公園に届けてやったじゃないですか。送ってもらった画像を見たらもう可愛らしいシャツを着ていた」

「はあ」

画面に向かって肯くと、任田はちょっと勢い込んだように続けた。

「あの時、サヤがもともと着ていた衣類をどうしました。もう捨ててしまいましたか」

「いえ、一応まとめて持って帰りましたけど」瞳は顔を上げ、パーティションのフックに掛かった紙袋を眺めた。港公園で着替えさせたサヤの衣服が入っている。「そうか！　DNA鑑定ですね」瞳はようやくピンときた。これではどちらが科警研だかわからない。

「よかった、それを至急こちらに送って下さい。前に何人かの子どものDNAをこっそり警察ビッグデータにかけてみたことはお話ししましたね。ミキオはヒットしなかったし、ショータはそもそも試料を取られる隙を見せなかった。でも、今回は同棲相手か実家を説得して改めて捜索願を出してもらえば、公式な捜査のテーブルに載ります。小山花純とサヤの母子関係が確定すれば、サヤが他の『ストリートチルドレン』とは違うというあなたの直感は正しかったということです」

指示された通りにサヤの衣類を送り、辛抱強く待ったあげくに告げられたのは、思わぬ事実だった。

「サヤの母親は小山花純に間違いありません」

「やっぱり、それで今はどこに……」言いかけて任田の沈んだ声と表情にハッとする。

「まさか」

「ええ。大変残念な報せです。同棲相手の部屋に花純が使っていた歯ブラシが残っていたので、採取したDNAからサヤの母親であると確定したのですが、念のために警察データベースにかけたところ、昨年の秋に新潟県の山間部で発見された身元不明の遺体がヒットしたんです。遺体の服装もいただいた映像と一致します。死後およそ半年というのが鑑識の見解です」

「殺されたのですか。事故の可能性はないのですか」

「それはもう」

任田が送ってきた凄惨な現場写真を、瞳は正視できなかった。

「死因は後頭部の脳挫傷です。凶器の石は現場に落ちており、財布は荷物ごと持ち去られていましたから、新潟県警では物盗りの犯行という見方を強めているそうです」

「本当にそうなのでしょうか」

「ストリートチルドレン」の背景調査という自分たちの任務に、天候が一転するように凶悪な影が差してきたことに、瞳は慄然とした。鑑識の判断が正しければ、花純はサヤをショータたちに預けて三か月も経たないうちに、たぶん自宅付近で拉致され殺されたわけだ。VJの記録が途絶えているのだから。そして、同じ危険は子どもたちにも及んでいるのではないか。

「もっと早く彼らを尾行するべきでした。私の判断が甘かった」任田の声にも焦りの色がにじむ。「ショータやサヤもこのところ、港公園に姿を見せないし、他の子どもたちと会って話してもいつになくよそよそしい。どうも彼らの世界では、今、大きな変化が起こっているらしい」

瞳はその子どもたちの名前を訊き、VJにかけてみたが、任田の言う通り、夕方から夜にかけて空港周辺に帰って行く子どもは、この三週間で半減していた。

「新潟県警からの協力要請を受けて、石川県警の捜査一課も動きだしたそうです。おそらく、同棲相手の男を重要参考人と考えているのでしょう」

「そうです……って任田さんは捜査に加わっていないのですか」

「しょっちゅう呼び出しを受けてはいますが、あくまでオブザーバー扱いです。私は所轄の窓際刑事に過ぎませんからね」任田は自嘲的な口調になった。「それに、なぜ早く児童相談所に通報して、サヤやショータたちを保護させなかったのかと、県警内の風当たりも強まっているんです」

　瞳は言葉を失った。そもそもサヤという女の子が発見され、母親との関係が判明したのは、長年にわたる任田の調査があったからではないか。結果論で責め立てるのは筋違いだ。だが自責の念に苛まれている任田の表情を見て、下手な励ましは傷に塩を塗るだけだと思った。母親の捜査データを送ってくれるよう頼み、通話を切った。

　姿を消した二人への心配が募る。どうすればあの子たちを見つけ出せるのか。母親が死んでしまったいま、私はサヤに何をしてやれるのだろう――いつの間にか独りごちていたらしい。ジーヴスが力強く励ました。

「できますとも、お嬢様。わたくしがついております」

相楽佳奈江の精神的な危機は続いた。七月に経験した悪夢以来、《緑の顔》に苦しめられることは減ったが、何日か記憶が飛ぶ症状はその後も二度起こった。どちらの時も職場に休暇願が出ていて、どこで何をしていたのか手がかりも残されていない。そのことを考えるのが恐ろしく、無意識に詮索を避けているのかもしれない。

別の症状も加わり、明け方の覚め際に悪夢でうなされることが多くなった。夢に見る光景はほぼ決まっている。職場の見慣れない部屋でパソコンの前に座った自分が、せわしなくキーを叩いている。計算機室（マシンルーム）のような空調の騒音と金属臭がするが、天井の灯りは暗いままなので、見えるのは自分の周りだけだ。佳奈江はこの作業が、誰にも見られてはならないことを知っており、かすかな音にもハッと背後を振り返る。目的のデータ（何なのかは思い出せない）にアクセスできたと知ると、左手が勝手に、机の上の何か小さなものを捜して動く。早くしなくてはと焦るほど、見つからない。ヒヤリと指先に触れた小さなものをパソコンの接続口に挿そうとして、自分の間違いに気づく。血で汚れた指がつまんでいるそれは……男の指だ。佳奈江は叫び声と共にようやく目覚める。

もう一つの場面はホテルのレストランだ。自分は好意を抱く先輩職員と、深紅のワイングラスを傾けながら、美味しい食事と会話を楽しんでいる。夜も更けて、佳奈江は自分がこの後男と別れ、マンションに帰るような気がしない。それでもいいと思っている。何かの弾みで、男の大きな手が、純白のクロスがかかったテーブルの半ばを越え、近くに伸びてくる。佳奈江も思わずその手に触ろうとゆっくり指を伸ばすが、指先が触れた途端、男の手は火を押しつけられたように引っ込む。驚いて相手の顔を窺うと、そこにはそれまでの優しい笑顔から一変して、疑うような、咎めるような表情が浮かんでいる。何かをまくしたてる男の口元をぼんやりと眺めているうちに目が覚める。相手の言葉を思い出せたことは一度もなく、ただ消え入りたいような罪悪感と喪失感だけが胸の底にわだかまっている。ベッドの上で涙を流したまま、起き上がる気力もなくなってしまうのだ。

どちらの夢の意味も判らない。だが佳奈江は、それらが失われた自分の記憶の断片、つまり実際の出来事なのではないかという気がしている。

あまりのつらさに、二軒の精神科医にも相談してみたが、検査で器質的な異常が発見されない以上、打つ手もなかった。「モーニング・デプレッション（鬱病の初期症状）」とか「ヒステリー性記憶障害」という適当な病名がついただけだ。

「まあ、お仕事に支障が出ていないのであれば、ご自分であまり気になさらないことですね。時間が経てば自然に治まってゆくでしょう」

気休めにもならないアドバイス。二人目の医者など、佳奈江の説明を端から信じていない態度で、もう医者に頼る気持ちも失せた。代わりに、より積極的な手段を思いついたからだ——記憶が欠落しているとき、自分が何をしているのかを突き止めれば、生活に不便はあるにせよ、余計な心配までしなくてすむかもしれない。

佳奈江は決心し、神田小川町にある小さな探偵事務所を訪れた。

「この人……の行動確認をして欲しいんです。差し当たりはつぎの連休中ですが」

ホームセンターで買ってきたような安物の応接テーブルに、一枚の写真を置いた。副所長の肩書きを持つ四十代くらいのくたびれた男は、テーブルトップ越しに、佳奈江の揃えた膝のあたりに無作法な視線をはわせていたが、この時は目を瞠った。佳奈江の顔を見上げ、また写真に戻す。

「これはご姉妹かどなたかで？」

「いえ、私自身です」

「わからないな」ソファの背もたれに腕を回した男は露骨にぞんざいな口調になった。

「ええと、ご冗談でもおっしゃっているのかな」

佳奈江は相手に口を挟まれないよう、早口の報告調で依頼の経緯を説明した。記憶が時々、何日間にも亘って欠落すること。不思議なことにその間、社会人として普通に振る舞っているらしいこと。探偵の助けを借りてでも、その期間の行動を知りたいのだと。

「なるほど、ねえ」

男はしばらく考えて、あるいは考えたふりをしてから応じた。精神科の領分ですね、とは言わなかった。奇妙な依頼ではあるが、お決まりの浮気調査と同じことを、本人を対象にやればよいのだから、楽な仕事だと考えたのだろう。

報酬や報告の形式などの詳細を詰め、探偵事務所がある雑居ビルを出ると、昼下がりの陽射しはもう秋めいて、軽いコートを羽織っても両脚に当たる風が冷たい。なぜこんな服を選んでしまったのだろう。左脚の傷痕だってストッキングだけじゃ隠せないのに。探偵に渡したポートレートでも、自分はデコルテが大きくカットされた同じワンピースを着て、媚びを含んだ笑顔を向けている。写真を撮った男は住宅街のプールに転落し、もうこの世にいない。

だが佳奈江は、この週末にも自分はこんな大胆なコーディネートをするに違いない、と予感していた。手帳に挟まれた新幹線グリーン車の指定席券を見たときから。

幸いその週の後半は精神に変調を来すこともなく、仕事に集中できた。恐ろしい《緑の顔》も現れなかった。顔は決まって夜中に現れる。気がついた時にはもう、吐き気を催すほどの恐怖で満たされ、他のことを考えられなくなっている。具体的に何が怖いというより、気がつくと恐怖がベッドの隣で同衾(どうきん)している感じだ。

記憶を失っているとき、自分はいったい何をしているのだろう。いや、その時の自分はいったい誰なのだろう。《もう一人の自分》については嫌というほど考えた。この自分がもう一人を思い出せないように、もう一人も普段の自分を覚えていないのかもしれない。いつも持ち歩くようになった手帳に何度も「自分への伝言」を書いたが、一度も、一言も返答はなかった。那須塩原駅までの新幹線のチケットをそこに挟んだもう一人が、同じ手帳を使っているのは明らかなのに。

もう一人の佳奈江さま
あなたの知らない佳奈江からお願いします。記憶が飛ぶのはどうせ脳の病気でしょうから仕方がないとしても、せめてその間の出来事を書き留めてください。詳しいほどありがたいのです。そうすれば今の、普段の私と正面から向き合える気がします。面倒は嫌だというのでしたら、何かそれに見合う報酬を要求してください。私にできる範囲ならどんなことでもします。もう一度お願いします。なんでも構わない。あなたのことを私に教えてください

佳奈江

手帳のページ一杯に赤いボールペンで書き、間にチケットを戻した。今度も梨のつぶてかもしれないが、書かずにはいられなかった。やはり《もう一人の自分》は今の自分を記憶していないのかもしれない。自分が《緑の顔》に怯えているように、身の周りに突如出現する覚えのない文章に怯えているだけかもしれない。知りたいと思う一方、知ることが恐ろしくもある。あるいはもう一人は悪意を抱いて、私に何らかの復讐をするために、自分のことを故意に隠しているのかもしれない。

私立探偵への依頼を決意した前後から、佳奈江は自分でも「その間」の行動を調べ始めた。たとえば五月下旬に市川の高級住宅街のプールに転落して死んだ先輩職員と、自分はその当日会っていた。ふと思いつき「モバイルＳｕｉｃａ」の履歴を確認したのだ。市ヶ谷から市川までの利用区間は、自分が午後に半休をとったことと符合する。時刻まではわからないが、ＪＲのコンピュータには記録されているに違いない。彼は普段あまり飲まない酒を飲んでいたという。退庁してきた彼と市川駅周辺で落ち合い、あんな時刻まで一緒にいたのなら、それまでの経緯からして男女の一線を越えたと考えるのが自然だった。その甘美な記憶さえ奪い去られたことが、佳奈江には悔しかった。

だが、それまでの佳奈江は、婚約寸前まで行った相手と何度か経験があるだけで、男性遍歴を重ねるタイプではなかった。脚の傷をかかえて職場復帰に悩む彼女の相談に乗ってくれた先輩に好意を持っていたのは確かだが、本当にそこまで流されてしまったのだろうか。春に会った時には妻の猜疑心を警戒していたから、再び逢瀬を重ねるために、自分の方から積極的に働きかけたのだろうか。いったい自分のどこに、そんな大胆さと淫蕩さが潜んでいたのか。あの厄災と《緑の顔》が隠された本性を引きずり出したとでも言うのか。

さらに恐ろしい想像もできる。自分は相手の転落死に関与しているのかもしれない。市川からこのマンションがある高円寺まで、復路の利用履歴がないのも不自然だ。帰りが遅くなってタクシーを使ったのかもしれないが、何かを隠しているようにも思えた。だがもちろん、いまの佳奈江にそれを確かめる手段はなかった。

つらい追跡調査だった。サヤの母親が失踪した日付を起点に、探索範囲を全国二十万か所の交差点に拡げてＶＪで探索し、自分なりの結論を得た瞳は、須田と任田を招待して遠隔（リモート）ミーティングを開いた。チャイムが鳴るとすぐ、柏とＳＩＰと金沢中署が一つの画面内に収まった。

一年半前の一月、姿を消した最後の日に、同棲先のアパートを出た花純は、県道を西へと歩いて湖北大橋を渡った。二か所の防犯カメラにその姿が記録されている。布の包みを大事そうに抱きかかえ、気ぜわしく早足で歩道を歩いている。

「問題は、この寒さの中、母親が何をしに、橋を渡って海岸に向かったかですね」任田が首を傾げる。「花純が勤めていたガールズバーなら、県道を反対に津幡駅の方に向かうはずだ。だが湖北大橋を渡った先は畑ばかりで、買い物ができるような場所も数キロ先までない」

「その先は金沢・かほく両市にまたがる金沢空港の周辺ですよね」

須田がＧｏｏｇｌｅストリートビューを操作しながら言う。任田が言う通りの風景が続く。ＶＪが交差点という「点」の記録であるのに対し、ストリートビューは「線」、Ｇｏｏｇｌｅアースは「面」の記録であるという意味で、これらのシステムは補完的な関係にある。西田は最近、公開されているAPI（Application Programming Interface）を使い、三つのシステムからの情報をシームレスに表示できるように拡張した。

「任田さん、お母さんはサヤちゃんに会いに、あるいは迎えに行ったのではないかと思うんです」

「根拠は何ですか」

「確かではありませんが、荷物を胸に抱きしめて先を急ぐ姿を見ているうちに、そう感じたんです。確かにお母さんは男性と一緒に暮らすために、サヤちゃんを一旦はショータくんたちに——空港付近のどこかにある『住処』に預けた。確かに母親に相応しくない行為ですけど、お母さんも自分を責めていたと思うんです。最後は不運に見舞われましたが。この日に撮られた画像はこの二点だけで、サヤちゃんに会えたかどうかは判りませんし、犯人特定に繋がる証拠もありませんが」

「迎えに行ったのかも、というのはどうして」と須田が言った。

「少なくともこの間の二、三か月、DV的な振る舞いもなく、同棲相手との間はそれなりにうまくいっていたようですね。だから、花純さんはその男性と暮らすために一度はサヤちゃんを捨てたし、存在を伏せたけれど、やがて『この人ならサヤを受け入れ、三人で暮らしてくれるかもしれない』と思い始めたのではないでしょうか」懸命に説くうちに瞳の声が湿った。

「女性らしい推理だが、同棲相手の証言と温度差もあるし、殺された今では確かめようがありませんね」任田は瞳の真剣さを値踏みするように顔を直視した。

「すべて私の思い込みかもしれないのはわかっています」

「だが私はそれを信じることにする。男の私には思いもつかないからね」

「ありがとうございます」

瞳は画面に向かって頭を下げた。だが、任田が同意したのは、死者の最期の想いがどうあれ、これからの調査に何の影響もないからだ。

リモート会議を終えた瞳はＶＪでの探索作業に戻った。任田と須田は明日から、花純が最後に記録された海岸の交差点を起点に、「ストリートチルドレン」の「住処」捜索を続けることになった。瞳の仮説を受け入れてくれたわけだ。

だが、柏の研究室で毎日深夜まで捜し続けたものの、花純の同棲後の生活はごく単調で、最後に大野川を渡って海岸地帯へ行ったのを別にすれば、従業員として勤めるガールズバーとアパート、津幡駅前や、たまに電車で十五分足らずの金沢駅周辺まで買い物に出る程度で、ショータとの交点もなければ、サヤと会った証拠も得られなかった。もしそれがあれば、サヤの年齢を遡った最初の探索でヒットしていたはずだ。

瞳の推測が正しいとして、いったい小山花純はどうやってショータたちの存在を知ったのか。これがＶＪの限界なのか。仕事が行き詰まったときの常として、これは徒労かもしれないという無力感に襲われた。捜査一課の見立て通り、通りがかりの物盗りの犯行なら、花純の不運な最期も、「ストリートチルドレン」と無関係なことになる。

迷路に入ってしまった瞳に解決の糸口を示したのはジーヴスだった。VJの時空間、つまり各人物の数年間の「タイムライン」を考え、そこから人間関係を探れないかと言う。

「それならもうやったじゃない。お母さんとショータくんとの接点は皆無だし、サヤちゃんとの接点はあの八件だけ」

「それは接点というより、交差点で偶然一緒にいるところを防犯カメラが記録した、いわば『目撃例』です。そうではなく、一人ひとりの『タイムライン』を画面上で重ね合わせれば、自ずと見えてくるものがあるのではと愚考します」へりくだった口調ながら、自信が感じられた。

人間行動の「タイムライン」という考え方は、GPS付きの携帯デバイスが登場した九〇年代初期に一般的になった。人間はある時刻には一か所にいるので、生涯の行動軌跡は、時空間の有限(超)体積に内包される一本の曲線(タイムライン)で表現できる。その人に関するあらゆる情報も、タイムライン上の点に紐付けて整理できるのだ。

VJの場合は曲線と言っても、交差点を結んだぎこちない折れ線だし、高さを省略した代わりに時間軸を含めた三次元曲線だが、二人の人間が無関係に行動する場合と、交差点で記録されなくともどこかで会った場合では、二本のタイムラインの挙動は自ずから異なるだろうと、ジーヴスは言っているのだ。酷使しすぎて酸を分泌しているような目に薬を差しながら、解析結果をイメージしてみる。

「そうね。うまく行くかもしれない。登場人物(プレイヤー)としては花純さんとショータ、サヤ、それにミキオほか空港周辺に住んでいるらしい追跡済みの『ストリートチルドレン』たちというところ?」

「もう一人、《笛吹き》を加えるべきかと」

そう言えばVJの探索で浮上したあの男のことをまだよく調べていない。

このタスクは柏のメインシステムでも丸一晩かかる。会議スペースのソファに丸くなり、二日ぶりに心ゆくまで眠った。これは瞳の特技だが、一度だけ、粗忽者(そこつもの)の井伏にうっかり上から座られたことがある。

翌朝遅くジーヴスに起こされた時、ワークステーション(WS)の画面には色とりどりの細い毛糸が絡まり合ったような雑色の塊が映っていた。市内の地図という平面に時間軸を立てた3D表示だ。

「なんだかゴチャゴチャしてて、わからない」率直な感想を口にする。

「そうですね。ですが関係なさそうな人物のタイムラインを順に除いていきますと……いかがでしょうか、お嬢様」

「すごい!」瞳は思わず叫んだ。相手に身体があったらハグしてやりたい。「ありがとう、ジーヴス」

「花純、ショータ、サヤ、ミキオ、《笛吹き》の五人です」

ジーヴスはそれぞれの線を点滅（ブリンク）させながら説明した。五色の細い曲線が、金沢市上空に伸び上がるヘリコプターの飛行経路のように描かれていた。ジーヴスの説明につれて時間軸は消え、地図平面に引かれた五色の線上に同色のマーカーが現れて、重なったり離れたりしながら移動していく。交差点の防犯カメラには映っていなくとも、この五人が密接な関係を持って行動していることが一目でわかった。いくつかの結論が導き出された。十本の指をめまぐるしく動かして箇条書きにする。
・サヤが一人で出歩くことはない。数日に一度の割合でショータと一緒に行動している。大浜埠頭にクルーズ船が着岸する日に港公園で過ごすのはショータの証言通り。
・ショータやミキオは単独で出歩くことがある。多くは仕事や買い物のためか。共同生活の場があるにせよ、普段の過ごし方は各自に任されている模様。
・【重要】《笛吹き》の行動パターンから、ショータの証言にあった「汚いアパート」の場所が限定できた。波止場通りのこの周辺［緯度経度情報］。ショータとミキオは過去に数度ここを訪れ、二、三時間から一夜を過ごしている。
・《笛吹き》はワゴン車［車輛情報］を一台所有している。人物と同様に上記住所周辺の交差点で記録されている他、自動パトカー（PC）の観察記録から、当該車輛はここ［緯度経度情報」に数十分以上停車していることがある。この場所は「ストリートチルドレン」たちの「住処」に近いと思われる海岸部の市境付近であり、「住処」探索の重要な手がかりとなる。

ここまで書いてキーを打つ手がふと止まった。瞳は深々とため息をつき、先を続けた。

・【最重要】サヤがショータと一緒に行動し始めた二八年末あたりから、ミキオはたびたび花純の生活圏である津幡駅周辺を訪れている。直接会ったかは不明で、経路にも特に目立った相関関係は見られないが、花純の失踪当日にもミキオはこの近辺を訪れていた。

短いリストを重要度順にソートし、メンバー全員に送信する。数分後に逆神から連絡があり、須田とジーヴスを呼んで四人で話し合った。

「瞳、それにジーヴス、ご苦労だった。だがこの情報を一挙に捜査一課に伝えるのは、反って危険ではないだろうか」

「なぜですか」

「このリストだけを読めば、《笛吹き》や背後の大人がミキオらを使嗾(しそう)して花純殺しに加担させた構図が浮かぶ。県警の捜査一課はすぐにでも《笛吹き》を重要参考人として引っ張り、アパートを家宅捜索(ガサいれ)するだろう。だがそれでは『住処』の探索や背後にいる組織の解明は遠のいてしまうし、反って子どもたちに危険が及ぶかもしれない」

「でも、変ですよね」須田が周囲をはばかるような小声で言う。「県警も僕たちもおなじ敵を追っているのに、なぜ情報を伏せなきゃいけなくなるんですか」

瞳はこの質問を青臭いとは思わない。新人のころなら自分も同じことを訊いただろう。逆神も須田を叱りはしなかった。

「そう思うのはもっともだ。だが彼ら捜一と、木戸副長官からの調査任務を追っているわれわれとでは、見ている構図のいわば縮尺が違う。どちらが重要だと言うのではない。ところで、隣に任田さんがいるのか」

「はい。《ワイズキャブ》で市内のパトロール中です」

「聞いていましたか、任田さん」逆神は画面の外の任田に呼びかけた。

「いましたよ。聞かなかったことにしてほしいですがね」ややあって、くぐもった返答があった。カメラを向けられるのを拒んだようだ。「子どもたちの身の安全を第一に考えているのはあなた方と同じだが、私も石川県警の一員であることに変わりはない」

瞳は逆神に目配せをし、任田に断って通話を保留した。捜査現場に協力を依頼した当初から、このような利害の不一致は予想していた。A案件が急展開を見せたために、早くも表面化しただけだ。かねてより逆神も木戸副長官に、県警や防衛省との間で同様のディレンマに陥った場合の判断基準を示してほしいと求めていたそうだ。その際、木戸の回答はおよそ警察庁のナンバー2らしからぬものだったという。

「われわれの目的は犯人逮捕ではなく国防に関わる真相究明だ。その目的に適(かな)う場合のみ捜査に協力せよ。必要なら県警・警視庁を問わず捜査はすべて止める」

だが、原則はそうだとしても、今はまだ任田や捜査一課との絆を重んじるべきだろう。短い相談を終えた逆神は、携帯の保留を解除した。

「いずれ木戸副長官と石川県警の間で、こうした場合の行動指針を詰めていただき、本部長経由で捜査一課にも通達していただきますので、ここは協力して《笛吹き》の捜査に当たりませんか。つまり、われわれは判明したアパートの情報をお伝えし、VJで可能な限り本人の足取りを追跡しますので、県警側はアパートの部屋を特定し、本人に知られないよう極秘裏に家宅捜索(ガサいれ)を行ってもらう」

「それは違法捜査だ、と指摘したらこの共同捜査話は壊れるんですかね」

「それを言うなら、VJによる記録はまだ適法捜査(デュープロセス)だと認められていませんから、情報を捜査陣に伝えること自体できません」逆神は食い下がった。

「わかりました」深いため息とともに任田は応えた。「私らが突き止めた、という形で、彼らに《笛吹き》の存在を伝えることにします。ただね、逆神さん。県警の第一線は上から手を回されるのが大嫌いでね。今後も多少のゴタゴタは覚悟される方がいいでしょうな。それに私も、あなたがたの言う『大きな構図』のために、子どもたちが犠牲になるようなら黙っていませんよ」

それだけ言うと任田は車を降りてしまったらしい。

須田が先を続ける。「なんだか物騒な話になってきましたね。『ストリートチルドレン』の『住処』捜しは、《笛吹き》のワゴン車が路上駐車していた海岸部を中心に続けていいですか」

「もちろんお願い。でも、今はそれより、殺された花純さんを除く四人の誰か一人でも見つけることの方が先決だと思う。ジーヴス、この中の誰かがVJの防犯カメラに記録されたら、すぐに教えて。スダッチは、子どもたちの居場所がわかったら任田さんと急行して保護するのよ」

「了解しました。なんか刑事ドラマっぽくなってきましたね。身体が二つ欲しいよ」

「今度はレギュラーサイズのがいいね」久しぶりにファイトが湧いてきた瞳は軽口を叩いた。「私もすぐそっちに行くから」

「いや」逆神は口を挟んだ。「それは少し待て」

前日遅く酒田から帰ってきた小森田が、柏の研究室に出勤すると、逆神と物原瞳の間に磁石の同極同士のような反発力を感じた。自分の報告を切り出すのがためらわれたほどだ。

「逆神室長、C案件の調査が思わぬ展開を見せましたので、ご報告したいのですが」

「わかった。十時までは予定もないから……」

逆神はぎこちなく片目を瞑り、天井を指さす。屋上に出ようというサインだ。部屋の奥を見やると、パーティションから顔を突き出してこちらを睨んでいた瞳が、さっと引っ込んだ。まるで蛸壺の蛸だ。

屋上に出た二人は、フェンスに肘をついて遠い山並みを眺めた。小森田は断って細巻きのシガリロを咥え、愛用のジッポのオイルライターで火を点けた。

「どうしたんです、彼女？」

「すぐに金沢に行かせろと言うから、いまは須田と県警に任せておけと言ったらあの調子だ。子どもじゃあるまいし」

「物原さんらしいや」小森田は喉の奥で笑いを嚙み殺した。「そう言う室長も、反抗期の娘に手を焼く父親そっくりですけどね。殺人事件との絡みが出てきたのだからご心配もわかりますが」

「しかも事件に関与した疑いが強い《笛吹き》は、『ストリートチルドレン』の保護者役で、まだ足取りが摑めない。せめてやつが発見されるまでは送り込めないと判断したんだが、本人はあの通りサヤという子に思い入れがあって、自分が救出しなければと焦っているし、それ以上に母親殺しの犯人を憎んでいる。一種の母性本能かな」

「その言葉、本人の前では使わない方がいいですよ。女の子のスニーカーに発信器を仕込んだんでしたっけ」

「ああ、防犯カメラと接近したときだけ起動する受動型だから、敵に気づかれる心配はないが、最近はまったく反応がない。そうだなジーヴス」逆神は胸ポケットを見下ろして声をかける。

「その通りでございます」

「ところで、君の表情を見る限り、C班の追加調査には手応えがあったようだな」

「手応えどころか、思わぬ急展開がありました。ジーヴスに感謝するばかりです」

「『背乗り』が疑われる人間がいたんだな」

小森田は携帯画面に例の人物相関グラフを表示し、一部を拡大した。

「以前に総当たりで聞き込みをした際、この斎木一茂という東京都在住の男について、酒田在住の父親から本人確認を取っていたんですが、再確認を試みたところ行方不明でした。両名の顔写真を持って周辺住民に当たったところ、息子の一茂はほとんど寄りつかないので記憶はないが、父親の隆茂はどうやら別人らしいとの証言を得ました。この二人は極めてクロに近いです」

「警察データベースには照会したんだな」

「息子については最初にやりましたが、埼玉県川口市内の倉庫会社の社員です。初めて調べた父親については思わぬ収穫がありました。斎木家は酒田市の中でも、東側の真室川町に近い山間部にあったんですが、何を思ったのか隆茂は十五年ほど前にそこを空き家にして、山上の本当に不便な場所——いわゆる『ポツンと一軒家』に住み始めたんです」

「アルバム事件の時期と符合するな」

「穂積さんと二人で行ってきましたが、一キロも手前で車を降りなければならない山奥で、もし斎木隆茂に背乗った人間がいるのなら、普段誰とも顔を合わせないのは好都合でしょう。麓(ふもと)の住人には、昔から斎木家と付き合いがある者もいて、何人かに訊きますと、その道を時々登ってゆく老人は、どうも隆茂ではないようだと言うのです」

「やはりあの親子がそうでしたか」

ジーヴスの発言はいつも突然だ。身の周りの機械に話しかけられる違和感に、人はいつになったら慣れるのだろう。

「予想通りだと言うのか」

「はい、わたくしは小森田様とは別個に、現在から遡って調査を進めておりました。斎木親子がどちらも本人ではなく、実は親子ですらない可能性は非常に高いので、確認調査は酒田署に任せ、小森田様はつぎに進まれるべきかと存じます」

「調査と言ってもどうやって。まだＶＪの誕生以前だぞ？」

「ほほほ」ジーヴスは初めて聞くような甲高い笑い声を上げた。ＡＩにも感情があることをアピールしているかのようだった。「小森田様のような冷静沈着、用意周到なお方にも盲点はあるのですね。アルバム事件の発端は十数年前ですが、現在の斎木親子はもちろんＶＪの、つまりわたくしの守備範囲で生活しておられます。山の上で見かけたという自称斎木隆茂様はこのお方でしょうか？」

スマホの画面に短い動画が再生された。金沢市街で車から降りた男が横断歩道を渡って脇道に消えた。山の上で見かけた時とは様変わりした都会風の服装で、十は若く見えるが間違いなく斎木隆茂だ。

「驚いたな。君にはまだ父親の顔もマイナンバーも伝えていないのに、どうやって……」小森田は言いかけて気づいた。「さては一茂のマイナンバーから通信履歴を追ったな」

「さあ、それは何とも」

シラを切るなど、そんな行動をどこから学習したのか。元警察官である小森田には、ジーヴスがしたことの問題点がわかっている。

「明らかに通信傍受法違反だぞ。どう見ても適法手順（デュープロセス）ではない」

通信傍受法は二〇〇〇年の八月に施行された「犯罪捜査のための通信傍受に関する法律」の通称である。審議中はもちろん、成立から二十年を経た現在でも、日弁連や一部野党はこれを「盗聴法」と呼び、憲法二十一条の「通信の秘密」に抵触すると反対している。無制限な適用への歯止めとして、対象は「組織的で重大な犯罪捜査」——薬物犯罪、銃器犯罪、集団密航、組織的殺人の四類型に制限されている。その後、九類型が追加されて適用範囲が広がり、通信事業者の立ち会いも実質的には不要になった。つまりわが国でも一定制限のもとに「盗聴」——警察では罪悪感を和らげるためか「秘聴」と呼ぶが——が合法化されているのだ。だが小森田が拘っているのは違憲性などではなく、違法な捜査では適法手順にならず、せっかくこの調査であぶり出された犯罪者を裁く証拠にならないことだ。警察官の身体に染みついた基本文法と言える。

別の気がかりもある。たった今ジーヴスは、おそらく自分たちをディレンマに追い込まないために、シラを切った。「自分の胸先三寸に閉まっておきますよ」とでも言うように。だがもし捜査がＡＩによってブラックボックス化し、捜査を命じた側が説明を求めなければ、犯罪捜査に法律の網をかけること自体が不可能になるだろう。それではＡＩを実行犯に仕立て、自分たちは罪を免れようとする犯罪者側と、何の違いがあるだろう。

おそらく同じ危険性に気づいたのだろう。逆神も画面上のジーヴスを凝視している。

「続けてよろしいですか」沈思している二人を、ジーヴスが会話に連れ戻した。「小森田様たちがお調べになったこの集団からは、他にも『疑い例』が発見されました。グラフのここ、循環的に互いの身元を証言している三人がそれです」

「つまりこの卒業アルバムから五人もの『背乗り』容疑者があぶり出されたわけか。一度は単なる悪戯と結論しかけたが、君の助言で一歩踏み込んでよかった。礼を言うよ」

「恐縮至極でございますが、お礼をいただくのはまだ早いかと」

「なぜだ」二人は異口同音に訊く。

「まだ犯人グループの正体は明らかになりませんが、十数年前に相当な実力を持つ組織が、おそらくは暴力的な手段を使って数人の男女をこの地方に――いや、わが国にと言ってしまいますが――潜入させた。その痕跡をごまかすため、多数の公共図書館にある卒業アルバムの写真を毀傷した。おそらく被害を恐れた図書館側が、その類の蔵書を開架から閉架ゾーンに移したことの方が効果が大きかったでしょう」

「酒田署の穂積さんも同じ意見だった」

「ですが考えてもみてください。これは果たして賢い手口でしょうか。アルバムは卒業生全員が持っているのですから、それも含めた完全な証拠隠滅はできませんし、学校には原本に当たる写真類もあるでしょう。それに図書館の蔵書が多数毀損されたとなれば、少なくとも図書館関係者の間では話題になります。隠す行為が反って悪目立ちする結果になりかねません。現実には何度か新聞ネタになっただけで、すぐに過去の話になりましたが、それにしてもあまり上策とは思えません」

「何が言いたいんだ、ジーヴス」逆神が問いただした。

VJのヒューマンインタフェースとしてジーヴスを開発したのは物原瞳だが、逆神も瞳に手を貸して「価値判断」や「法的推論」モジュールを拡張している。それにしても最近の言語能力の進化はどうだろう。複雑な論理を駆使し、それを明確に表現できる語彙を、自ら創発的に獲得しているのだ。「証拠隠滅」や「逆効果」などという抽象概念をいつの間に習得したのだろうか。

「わたくしは同様の犯行が、この卒業アルバムから追える範囲外にまで広がっている、と推測しております」

「つまり『卒業アルバム事件』は初期の手際の悪い犯行の痕跡で、その後はもっと巧妙な形で『背乗り』が続いていると言うんだな」

「まさしく」

「だが、それをどうやって証明する」

「もうおわかりと存じますが『通信』です。すでに『背乗り者』と判明している人間が、頻繁に連絡を取り合っている相手は、やはり怪しむべき人物と言えましょう。しかも日本語以外に、朝鮮語や中国語が使われているとすれば——」

「待て！」逆神が驚いてジーヴスを遮った。「通話内容を秘聴したのか。そんな権限を与えた覚えはないし、そもそもそんな記録は警察に存在しない。どこから手に入れた」

ジーヴスは画面上で、少しだけばつの悪そうな顔をしてみせた。

「木戸様に相談いたしました。正確には、木戸様にご報告した際にアドバイスとアクセス権限をいただきました」

「つまり『エシュロン』か」

逆神は呻くように言った。頭越しに副長官に直訴したジーヴスの行動より、木戸がジーヴスを通して自分たちを監視していたことに衝撃を受けたようだった。「エシュロン」とは、米英をはじめ英語圏の五か国が半世紀以上に亘って運用している国際的な秘聴組織だ。世界中の電話、メール、無線、インターネットなどを傍受でき、十万人近い職員が従事しているとされる。当事国は公式には存在を認めていないが、二〇〇一年に欧州エシュロン特別委員会の最終報告書によって公然の秘密となった。日本の三沢基地にも傍受施設が置かれている。通信の事実だけでなく、通話内容を知るためには唯一の手段だが、日本の公安警察からのアクセス要請もほとんど通らないとされている。いったい木戸副長官の背後には、どのような組織と権力が控えているのだろうと、小森田は思った。

「ご想像にお任せします」ジーヴスは平然と続ける。「ともかく各種の探索により、これと同様の現象が酒田市だけでなく山形県下、そして北陸地方全域に広がっていることが明らかになりました。今までに捕捉した関係者の総数は約五十五名で、新潟県、富山県、そしてここ石川県に分布しています」

「単なるグラフ操作の結果じゃないのか。それらの人々を怪しむに足る根拠はあるのか」

逆神がいつになく食い下がる。もはやジーヴスの行動に全幅の信頼が置けないと感じているらしい。

「あると思います」ジーヴスは画面上にVJの画像を表示した。「たとえばこの男は富山市民ですが、逆神様もよくご存じの方に似ているように思われます」

「誰だ」

「お気づきになりませんか」

三十絡みの男の顔をのぞき込んだ逆神は、やがて大きく目を見張った。

「まさか……篠田一輝か」

「さようでございます。顔画像と歩容解析の結果、わたくしの試算では九七パーセント以上の確率で同一人物です」

「だが、そんな馬鹿な——篠田の戸籍は実在するし、遺体も遺族に引き渡されたぞ」

「事故車は炎上したので、顔面は相当損壊していたと記録されています。それに遺族のどなたも、二年以上顔を合わせていなかったと。ですが篠田はこの集団との繋がりが疑われるだけで、本人を『背乗り者』だとする根拠はございません。もしかすると『背乗られた者』のその後の姿かもしれません」

あまりの急展開に、地道な捜査を重ねてきた小森田も、頭が混乱しそうだった。まさか卒業アルバムから始まった地味な調査が、数人の「背乗り」犯の特定に繋がったばかりか、ここまで広がりを見せるとは。いったいこの国では、いま何が起きているのだろう。

その週末、小森田はそのまま柏の研究室に泊まり込み、ジーヴスと対話しながら、

C案件の報告書をまとめた。木戸から直接指示してもらって、ようやく「エシュロン」の秘聴記録を開示させ、その内容を分析して、漠然とした集団というか『網の目』であった「背乗り」グループから、数人の主要人物をあぶり出すことにも成功した。西田によれば、この貴重な秘聴記録とVJの映像データを使えば、まだやれる解析がありそうだという。その辺の技術的詳細は自分には理解できないので任せることにした。西田と自分は歩んできたコースこそ違うが、年齢が同じこともあってお互いに同期だと思っている。

「ただ、違法秘聴で判明したことですから、酒田署と共有しようにも説明に窮します」

週明けに出勤してきた逆神に、報告内容について判断を求めると、逆神は「昨日示された『木戸ルール』がさっそく役立ったな」と笑い、「穂積巡査部長には概要だけ伝えた上で、『木戸ミッション』が終わるまで最終報告を待ってもらえ。『背乗り』との関与をあぶり出したのは彼の手柄だし、ことがここまで大きくなれば、どのみち所轄の手を離れる。一段落しても不自然ではない」

「提案してみます。ダメ押しに副長官から労(ねぎら)いの言葉を頂いてください」

「わかった。本来なら、警視庁の外事三課が総動員される大事件だが、木戸副長官がどう判断されるか。数人の主要人物について、現時点で判明していることはあるか」

外事三課とは、警視庁公安部の一部署で、日本の数少ない課報部門の一つだ。二一年四月に、東アジアを対象とする旧外事二課から北朝鮮のみを分離する形で新設され、今は統一朝鮮が対象だ。実に十九年ぶりの組織改編で、政府が半島や中国からのスパイ工作活発化に懸念を抱いている証だろう。

「傍受できる通信手段では当たり障りのない会話しかしませんので、有益な情報も取れませんが、日本語と朝鮮語を話す男女が数人と、日朝中三か国語を話す男が一人、それに中国語のみを話す男が一人います」

「最後の二人に上下関係はあるか?」

「ジーヴスの分析によればほぼ同格です。中国語ネイティブの口調は学者風です」

「わかった。ところで、C班の任務が一段落したところで、頼みたいことがあるんだが」

「A班に合流して『お嬢様』と須田のボディーガードをやれというんでしょう」

「相変わらず鋭いな。だが誤解もしている。A案件自体が凶悪な様相を見せ始めているんだ。ミキオという子が、殺された花純の自宅付近で目撃されていたのは知っているな」

「A案件の現状はさっき物原に聞きました」

「ミキオが殺人に関与することはあり得ないと任田さんは断言していたが、私も、彼は《笛吹き》か他の大人に指示されて花純の行動を見張る役割を負っていただけだと思っている。実行犯は他にいるだろう」

「複数の大人が関与しているって情報がありましたっけ」

「まだ捜査線上に浮かんでいるわけじゃない。ただ、瞳が記録したショータのインタビューの中に、《笛吹き》が他の大人たちとしゃべっているのを見た、という一節があるんだ。それに――なあ、君はこの男の名前を聞いて、何を連想する?」

「『ハーメルンの笛吹き男』ですかね」

「伝説の中身を知っているか」

突然、話が違う方向に流れ始めたので小森田はとまどったが、ちょっと考えて答えた。

「詳しくは知りませんが、男が笛を吹いて町の子どもたちを川底だか山の洞窟だかに誘い込んで、それっきりみたいな、怖いお伽話でしたよね」

「平均的な日本人の理解だが、それだけ知ってれば十分だ。だが、そんな呼び名を子どもたちがつけるわけはない。大人たちの間での呼び名が、いつしか子どもたちに漏れ伝わったと考えるのが自然だろう」

「それはそうですね」

「県警の捜一は《笛吹き》の住所を特定し、張り込みをしながら家宅捜索の機会を窺っているところだ。ここ数日、本人は不在だが、VJで行動を把握できしだい週末にでも着手するだろう。喩えは悪いが、肉の塊を与えられた犬が、主人の合図を待っているような状況なんだ。だが正直に言って、この情報を県警に教えるタイミングは早すぎたんじゃないかと思っている」

「なぜです？　子どもたちの行方が追えなくなって久しいんですから、むしろ一日の猶予もならないのではないですか」

「だが、もし《笛吹き》が何らかの組織の一員なら、本人を補足できても協力者の口から家宅捜索の事実は漏れる。捜一はアパート前の道路で偽装の下水道工事をやって、三百六十度カメラの映像をＶＪに繋いでくれたが、他の構成員の面が割れていない以上、気休めにすぎない。君も知っているだろうが、『ストリートチルドレン』の『住処』が判明するのも時間の問題だ。だがこれまでに判った事実から、そこは子どもたちの『住処』であるとともに、敵のアジトでもある可能性が高い。先走っているかもしれないが、《笛吹き》は大人たちと子どもたちの節点で、例えば子どもたちの勧誘役なのかもしれない」

「しかし、彼らの多くは戸籍のない、ある意味で特殊な存在です。町の子どもをリクルートしたのとは違いませんか」

「そこをどう考えるべきなのか、まだよくわからないんだ」

逆神は認めた。話が一段落したところで、小森田は切り上げることにした。西田がいるマシンルームに寄るように言われていたからだ。

「Ａ班への合流は承知しました。ただ、済ませておきたい用事が溜まっていますので、明日一日、この週末の代休をいただけませんか」

小森田は頭の片隅で、ジーヴスに明日の行動を秘匿してもらおうと考えた。

「なんてこった。できちゃったよ——ああ、僕って天才かも。人呼んで『ゲームチェア・ディテクティブ』だな」

そこが定位置になっているマシンルームの片隅で、西田は色とりどりの紐のような線で満たされたワークステーションの画面を見ながら一人つぶやいた。「もう『エシュロン』なんかに頼る時代じゃないのかも」

「すごい、すごい」

画面の片隅に立つジーヴスの賞賛には熱がこもっていない。自分が西田に提案したアイデアなのだから当然だ。

木戸副所長が手配して極秘入手した「エシュロン」の秘聴データを、スマホの位置情報と通話記録データと照合することで、現在までに約七十名の「背乗り」犯と支援グループの存在を探り当てたが、彼らは足の付かないプリペイド携帯などを使っており、VJで人物が特定できたのは数人に過ぎなかった。

そこで西田（とジーヴス）は、携帯ビッグデータから得られる端末の移動経路と、VJが特定した個人や車輌の移動経路を、何らかの距離概念、たとえば二組の点集合間の距離を表すハウスドルフ距離で照合しグループ化すれば、高い確率で通話者が特定できると考えたのだ。隠れ家に息を潜めている者はともかく、移動中に連絡を取り合っていれば、足の付かない端末からでも本人や車輛の映像が得られることになる。ＶＪのエッジ側デバイスである３Ｄ防犯カメラは、６Ｇ基地局と一緒に信号機と同じ筐体(きょうたい)に設置されており、サーバとのデータ通信にも６Ｇを利用しているのだから。

　画面に続々とポップアップされている数十枚の画像が、そのアイデアの正しさを証明していた。卒業アルバム損壊というささいな兆候から出発し、ついに巨大な組織犯罪にたどり着いたのだ。西田は達成感と同時に、深淵をのぞくような目眩(めまい)を覚えた。ここではまだ秘聴を「エシュロン」に頼っているが、それは６Ｇ通信網自体でも可能であり、通信傍受法に基づく合法な秘聴の場合も、警察は通信事業者の協力を得て基地局から暗号化前の通話データを取得する。日本の捜査機関による秘聴は、年間数千件以上の傍受が行われる欧米に比べて極めて抑制的に運用されており、通信傍受法が施行された二〇〇〇年以来、年間十件程度に過ぎないが、原理的には全通話を吸い上げてＶＪと照合することだって可能だ。思いつきを実証するつもりで、自分は異次元の監視・管理社会の扉を開けてしまったのかもしれない。

　だが今は目先の事件に集中しなくては——目をつぶって不吉な想像を追い出したとき、小森田が部屋に入ってきた。西田は逆神にも来てもらい、興奮して最新の調査結果を説明した。画面に表示された四名の「背乗り者」たちの顔画像と、車輛の映像を見て、二人も同じ興奮に感染した。

「特に注目すべきは中型トラックに乗った筋肉質の男と、インテリっぽいメガネをかけた細面の男です。中型トラックはナンバーを頻繁に変えているので照合に苦労していますが、偽装すること自体、何らかの工作に使っている証拠です。インテリメガネは詳細不明ですが、秘聴の結果、中国語ネイティブだと思われます」

「十五年もの年月をかけて、日本に入り込んできた七十名もの組織――こいつらの目的は、一体何なのだろう」四名の顔を凝視しながら、逆神が言った。「今後より多くの構成員が浮上すれば、あるいは――」

小森田は思わず逆神の顔を覗き込んだ。

「他の案件と繋がる人物が出てくると言うんですか」

「君とも以前話したように、このミッションが『検算』ならば、そうであってもおかしくはない。だが、まだ予断は禁物だ。西田、傍受できた会話の内容は？」

「まだ一度しか成功してないけど、こんな会話です」

携帯端末から中国語の音声が流れ、同時にジーヴスの日本語訳が字幕で表示された。

――《パペット人形》の仕事はもうすぐ終わる。《母船》で働いてもらうとしよう。

「いまのところ、『パペット人形』と訳された『木偶（ムーオウ）』も、『母船』の意味も解りかねます」

ジーヴスが口を挟んだ。「ただ、この中型トラックの運転手の顔つきには、どこか興味を惹かれます」

いつになく曖昧な物言いに逆神は引っかかるものを感じたが、ジーヴスはそれ以上のことを言おうとしなかった。

翌日、週末出勤の代休を取った小森田は、桜田門の警察庁舎で木戸副長官に面会した。SIPこと逆神研の活動状況はすべて木戸と岩倉部長にもリアルタイムで伝わる仕組みになっているが、これは別チャネルからの報告だ。聞き終えた木戸は、《実働部隊(AT)》の招集を急ぐと言った。

その午後一杯、小森田は江東区の新木場にある警視庁術科センターの射場にいた。体育館のような広い場所に騒がしい背景音が反響し、銃声が聞こえる。この施設は拳銃射撃だけでなく、柔道、剣道、逮捕術などの武道や、白バイ訓練まで行える「警察官の総合体育館」だ。SPを志し、警視庁警備部警備課からこの世界に入ってきただけに、小森田の射撃の腕前は確かで、毎年十一月に開かれる全国警察拳銃射撃競技大会の警視庁チームに選抜されたこともある。だが、いまは警察庁所属の技官にすぎない身で、ふたたび拳銃の保持が認められたのは、もちろん木戸副長官の力による。

三時間で二百発近くの実弾射撃をこなし、自分の腕がそう落ちていないことを確認できた小森田は、グロック17を収めたホルスターを外して左肩にかけ、射場からロッカールームへと引き上げた。木戸副長官との最初の約束では、危険な任務は《実働部隊(AT)》に任せ、逆神たちは調査任務から身を引くはずだった。いわばその殿(しんがり)に立って、撤退戦を指揮する役割を担っている。

東北新幹線の那須塩原駅から、塩原温泉郷を通って日光市や福島県側に抜けるルートは、どれも標高千メートルを超える高原道路で、今日のような快晴の日には美しい会津の山並みを眺めながらのドライブが楽しめる。「日塩もみじライン」と呼ばれる有料道路はもちろん、国道四〇〇号もバイパスが整備され、暗く曲がりくねった山道のイメージはもうない。その代わり、長短のトンネルの合間には、誰一人通わない山奥に真新しい高架橋がそびえ立つ光景が目に入る。

那須塩原駅で佳奈江を拾ったボルボが停まっているのも、そうした合間の路側帯だった。運転席の男にはこちらから隙を見せたが、男がプリーツスカートの裾から指先を忍び込ませ、太股をまさぐりはじめると、佳奈江は生地の上から男の手を捕まえた。

「そこは止めて。傷に触られるのは嫌なの」

その手の薬指に水晶の指輪が嵌まっている。ちょっと見には大粒のダイヤだが、中に水が入っており、手を陽にかざすと密(ひそ)やかに動く水が愛らしい。

「可哀想に」

取り繕うように言った男は、さらに奥に指を這わせ、下着との境目をなぞる。

「せっかちね。せっかく個室風呂のある部屋を取ったのに、ホテルまで待てないなんて」

「待てるものか。君が意地悪を言って自分だけ新幹線で来るものだから、僕は高速の渋滞の間中、君のことばかり考えて焦れていたんだぜ」

「だって、あなたの官舎は『カイシャ』に近すぎるんだもの。誰かに見られないとも限らないし。それにあなただって大切な時期でしょ」

それまで最短に近いペースで昇って来た出世の階段を、男はまた一段昇ったばかりだ。

佳奈江は左手を男の首に回して唇を求めた。その反応は演技ではない。身体の奥底から湧き出る欲望に支配され、先月から接近した相手を心から愛おしく思えるようになっていた。すべての感情が――快楽も苦痛も、愛や憎しみさえ、もう自分のものではない。ならばせいぜい快楽くらい享受しなくては、自分が憐れすぎる。

男は女の舌を絡めとる作業に夢中で、首筋を虫に刺されたような痛みに気づかなかった。だが、すぐに恐るべき弛緩がやってきた。女の身体に回した上腕の筋肉から始まって、上半身から下半身へ速やかに広がり、男は背もたれを倒した運転席に海獣のように投げ出された。佳奈江が身を引き離した時、かすかに「なぜ?」と問うような表情を浮かべたが、それもたちまち無表情に変わった。括約筋が緩み、股間からアンモニア臭が立ち昇る。最後に内臓を動かす平滑筋群と、横隔膜などの呼吸筋が力を失った。心筋だけが役立たずのポンプを空しく動かし続けていた。

「さよなら。愛してた」佳奈江は男の耳に囁いた。

それは本心だったが、いまの自分にとって恋愛感情など薬の小瓶に過ぎない。男の安らかな表情は安らかな死を意味しない。誰にも訴えられない断末魔を迎えたはずだ。仕事を終えた佳奈江がそのまま待っていると、すぐに青と白に塗り分けたロードサービス車が駆けつけ、ボルボの車内を隠すように横付けした。自動運転車が普及した今でも高級車の運転を楽しむ人間はいるし、故障に対応するスタッフもいる。だがサービスカーから降り立ったオレンジの制服を着た二人組の仕事は、車の回収ではなく、犯行の痕跡を消すことだ。

「ずいぶん濃厚なキスだったな。面倒臭い」一人が朝鮮語でつぶやく。ボルボの車内は改造されたドライブレコーダーを通じて、別の車から観察されていたのだ。

二人の男に挟まれて助手席から降ろされた佳奈江は、サービスカーの荷台部分にある工具棚のような場所に押し込まれた。そこは外見より広く、向かい合わせに一人の男が膝を抱いて座れる余地があった。オレンジの制服ではなく、カトリックの修道僧のようなフード付きの黒衣を着た男の顔は影に包まれていたが、扉を閉められて外光が遮られると、内部が緑色の光で満たされた。普段の佳奈江なら悪夢の予兆として忌み嫌っただろう、禍々(まがまが)しい緑色の光。だがスマホの画面からあふれ出るまばゆい光とは違い、その淡い光はすべての物体からにじみ出る燐光のようだ。その光源が自分の眼球の中にあることを、佳奈江はまだ知らない。

「よくやった」

男が顔を上げると、いかつい口元と顎がフードの暗闇から浮かび出た。「おまえを誇りに思う。幾度もの失敗の末に作り上げた、われわれの最高傑作だからな。一人目は壊れて暴走した。二人目は役には立ったが、要するに時限爆弾に過ぎなかった。意のままに動き、舞わせるようになった《パペット》はおまえが初めてだ」

われわれとはあなた様と誰ですか——首尾よく仕事を果たした至福の達成感で麻痺した脳で、佳奈江はぼんやりと考えた。ここまで自分で手を下したのは初めてだ。最初はターゲットを数人の男たちに引き渡しただけだし、二人目は自分で足を滑らして深夜のプールに落ちたのだ。

「ご満足いただけて光栄です」その声は見知らぬ他人の声に聞こえた。「でも、最後はなにがどうなったのかわかりませんでした」

「それはそのはずだ。決定的瞬間は私が判断したのだから」緑の顔の男は饒舌だった。「最初はターゲットが絶頂を迎えたとき、おまえの体内（なか）で仕留めようと計画した。題して『蜘蛛女のキス』。楊（ヤン）先生もロマンチストだな。だがそれでは証拠を消すのも、ホテルから逃げ出すのも大仕事だ。うっかりおまえ自身に毒針が刺さるかもしれない」

「だから、これなのですね」

佳奈江は左手を目の前にかざした。水晶の中で緑色の燐光に照らされた気泡は、ほんの少し大きくなったようだ。もう一人の佳奈江が目覚めていたら、自分の身体に何をしたのかとしつこく訊くだろうが、今は気にもならなかった。いつもの佳奈江に戻ったら、ここで経験したことも忘れ去っているだろう。

サービスカーが動き出した。死体を積んだボルボを牽引しているのか、現場に置いたままかはわからないし、興味もなかった。自分は釣り針に過ぎず、餌をつけたり、釣った魚を外すのは別の手がやる。何本もの手に助けられれば、殺人など「簡単なお仕事」だ。

「だが、つぎはこんな綺麗事では済まない」

佳奈江の慢心を戒めるかのように男が言い、顔にかかったフードを外した。現れた顔には見覚えがあった。

「東玗(ドンウ)さん……」親友である綱島美姫の夫。

「《パペットマスター》と呼ぶがいい」東玗は穏やかな微笑をたたえている。

ハッと声を上げたのは、頭の中に住むもう一人の佳奈江だった。

——ではこれはあの時から仕組まれていたのね。美姫はあれからどうしているの？教えて！

だが分厚いガラス瓶の中で叫ぶように声は聞こえず、姿も歪んでいる。瓶の中の佳奈江に話しかけた。

——そんなに興奮したら、空気がなくなって窒息してしまうわ。あなたは、私があなたのことを覚えているのか知ろうとして、何回も手紙を書いたわね。この通り私はあなたのことを覚えているけれど、あなたは瓶の中だし、私のしたことをあなたに告げようとは思わない。世の中には知らない方が幸せなこともあるのに、あなたは真実の蓋を無理やりにこじ開けようとして、余計な事を――。

佳奈江はハッとして顔を上げた。

「東玗……いえ《パペットマスター》。私はとんでもない過ちを犯してしまいました」

「ようやく思い出したか。もう一人のおまえの仕業とはいえ、致命的なミスだ。後始末はおまえ自身でつけなければならない」マスターは黒衣の胸元から刃渡りの長いナイフを抜き出し、佳奈江に握らせた。「おまえをつけてきた探偵の身柄は、もう確保してある」

ビルの地下室のような窓のない部屋で気づいた。長く使われていないらしく、書類や紙くずが床に散らばり、埃臭さが鼻を突く。壊れかけた一人掛けのソファに座ってはいたが、右手に細長いナイフをしっかり握りしめている。眠っていたのなら、床に落とすか、誤って自分を傷つけてしまうかしただろう。私は今初めて、目覚めたまま《もう一人の自分》から普段の自分に戻ったんだ――佳奈江は思った。いや、それも正確ではない。今の自分は、週末に東京を出発してからの出来事を、ぼんやりと覚えているからだ。不思議なことだが、不倫相手の男を毒殺したことにも、さほどの恐怖や嫌悪は感じなかった。罪の意識すらなく、自分のしたこととして受け入れるしかない、という諦めに近い気分だけがあった。

部屋の奥で身じろぎをする音と呻き声が聞こえた。佳奈江は静かに立ち上がり、男が仰向けに縛り付けられている作業台のようなテーブルに近づいた。

「おい、そこに誰かいるのか」

男は辛うじて動かせる首を懸命にこちらに向け、暗闇で目をこらしている。小川町の事務所で自分の尾行を依頼した探偵だ。必死に顎を動かしたせいで、咬まされていた猿轡がずれたらしい。だが、なぜ私が見えないのだろう——不思議に思いながら壁のスイッチを入れると、シーリングライトの寒々しい光が辺りを包んだ。

「あんたか……いや、あなたでしたか」男の表情には驚きと安堵と疑念が同居している。「これは一体どういうことなんです？　いや、説明は後でいい。早く縄を切ってくれ」

「何をためらっている。やるべき事はわかっているはずだ」

《パペットマスター》の声が聞こえた。部屋を見回したが姿は見えない。小刻みに震える刃先を男の胴に巻かれた化繊の縄とワイシャツの間に挿し入れたが、そこで手が動かなくなった。

「できません」佳奈江は俯いて頭を振る。

「頑張って！　これを乗り越えなければ、私たちは一人に戻れない」

もう一人の佳奈江も自分を励ます。どこにいるのかわからないマスターの声と違い、自分の身体、自分の口から出た声だ。「この男は私たちのしたことを目撃し、写真も撮った。このままにはできないわ」

「それとも、また瓶の中に戻りたいのか」

マスターはなぜあのガラス瓶のことをご存じなのだろう。

「おい……あんた、いったい誰としゃべってるんだ」懇願めいた口調が失せ、男は薄気味悪そうな表情で、二人分の台詞を喋(しゃべ)っている佳奈江の顔を見ていた。「おれはあんたが男と一緒にいるところを見たさ。浮気みたいだったから写真も撮った。でもそれはあんた自身の依頼だろうが。あんた……おかしいよ……壊れてるよ」

「そう、私は壊れてる。壊れた私が犯した過ちの一つがあなたなの」だから、過ちは消し去らないと——呼吸を静め、男が噛みしだき、外そうとしている猿轡をきつく締め直す。「危ない！——私、あなたに咬まれるところだった。まるで猛犬ね」

遠い昔に感じられる慶州のトンネルでの出来事が蘇り、なぜか笑いがこみ上げた。でも大丈夫——あの時よりも、私ははるかに強いから。男の両眼が、絶望をたたえて見開かれる。佳奈江は右手に力を込め、ナイフの刃先を男を縛っている縄と逆方向に回した。ひきつれた絶叫。そのとき佳奈江の心に湧き上がったのは、恐怖でも罪悪感でもなく、快い達成感だった。

「ほうら、やってみれば簡単でしょう？」

「本当にそうね」

佳奈江は小さく返事をし、ナイフの柄尻(えしり)に左手をあてがって、渾身の力を込めた。

翌々日の朝、佳奈江は自宅のマンションで、冬眠から覚めるように目覚めを迎えた。ベッドで上体を起こし、無上の充足感に包まれながら、薄明かりの中でじっとしていた。大海原を飛び続けた渡り鳥が緑の島に降り立ったら、きっとこんな気分に違いない。左手の薬指に嵌まっている指輪を見る。外そうとすると、水晶の石とは反対側の肌にチクリと痛みが走った。まあ、無理に外す必要もないだろう。ベッドサイドのテーブルに手帳が伏せてあった。自分の筆跡だが、書いた記憶はない。

佳奈江へ
私はあなたを知っていたし、日常生活も覚えていた。あなたは私のしたことを覚えていないことで、ずいぶん不安だったと思うけど、もう私はどこにもいない。私はあなただし、あなたは私だから。これからは《パペットマスター》のお導きに従い、幸福に暮らすことだけを考えて。永遠にさようなら。

もう一人の佳奈江より

ベッドテーブルの小さな灯の下で何度も読むうち、涙で文字がにじんだ。なぜ自分は《彼女》を信じてあげなかったのか。失っていた記憶が戻るとともに、彼女もやはり自分の一部として労(いたわ)ってくれていたのに。彼女は悪意のある敵などではなく、この数か月、あまりにも孤独だった自分にとって唯一の友人だったのだ。彼女が出現することになった原因は依然解らないが、確かなのは——私はほとんど治りかけている！

翌朝、以前もらった精神科の診断書を添えて休職願を出した。

「もう、すっかりよくなったと思ってたんだけどなあ」

上司は慰留したが、相談の結果、年度末までの休職が認められた。

だが、週末に私物の整理に来ると言った佳奈江が、職場に姿を現すことは二度となかった。

「逆神室長！」金沢のSIPに常駐している才谷三佐が、柏の科警研の研究室にいる逆神に急報を入れた。防衛省から来た二人は、どうやらこの偽装会社で逆神の部下として振る舞うことにしたようだ。「防衛省内で不審死事件が発生しました。これで四人目です」

「被害者は誰ですか」

「統合幕僚監部の瀬尾総括官。これまでの被害者の中で最高位です」

逆神は才谷、来嶋の二人と会議テーブルを囲み、才谷の報告を聞いた。栃木県警の捜査資料も表示されている。事件の発覚は二日前の月曜日だ。那須塩原町から日光市へと抜ける「日塩もみじライン」の路側帯で、総括官が所有するボルボが長時間停車しているのが見つかり、不審に思ったハイウェイパトロールのサービスカーが中を確認したところ、リクライニングした運転席に横たわる総括官の遺体を発見したのだ。自治医科大学の法医学教室で司法解剖した結果、死因は心臓麻痺で、期外収縮の持病があったことから、身体の異変に気づいた本人がそこに車を停め、休息していたところで大きな発作に見舞われたものと推定された。

「だとすると、不運な病死では？」逆神は問い返した。「才谷さんは『不審死事件』と言い切ったが、この件を一連の事件と結びつける根拠はなんですか」

「それは……」才谷はちょっと言葉に詰まった。「被害者の地位が高いというか、これまでの被害者と共通点があるからなんです」

「共通点？」

「すみません。隠し立てをするつもりはないのですが、なにしろ私が勤務する以前に遡る話ですので、正確な事実関係をどうお伝えするか、上の者に確認させてください」

才谷のスマホは会議テーブルの上に伏せられたらしく、画面が暗くなった。逆神はわずかな不審を感じ、相手に悪いとは思いながら、別画面で会議室の天井に設置された魚眼カメラの映像を表示させた。七月にＳＩＰを開設した時にリモート会議用に設けた仕組みだが、まさかこんな覗きめいた使い方をするとは思っていなかった。

会議テーブルから立ち上がって、空いた部屋に入りかけた才谷は、手招きで来嶋一尉を呼ぶ。後から入った彼女がドアを閉め切らなかったので、天井カメラの視野をパンすると、掌に載せた来嶋のスマホに顔を寄せる二人の姿が垣間見えた。

「やはりそうか」ボリュームを最大にすると、音声がかすかに漏れ聞こえた。逆神も同じ言葉をくりかえす——やはり、そうか。

やがて画面に戻ってきた才谷の表情は心なしか緊張している。

「実は最初に失踪した若手職員と、市川の住宅街で転落死を遂げた幹部職員は、表向きの部署こそ別々ですが、この瀬尾総括官が率いていた、半島の軍事情勢を調査する極秘チームのメンバーなのです。今度の事件でほとんど壊滅状態になってしまいましたが」

「何を目的とした調査なんですか」

逆神は自分たちのミッションにまつわる最大の謎が明かされつつあると予感した。おそらく地震の震源はここにあり、ABC各案件は各地の海岸に到達した津波なのだ。

「ざっくり言えば、三年前に統一された半島国家、特にその軍部が、わが国と自衛隊にとっていかなる存在なのかを探る調査です。表立っては友軍ですし、旧韓国や中国と同様、今でも駐在武官は交流を続けていますが、有事の際に信頼できるのかは別の問題です。自衛隊にとって、その疑惑の根は深く、十一年前の国際的事件にまで遡ります」才谷三佐は遠い目をした。「私にとっても思い入れの深い事件です。当時、私は県立大学の工学部にいましたが、この事件の報道がきっかけで防衛大学に転入したのですから。そう言えばもうおわかりでしょう」

「旧韓国海軍による自衛隊機への攻撃用レーダー照射事件ですね」

第7章　カミングアウト

小松空港は国内線と国際線あわせて年間二百万人近くが利用する、日本海側で最大の空港だった。過去形なのは、二〇二五年に金沢空港が開港され、民間空港としての歴史を閉じたからである。種々の事情が重なって移転と分離が実現した。

まず観光業の発展をめざす金沢市や県の意向があった。国際観光都市である金沢まで車で四十分かかる小松空港にくらべ、金沢港に隣接する内灘海岸に金沢空港を建設すれば、中心部まで十分で行ける。金沢・かほく両市にまたがるその海岸は、住宅地として造成が進んで面影がないが、実は国内有数の広大な砂丘地帯で、幅は五百メートルから一キロ、長さは十キロメートル近くもある。

従来工法も検討されたが、最終的にはメガフロート方式が採用された。関西国際空港でも検討された工法で、巨大タンカーの数十倍もの大きさを持つ、海上に浮かぶ鉄の箱である。数千人の地元住民を対象にした土地買収が現実的でなかったのと、金沢港の埠頭に寄港する巨大クルーズ船との干渉を避けるためと説明されているが、県内屈指の大企業である小塩(こしお)製作所の意向も影響したと噂されている。その工法は、完全に海上に浮かべるのではなく、半分が砂丘に乗り上げる、世界でも類例のない「セミフロート方式」だ。潮汐の影響で滑走路が傾かないように補正する技術課題がクリアされたため、建設費はフルフロート方式より大幅に節減できた。地元自治体の目論見は図に当たり、新空港開港とともに、小京都と呼ばれる金沢市は、国内外からさらに人が押し寄せる国内屈指の観光地となった。

玉突きのように、それに連なるいくつもの動きがあった。特に重要なのは、基地発足以来七十年の悲願だった小松空港の自衛隊専用化だ。もともと小松空港は防衛省が管理し、航空自衛隊小松基地と民間航空の施設が滑走路を共用していた。那覇空港などと同じ「官民共用」と呼ばれる形態だ。滑走路の整備作業は航空自衛隊が行っていたが、民間空港としての役割が増すにつれ、本滑走路が一本しかない問題が顕在化し、空自は理不尽にも肩身の狭い思いを強いられた。中部航空方面隊第六航空団は日本海側で唯一の戦闘機部隊で、北陸から中国東部の領空に接近・侵入する国籍不明機の警戒を担当している。スクランブル発進回数は年間千回を超え、通常の哨戒任務や飛行訓練も含めると、官民共用にはとっくに限界が来ていた。そこで金沢新空港の開業を好機と捉えた防衛省が国交省に強く働きかけ、専用化が実現したのだ。本滑走路と並行して走っていたアスファルト舗装の仮滑走路もコンクリート舗装に改装されて復活し、二本目の本滑走路に格上げされた。パイロットたちは、これで心置きなく祖国の空を護れると感慨もひとしおだったろう。

そして、小松基地の強化が必要な背景には、東アジアの国際情勢の激変があった。今世紀初頭から、中国やロシアによる防空識別圏（ADIZ）（Air Defense Identification Zone）への侵入や領空侵犯は増加の一途を辿っていたが、三年前の統一朝鮮共和国（UROK）（Unified Republic of Korea）によって、対立する国家群の構図は複雑さを増し、国防上の懸念はさらに増した。言うまでもなく大韓民国（ROK）（Republic of Korea）と朝鮮民主主義人民共和国（DPRK）（Democratic People's Republic of Korea）が統一されて誕生した国家である。ほんの数年前まで、両国の国民も含めて世界中の誰もが統一は不可能か、あるにしても数十年先だと思っていた。米国と鋭く対立した北朝鮮はミサイル発射や核実験を最後まで止めなかったし、韓国には史上例を見ない反日政権が誕生した。趙常潤（チョサンユン）大統領の政権は、いわゆる従軍慰安婦問題や徴用工問題など、次々と不当な要求を日本に突きつけてきた。五年の任期半ばにしてレームダック化した大統領にとって、反日と北との融和は、生き残りをかけた最後の切り札だったからだ。韓国憲法は大統領の再選を禁じており、自分の勢力下にある後継者を据えて院政を敷けなければ、次期政権が司法介入して有罪判決から投獄というのがお決まりの末路だ。

C案件の調査から、半島出身と見られる数十人もの工作組織が浮上したことで、逆神たちも、統一朝鮮について深く知る必要が出てきた。B案件の連続不審事件も、半島情勢の調査妨害を目的としている疑いが濃厚だ。A案件はまだ半島との関連が不明だが、《笛吹き》の部屋に家宅捜索が入れば判明するだろう。だが、肝心の本人は近くの駐車場にワゴン車を駐めたまま、この数日所在不明だ。

こうした議論では、軍オタの井伏は国防の観点から仮想敵国としての半島を語るし、瞳は親半島というより、半島全体の行く末に寄り添った発言が多い。物原家は朝鮮半島に祖先を持つ陶工の家系だからだ。三人はいま、柏の情科四研で会議テーブルを囲んでいた。マグカップの飲み物をすすりながら、瞳がインタビュアーのように訊く。

「統一朝鮮(UROK)が誕生した経緯を、お二人はどう見ておられるんですか」

「私もいまだに整理がつかないが、UROKの成立史を簡単にさらっておこう」逆神は会議テーブル上に立ち上がった仮想ボードに指を伸ばした。「旧韓国最後の大統領として、十年に及んだ趙常潤政権は、発足当時から反日色が濃厚だった。それを象徴する事件が二〇一八年末の『レーダー照射事件』だ」

「もう十一年も昔の話やから、子どもだったモノは知らんやろ」

「失礼ですね。花も恥じらう十六歳の高校生でしたから、もちろん覚えてます。ただ当時わからなかったのは、軍艦や軍事基地はいつもレーダーで敵を捜しているのに、なぜそれが国際問題にまで発展するのかってことでしたけど」

「それは『捜索用レーダー』ちゅうて、周囲の飛行機や艦船を発見するためのもんや。あの時、旧韓国の駆逐艦が海自のP1哨戒機に照射したのは、『火器管制レーダー』ちゅう攻撃目標に狙いをつける射撃システムの一部で、相手の額に拳銃をつきつけたのと同じやねん」

「交戦相手に対して以外は決してしてはならない行為だ。どの国の軍事関係者も、火器管制レーダーを照射されれば臨戦態勢に入るし、たとえば米軍機なら即座に先制攻撃しただろう。幸か不幸か日本のＰ１哨戒機には攻撃用武装がないので、速やかに現場を離脱した。その場にいた北朝鮮の『漁船』と韓国軍艦を撮影し、照射された電波も証拠として記録した。当然外交ルートを通じて韓国政府に厳重抗議したが、ここで相手は思わぬ反論に出てきたんだ。韓国が日米欧などの自由主義陣営から離脱し、密かに中ロ北など共産主義陣営に加わっているのではないかと日本が疑い始めたのは、この瞬間だろう」

「どんな反論だったんですか？」

「説明自体も二転三転しているが、整理すればつぎの三点だ。
一、北朝鮮漁船からの救難信号を受け、人道的な救助作業中だった。
二、自衛隊哨戒機が威嚇のために異常な低空飛行をした。謝罪しろ。
三、火器管制レーダーなど使用していない。
一は日本の海保や自衛隊がその救難信号を受信していないのと矛盾するし、二と三も観測された事実に反する。そもそもＰ１哨戒機は、Ｂ案件で殺人事件の舞台となった早期警戒機（AEW）と同じ『空飛ぶレーダーサイト』だから、国際社会に証明できる証拠ならいくらでもあるんだ。常識的に考えれば『現場のミスだった』と形だけでも謝れば済む話なのに、支離滅裂な主張や逆ギレの謝罪要求で反って韓国軍の国際的評価を落としてしまった。なぜそんなことをしたのだろう。井伏はB案件の調査で空自の連中にも大勢会ったんだろう？　この話題は出なかったか」

「何遍も出ましたがな。世間じゃ忘れられていますけど、彼らにとっては今日明日の命に関わる問題ですからね。なんであんな自傷行為みたいな反応をしたのか、一様に首を捻ってました。一つだけ確かなのは、韓国海軍が手段を選ばず、あの場から自衛隊機を追い払いたかったことだと。そやから、日本の排他的経済水域内のあの海域で、韓国軍艦と北朝鮮の『漁船』が何をしていたのか、そこだけは何年かかろうと突き止めんとならん、そう言うてました。彼らもいくつか仮説を立ててましたけど、調査チームのメンバーが次々に不審死したのでは、防衛省の総意としてより重大な仮説に傾くんとちゃいますかね」

「B案件で壊滅的被害を受けた調査チームは、この問題から出発したんですよね。何らかの結論は持っていなかったんですか」

「そこなんやけど」井伏は額に幾重ものしわを寄せ、手元に視線を落とした。「頼みの才谷はんも、鷲津はんも、その話になると妙に口が重くなりよるねん。何しろ防衛省内でも極秘扱いで、あちこちの部署に散ったメンバーを誰が束ねているのかもようわからんそうや。こっちも額面通りに受け取ってはおらんけどな」

「え？　亡くなった瀬尾総括官じゃないんですか」

「総括官が他部署の人間に仕事を振るには、より高位の後ろ楯が要るはずなんや」

「まあ待て」逆神はいらだつ井伏を抑えた。「近く木戸副長官に中間報告を入れるから、その場である程度明らかになるはずだ。那須塩原での総括官の不審死について、報告できそうな調査結果が上がってないか」

「よう聞いてくれました。ジーヴスと西田にも手伝ってもろうて、怪しい女性が一人浮上してきたところです」

「同一人物の可能性は八六パーセント」ジーヴスが補足する。

井伏は会議テーブル上の空間に二つの動画像を並べて再生した。市川駅前のホテルのエントランスとボルボの助手席。運転者の顔はフロントガラスの照り返しで見えないが、車の所有者である瀬尾総括官に違いない。

「五月のプール転落事故と、先週の総括官不審死の周辺に、同じ女が登場したわけだな」

「防衛省の関係者かも知れまへんから、鷲津はんに人定(じんてい)をお願いして、今日中には返事をもらえます」

木戸副長官への報告の場で訊きたいことが増えた。だが、「妖怪(ヨーダ)」の異名を取る相手が、こちらの思惑通り動くはずもない。考えた末、情報保全隊の鷲津一佐に一役買ってもらうことにした。直接会うのは三か月ぶりだが、今回は「人質」になってもらわなければならない。

「レーダー照射事件」に続き、話題は南北朝鮮の統一に及んだ。五年前の二〇二四年、北朝鮮による非核化決定と、二年後に統一朝鮮共和国（ＵＲＯＫ）を樹立するという南北共同宣言は、国際社会の話題をさらった。各国の情報機関さえこの地滑り的な事態を予測できなかった。独裁国家の北朝鮮ばかりか、韓国国民にとっても寝耳に水の決定で、経済上の理由から本音では反対の者も、民族の悲願である「南北統一」という錦の御旗には正面から異議を唱えられなかった。

北朝鮮の国家指導者・金正恩（キムジョンウン）はおそらく健康上の理由ですでに表舞台から去り、実務は妹の金与正（キムヨジョン）が執っていた。北にとって、核武装の推進は最優先の国策だった。世界を席巻した新型コロナ禍のさなかにも日本海へのミサイル発射を続行したほどだ。米国が主張する「リビア方式」の核査察は、金体制にとって受け入れられないものだった。そもそも名前が悪い。米国の要求を呑んで核を廃棄したリビアの独裁者・カダフィ大佐は、リビア国民評議会、民兵組織、旧政府軍の三つ巴の争いの中で、すり潰されるように殺されてしまったではないか。金正恩はこの事件を、すぐ後の父の死と重ねて「明日は我が身」と感じたはずだ。

その北朝鮮が方針を百八十度転換して核武装を全面放棄し、国際原子力委員会（ＩＡＥＡ）の査察を受け入れると発表したのだから、世界は耳を疑った。独裁者の気が変わらないうちにとばかりＩＡＥＡは大人数の視察団を送り込み、北朝鮮の核関連施設を半年間も徹底調査した。随行員にはもちろん各国の諜報員が加わっていたが、彼らの目で見ても、北朝鮮の真意を疑うに足る証拠はなかった。ＩＡＥＡの監視下で解体・無力化された核兵器は合計十七基。軍事筋の予想通り核爆弾や核地雷はあったが、ミサイル搭載可能な核弾頭は完成度が低く、放射能漏れが起きる代物だった。

そして世界中が安堵した時、あの南北統一宣言がなされたのだ。その発表をする韓国の趙常潤（チョサンユン）大統領と北朝鮮の金与正の姿は、まるで年の離れた兄妹のようだった。国際社会は動揺したが、表立って反対する理由はない。併合の日は二年後の二〇二六年八月十五日に決まった。韓国では「光復節」、北朝鮮では「祖国解放記念日」と呼ばれる、南北で共通する祝日である。それまでの二年間に五回の南北首脳会談が行われ、開城（ケソン）工業団地に急造された会議場で実務者協議が続けられた。薄紙を剝（は）ぐように新国家の全体像が姿を見せ始めた。

「何ちゅうか、けったいな民主主義国家が誕生しましたわなあ」

三年前の騒動を思い返すように井伏が言う。それまで、国際社会が漠然と想定していたのは、アジア最貧国である北朝鮮の崖っぷち戦略と国内経済の破綻から、なし崩しに韓国に吸収されるシナリオだった。まさか破綻のはるか以前に、北朝鮮が韓国に抱きつくように統一を要求するとは、誰も予想しなかった。南北統一を建国以来の旗印にしてきた韓国側もこれには大いに戸惑ったが、二度とない統一のチャンスをふいにする勇気はなかった。そこに独裁者兄妹のしたたかな計算があったと言える。統一に向けた実務者協議は対等の形で進み、統治形態に関する議論はさして紛糾しなかったからだ。どちらも民主主義国家である点で共通していたからだ。

「民主主義というても、国民の九九・九パーセントまで金委員長に投票しはるんでしょ」

「もっとかもしれない」逆神は含み笑いをした。「だが形ばかりの民主主義だろうと、これからも続けるならまだしも、過去の政治形態について併合相手の韓国がとやかく言えまい。合併後は韓国方式の普通選挙に改められたが、蓋を開けてみると、統一後初の総選挙では、旧北側の選挙区では朝鮮労働党の候補者が勝つ場合が多かった」

「何でやろね。独裁体制から逃れたいのが人情とちゃいますか」

「全く異なる制度の中にいきなり放り込まれても、慣れるには時間がかかるのだろう。そもそも旧北朝鮮国民は、選挙とは指導者を信任するためのものだと思っていたし、秘密警察への恐怖心も残っていたはずだ。経済的にも南北格差がありすぎて、北の庶民が南へ移住するのは夢物語だ。韓国資本が北の土地や資産を買いあさるのを抑止する時限立法ができたくらいだから、南を利用しながら北を豊かにしてゆくという漸進主義的な路線が好まれたと言われている」

「貧富の差が十倍近くありましたからね」瞳が言った。「ベルリンの壁が崩壊して東西ドイツが統一されたときには二倍でしたけど、それでも経済の立て直しには十年かかったそうです。貧富の格差が、民族同胞の間にも『見えない壁』を作ってしまうんですね」

「いわば理想と現実の落差だ。金兄妹は自国民のそうした心情や習性を知りつくして、唐突な統一を持ちかけ、金体制の実質的な温存を勝ち得た。だから現在の統一朝鮮の政治体制は、金体制を内包しているんだ」

統一朝鮮は旧韓国と同様、一院制の国会と直接選挙による大統領職を置く。議員選挙で第一党となったのも韓国の与党「わが民主党」だった。しかし第二党となった「朝鮮労働党」とは、南北同胞にしこりを残さない配慮からか連立政権が組まれ、「朝鮮統一に伴う特別立法」で任期を十年近くに引き延ばしてきた趙常潤が大統領に、金与正が副大統領に選ばれた。

「それであの有名な演説になったんですな」

「『ロムルスとレムス』ですね。南北融和の象徴として連名でノーベル平和賞も受賞しました」

古代の都市国家ローマは、ロムルスとレムスという双子の兄弟によって建設されました。いま『統一朝鮮共和国』という新国家、国民全員が家族である輝かしい国家を建設するに当たり、私たち二人は、互いを尊敬し合う双子の兄妹として国の進路を見守り、民族の発展と国民の幸福のために力を合わせることを誓います。

「副大統領は名誉職だという暗黙の了解もあり、最初の内、この体制はうまく機能したように見えた。それが揺らぎ始めたのは、一年も経たずに趙大統領がああいうことになってからだろう」

一昨年の六月、趙常潤大統領は執務中に心臓麻痺で急死した。後継者の李炳賢（イビョンヒョン）は趙の右腕と目された人物で、旧韓国では長く法務大臣を務めた。

「『統一朝鮮共和国』という金看板のメッキが剝げだしたのもその頃からやね」

「でも、二代目の大統領も元韓国側が出したんですよね」

「形式的にはな。だが知名度とカリスマ性において、金与正は李炳賢を上回るから、実質的には北が対等の実権を握ったと言っていい」

「趙大統領が北に寛大な姿勢を取ったことが、自らの急死で裏目に出てしまったということですか」

「アラブでは『テントの下のラクダの鼻』ちゅうそうや」

「そんな純でまともなお話ならいいが……」逆神が黙り込んだので、二人は横顔を見た。薄気味の悪い笑みを浮かべている。「私はこの唐突な併合の裏側には、以前からの南北の合意、それも北主導の合意があったと思う。米国のトランプ大統領を巻き込んだあの米朝交渉もその流れの中で起きたことだ」

「でも、米朝交渉の間中ずっと、金主席は例の調子で趙大統領に罵詈雑言（ばりぞうごん）を吐いていたじゃないですか。それに、北はともかく、趙常潤大統領や韓国民にとって、併合にどんなメリットがあったのか、もう一つわかりません」瞳は逆神のシナリオに納得がいかない表情だ。

「一九八〇年代からの半世紀近く、韓国は保守派と革新派がつばぜり合いを演じる『二大政党制』の国だった。腐敗した長期政権しか選択肢がない日本から見ればその点だけは羨(うらや)ましいが、問題は、革新派の内実が親北左派勢力に過ぎないことだ。独裁政権との資金や人的な繋がり抜きでは政権を取ることも、維持することもできない。金大中(キムデジュン)や盧武鉉(ノムヒョン)政権もそうだったし、趙常潤政権も誕生前夜から北の有形無形の援助があってこそ成立できた。日本にも親北派勢力は入り込んでいるが、同一民族の韓国では、はるかに広範で深刻だ。親族や家族が北にいる国民も多く、独裁政権を攻撃しにくい構造がある。趙政権の場合は、米中日との外交が程なく行き詰まった上、国民が敏感に反応する経済政策でも失策を重ね、支持率が不支持率を下回る状態が続いた。もしあのままだったら、多くの前任者たちと同様、任期終了後に収賄や横領などの容疑がほじくり返され、逮捕投獄を免れなかっただろう。だから趙大統領は祖国統一の立役者という誘惑の果実に手を伸ばし、そこを金兄妹に利用されたのだと思う。国民の意思など関係ない独裁者と、国民からの人気に踊らざるを得ない民主主義国の指導者では、所詮勝負にならないのかもしれない。だから、この統一で一番得をしたのは、間違いなく北の独裁者兄妹だ。自分たちに有利な統一、いや見方によっては国家ごと簒奪(さんだつ)できたのだから」

「まあ、趙大統領も統一を旗印に倍の任期を務めたし、念願叶って『統一の英雄』にはなったから、損まではしておらんけどね」

二人の会話を聞きながら、瞳はあの就任演説への違和感を反芻していた。趙大統領はなぜあの双子伝説を引用したのだろう。あれは有名なローマ建国の神話だが、終わりまで読めば、決して仲睦まじい兄弟による理想の統治を描いた美談どころではないことがわかる。後に国境争いから袂を分かった兄弟はついに決闘に及び、ロムルスはレムスを殺してしまうからだ。あの演説で、趙大統領は果たして兄弟どちらの立場に自分を重ねていたのか。もしレムスだとしたら、込められたメッセージはつまり——私は殺される。

三年前に国民の期待を担って発足した統一朝鮮共和国は、早くも現実の厳しさに直面している。国際社会における統一朝鮮のスタンスは、米韓軍事同盟の終了とともに日米との距離が遠のき、親中・親ロ化が進んだが、中ロ軍が進駐する事態には至っておらず、軍事的には一見、中立を保っている。しかも国連制裁の前提だった核武装は完全廃棄したのだから、欧米や日本は約束通りの見返りを提供するしかなかった。国交を樹立し、莫大な経済援助も再開した。中でも不遇だったのは日本で、日韓基本条約は無効になり、拉致問題も無視される一方、従軍慰安婦や徴用工といった解決済みの問題がまたしても蒸し返された。戦後八十年以上、歴代政治家がその場しのぎの謝罪外交をくりかえしたツケが、一挙に回ってきたのだ。

「だが、われわれにとって重要なのは、C案件で浮上した七十名近い工作員組織や、

Ｂ案件で危うく見逃すところだった巨大潜水艦の行動と繋がっているのが、果たして二代目を継いだ李炳賢大統領や、陰で実権を握る金兄妹自身なのかだ」

「どういうことですか」

「統一後の事件はまだしも、レーダー照射事件は趙常潤政権が誕生した一年半後だし、工作員を潜入させるために仕組まれた卒業アルバム損壊事件は、それ以前の保守派政権時代だ。その時期に北の影響力が韓国や日本にそこまで浸透していただろうか」

「せやかて、レーダー照射は歴とした韓国海軍の駆逐艦が起こした事件でっせ。国が関与せずに――」井伏は呆れ声を出したが、途中で何かに気づき表情を変えた。

逆神は独り言のように言った。「統一で一番得をしたのが金兄妹だとして、一番損をしたのは誰だろうな」


旧北朝鮮側への往来が可能になり、日本政府は外務省と厚生労働省からなる混成チームを拉致被害者の解決に向けて送り込んだ。にもかかわらず進展がなかった背景には「戸籍」の問題があった。北朝鮮の戸籍制度はかなり以前から破綻し、拉致被害者どころか国民一人ひとりの生死や行方を十分に把握できていなかったのだ。

「国家の体を成しておらんやないですか」

「いや、実は日本も戸籍については大口を叩けないんだ。二〇一五年にマイナンバー制度が発足するまで、日本政府も個々の国民をちゃんと区別できていなかった。だからこそ年金が消えたんだ。そもそも『家』を前提とした戸籍システム自体、もう時代遅れかもしれない。その点ではむしろ、社会インフラのIT化が進んだ旧韓国の方が進んでいた。二〇〇八年に発足した『家族関係登録制度』は、個人を節点（ノード）として両親、配偶者、子どもなどの親族、会社や公的組織などの法人との関係性をデータベース化したものだ。IT時代に相応しい。目下、統一朝鮮ではこのデータベースに旧北朝鮮の住民台帳を統合しているそうだが、そこで不正操作がなされる恐れがある」

「どんな不正ですか」瞳が訊く。

「具体的にはかなりの数の旧北朝鮮人が抜け落ちるか、故意に記載されないかもしれない。中国の『黒孩子（ヘイハイズ）』のようにね」

「中国には無戸籍の子どもが推定二千万人以上いると聞いたことがあります。どうしてそんなことになるんでしょうか」

「原因は複合的だが、最も大きいのは『一人っ子政策』だろうな。中国が二〇一五年まで数十年にわたって堅持してきた人口抑制政策だ。第二子を出産した夫婦には『多子女費』という罰金を科し、計画外の胎児を強制中絶してまで、政府はこの制度を厳格に運用した。その一方で働き手が欲しい農村部では、出生届を出さない子どもを密かに育てる行為が横行した。その負の遺産が『黒孩子』だ。彼らは国から見えない存在だから、義務教育も受けられず、成長しても正規の職につけない。逆に黒社会にとって絶好の人材供給源だろう」

「かわいそうに」

瞳はそれら「見えない子どもたち」の境遇を、「ストリートチルドレン」と重ねずにはいられないようだった。

「国家から存在を認知されない人間が、いかに寄る辺ない身か想像できるか。ひっそりと生まれ、生きて、死ぬ。統一朝鮮でも似たような現象が起こっているのではないか。十倍もの経済格差に直面して将来に絶望した人々や、命がけで金体制に仕えてきた軍人らが、新国家の戸籍に入らずに見えない黒社会の人間となり、一部は日本に潜入しているのかもしれない」


その日の午後、防衛省から照会結果が届いた。二人の幹部と密会していた女性は、やはり一万人の防衛省職員の一人だったのだ。相楽佳奈江という女性がSIPに認知された瞬間だった。だが、本人はすでに休職し、中央警務隊の警務官からの連絡にも応答がないという。休職願に記載された理由は「ケガ療養中の適応障害」で、複数の精神科医の診断書も添付されており、形式的には問題がない。優秀な職員で、上司も本人の精神状態に気づかなかったが、精神疾患の苦しさは本人にしかわからないから、一応慰留した後、年度末まで約半年間の休職を認めたそうだ。だが、相楽佳奈江は防衛省職員だから、本来ならこの事件は警務隊ではなく警視庁の領分だ。

逆神はある決心をした。桜田門に連絡して木戸副長官の在庁確認をし、その後、市ヶ谷の鷲津一佐を呼び出した。

「続発している不審事象について、早急に報告すべき重大な疑義があります。これからすぐ、井伏と二人で訪問いたしますが、よろしいですね」

逆神の口調はいつになく強引だ。相手が戸惑いながらも承諾すると、呼び出しておいた時間貸車（シェアー）を自分で運転し、一時間余りで防衛省の地下駐車場に乗りつけた。首都高速都心環状線から専用進入路に入るプロトコルは、西田とジーヴスがハックしていた。途上、計画を井伏に打ち明け、芝居の稽古をするように役柄を割り振る。

「それ、ホンマのホンマでっか」井伏が目を丸くする。

「実は、SIPにいる才谷と来嶋の行動を覗き見て、そう確信した」

「それ、来嶋はんや瞳にバレたら、一生軽蔑されまっせ」

「内緒だ」

「それにしても、中（あ）たってて欲しいもんや。違うてたら頬っ被りして歩かなならん」

「そのくらいはもとより覚悟の上さ」木戸に通話を繋いだ。「木戸副長官、B、C両案件で新事実が浮上しました。水野曹長についても原因究明ができたと考えています。鷲津一佐と相談の上、至急ご報告します」

「わかった」木戸は短く答えた。画面はオフになっている。

「微妙な話なのです。後ほど鷲津一佐との会合を、音声のみ中継しますので、ぜひ切らずにお聞き下さい」

逆神は通話をいったん保留してからジーヴスに指示した。「木戸副長官の端末の微弱電波を追えるな。現在位置が変わったら教えてくれ。そして今日だけは一〇〇パーセント私の部下でいてくれ」

「かしこまりました」

これで、鷲津との会合に隠れた聴衆が二名加わることになる。

急な訪問を受けた鷲津は、ＶＪから続々と報告される相楽佳奈江の情報に目を通し、言いにくそうに告白した。

「実は内部犯行説は省内でも取り沙汰されていました。だが被疑者は最初に失踪した若手職員で、この女性ではなかった。それに、昨日栃木県警とも話したのですが、瀬尾総括官の遺体には殺人を疑わせる痕跡がないそうです。詳しくは明日の司法解剖次第ですが。ひょっとすると相楽佳奈江は、瀬尾との不倫旅行の途中で相手が突然死したので、関係の露見を恐れて逃げただけなのかもしれません」

「相楽佳奈江の身元は洗われたのですよね」

「もちろんです。入省時にも厳格な『身体検査』がありますし。ですが相楽には、調査チームのメンバーを殺す動機や、半島との繋がりを窺わせる材料が一切ありません。ただ同僚職員を個別に呼んで話を聞いたところ、『最近ちょっと変わった』という女性職員間の噂があったようです」

「どう変わったと？」

「何と言うか、男性に大胆な振る舞いをするようになったと。ですが市川市内で転落死を遂げた幹部職員との間に、そうした関係があった証拠はありません」

「瀬尾総括官についてはどうです」

「彼が総括官に昇格したのはこの四月です。あなた方のところでも同様でしょうが、新任幹部には一定の期間『監視』がつきます。彼は妻子とは別居状態で、どうも女性職員との距離感が近すぎるという評判がありました。まあ、昇格候補者から外されるほどではなかったようですが」

鷲津が言うように、警視庁でも、警務部人事一課に監察係という部署があり、職員の不正を暴くのが職務である。特に所轄の警察署長など反社会的勢力からの誘惑にさらされる役職についた場合、まず一年間は行確される。数万人の職員を擁する巨大組織の規律を保つには、それしか方法がないのだ。

「日塩もみじライン」のライブカメラには、ボルボの助手席に座る相楽佳奈江の姿が捉えられているし、総括官が那須塩原駅前で彼女を拾ったのも判っている。どちらの動画からも、二人の親密さが窺える。だが部署や階級に隔たりのある二人が、どういうきっかけで親密な関係になったのだろう。

「相楽佳奈江の上司が統一朝鮮の駐在武官――正式には『防衛駐在官』と言うのですが、これを訪問したときに、その報告に絡んで、同行した彼女に説明させたことが何度かあるそうです。あるいは、朝鮮語の内容について何かアドバイスを求めたのかもしれません」

「彼女は朝鮮語が話せるのですか」

「ええ。そもそも彼女の休職は、一月に上司の統一朝鮮国出張に通訳代わりとして同行した際のケガが遠因となったのです。何でも、慶州市の夜道で猛犬に襲われたとか、一時は狂犬病の心配さえしたそうです」

「どんな傷を負ったのですか」

「お待ちください」鷲津は机上で書類をスクロールし該当の部分を探す。逆神たちの急な訪問に、上がってきた情報を整理しきれていないようだ。「左脚太股にひどい噛み傷を負い、慶州市内の病院で一週間療養の後、帰国しています」

「鷲津さん。奇妙な符合だとは思わないか」逆神は意図的に口調を変えた。

「水野曹長の事故のことですね。確かに左脚のケガ、それも入院を要するケガとなると単なる偶然ではない気もしますね」

「これは初めてお伝えするのだが、昨年十二月に起きた水野曹長の入院加療には不審点がある。バイクの事故現場から担ぎ込まれた入院先と、理由は不明だが転院した病院の入院記録が整合しないんだ。丸一日の空白がある。ことによると本人の意識がないままにどこかに連れ込まれ、骨折の術創(じゅっそう)に何か特別な細工をされたことも考えられる。すぐに捕まると思われていた轢き逃げ車も、煙のように消え失せてしまった。それも運転者の人形(ダミー)を乗せた二台の車を使い、防犯カメラの裏までかいたらしい——

そうだな、ジーヴス」

「その通りです」

「そこでだ鷲津さん」最前から逆神は、故意に同僚に対するようなタメ口を交えている。ここからは木戸と真剣勝負をしなければならない。鷲津は言わば、弾よけだ。

「これから木戸さんに中間報告を上げる。ご同行いただけますね」

「えっ」鷲津の顔にさざ波のような動揺が走る。「これからとは、一体どこで？」

逆神は胸ポケットから携帯端末を取り出した。画面は暗いままだが、相手がそこにいることはジーヴスの報告で知っていた。

「木戸副長官、防衛省での肩書きは知りませんが、これから鷲津一佐とご報告に伺いますので、その場でお待ちいただけますか」

「逆神さん！　あなたいったい何を……」鷲津がうろたえたように詰め寄る。

「鷲津、もういい。逆神たちを連れて上がってこい」

科警研で聞いた穏やかな口調とは違う、力強い声が響いた。ようやく画面に表れた木戸は自衛隊の制服に身を包んでいた。

鷲津に連れて行かれたのは、最上階に近い、部屋番表示さえない扉だった。

「意外と早くここにたどり着いたな。もっとも事件の進展から見れば遅いくらいだが」

「それは木戸副長官、あなたがそうして正体を隠したり、調査に必要な情報を伏せていたからではありませんか」

逆神の言葉が潜熱のような憤りを帯びた。なぜここにこのような壁があるのだ。もっと速く動けていれば、少なくとも総括官の死は防げたかもしれないではないか。

「逆神さん、言葉が過ぎる」鷲津がたしなめた。

「いいんだ、鷲津」

「木戸司令！」

「ええと……木戸はん」黙っていた井伏が口を開いた。逆神の怒りが増幅して伝わったような、ぞんざいな言葉遣いだ。「ここでは『司令』と呼ばれてるんでっか。わしは軍(ミリ)オタやから、防衛省や自衛隊に単に『司令』なんてポストがないことくらい知ってます。警察庁に『副長官』がおらへんのと同じや。そもそも、一人の人間が警察庁と防衛省の役職を兼務するなんてありえへん。あんたいったい何者(なにもん)でっか？」

「ここではまだ、その質問に答えられないし、君らが知りたいのはそんなことではあるまい。三つの案件を、なぜ最初から関連を疑っているかのように取り上げたのか。自分たちの任務には正当性があるのか——それを訊きにきたのだろう」

「前半はそうですが、後半は違います。私たちは自分が誰の手で動かされているのかを知りたい。それくらいはチェスの駒にも与えられた最低限の権利ではないでしょうか」

「そう気負うな」木戸は警察庁の執務室と寸分違わないマホガニーの机に両肘をつき、組んだ両手に顎を乗せている。「この私も駒なんだ。誰の手で動かされているのかは知っているがね。今から九年前、米国政府はある重大な警告を日本政府と、同盟軍である自衛隊にもたらした。というより私自身が『警告』なのだ。それは旧北朝鮮政権が、国際社会の要求通り核武装を解き、同時に韓国との併合を目論んでいるのではないか。そしてその目的のために、南北の軍部が示し合わせて、核兵器を韓国内に移送した形跡があるという内容だった」

「『レーダー照射事件』は、その一環なのですね」

「核弾頭、あるいはそこまで小型化できていなければ核爆弾ないし核地雷だが、その最初のいくつかが、あの時『瀬取り』されたとわれわれは確信している。何人もの潜入捜査官が生命と引き換えに掴んだ貴重な情報だ。他にも南北国境の地下トンネルからのルートや、開城工業団地で受け渡すルートがあり、どれも衛星からの観察では察知できないだろう」

「われわれ」とは木戸の他に誰と誰なのか、心の底から知りたかった。だが、今はまだ訊いても無駄だと明言されている。

「国際原子力機関（IAEA）による非核化プロセスで解体された十数個の他に、まだあったのですか」

「十七個。解体処理された多くは核爆弾と核地雷で、核弾頭と呼べるものは試作段階に過ぎなかった。だが米国の情報筋は北が核弾頭の開発能力を持っていた有力な証拠を摑んでおり、少なくともあと六基ないし八基の未処理の核弾頭があると判断していた。一方、韓国軍にとって核武装は積年の悲願だ。朝鮮戦争が正式に終結しておらず、韓国が休戦協定にすら加わっていない当時の状況で、国際社会も、国連軍を派遣していた米軍も、決して半島への核拡散を許さなかったからな。そこで南北の利害が一致し、韓国の親北勢力が仲介して『核の詐術』とも言うべき大胆な密輸計画が立案された。各国の軍事関係者も警戒していた事態だが、それには中国かロシアの関与が必須だと考えており、しかも統一の十年も前に計画が実施済みだとは予想できなかったのだ」

「ちょっとええですか。虎の子を南に渡した途端に丸腰になって、南から武力侵攻される危険もありますわな」

「『レーダー照射事件』の頃までには、少なくとも軍同士の協力関係は完成していたはずだし、韓国には長期間に亘って諜報活動を継続できる主体が存在しないから、主導権は常に北にあった。それに、たとえ核弾頭を持っていても、それを搭載できるミサイルを韓国は保有していなかったから、万一そうした裏切り行為があれば、通常兵器でもソウルを火の海にするくらいは容易だったろう」

「しかし統一朝鮮は、非核化をきっかけに生まれ、国際社会に認知された国家なのだから、当分は核武装できないはずです。宝の持ち腐れになりませんか」

「ミサイルでなくとも、核兵器はさまざまな方法で活用できる。そして統一された半島国家の仮想敵国は米国や中国ではあり得ない。逆にわが国にとっては、中国、ロシアに次ぐ第三の強大な仮想敵国が誕生したことになる。日本海岸が新たな三十八度線となり、自由主義陣営の最前線に立たされたのだ。一部のマスコミは、朝鮮半島が平和裡に統一され、わが国を巡る軍事的緊張が解けたのだから、国防費を大幅に削減すべきだといった世論操作に躍起だが、誰を利するための報道かは明らかだ。統一前の韓国と同様に、わが国の各界にも親北派勢力が深く根を下ろしているからな。公安警察はそれらの組織や個人を継続的に監視しているが、警察捜査は法律にがんじがらめにされ、背景を徹底して暴けない状況だ」

「それが公安や外事でなく、われわれ一介の研究者を駆り出した理由ですか」逆神の声には棘が混じっている。

「不服そうだな。半島の統一後、日本国内での半島勢力による諜報活動はドラスティックに変化した。南北組織の融合と軋轢（あつれき）、中ロ組織との急接近——だが私の関心は、統一朝鮮が手に入れたはずの核兵器を、わが国に対してどう使うのかを探り、予兆を察知することにあった。米国政府から調査依頼を受けたあるシンクタンクが、巨大量子コンピュータ『プレスター・ジョン』を駆使し、候補となりそうな事象を二十近く列挙した。だが君らも知る通り、AIによるこの手の解析は説明能力を欠いている。そこで私はもっとも有望そうな三つを直感で選び、君らに調査を依頼した。つまり一見何の関連もなさそうな三つの案件の裏には、もう一つの媒介項があったのだ」

「せめてそれを伺ってから、任務をお引き受けしたかった。特に今以上に危険な現場に、捜査員でもない部下を送り込むことはできません」逆神はサヤの母親殺しが発覚して以来の懸念を口にした。

「君たちの仕事は真相究明だ。そこから先は《実働部隊》を使う。むろん偶発的な戦闘に巻き込まれないように十分注意してもらいたいが」

戦闘。逆神と井伏は目の前に手榴弾を転がされたような緊迫感を味わった。

「その可能性は高いとお考えですか」

「わからん。だが君と四年前に議論したように、犯罪と戦争の区別はもはや存在しない。国籍不明の敵、それも元軍人らとの闘いは、宣戦布告なき戦争ではないだろうか。だからこそ警察と自衛隊がシームレスに連携しなければならないが、いまの法的環境では表立ってできない。だから私がおり、君たちがいる。今言えるのはそれだけだ」

　逆神は不審や不満を飲み下し、各案件の現状を報告した。木戸はまず、Ｂ案件で浮上したばかりの相楽佳奈江について質問した。

「その行方不明の女性が、連続不審事件を主導した可能性が高いのだな」

「主導者かどうかは判りませんが、関与を示す映像がＶＪに次々とヒットしています。もちろん、早期警戒機での事件は別ですが。お伺いしたいのですが、瀬尾総括官が率いていた調査チームは、どこまで半島側の動きを摑んでいたのですか」

「それは私より、ここにいる鷲津から説明する方がいいだろう」

木戸から指名され、鷲津一佐が説明した。

「IAEAによる査察終了時点で、旧韓国内には六基ないし八基の核弾頭が秘匿されており、そのまま統一朝鮮国（UROK）に引き継がれた。調査チームは目下、彼らがそれらをどう利用するつもりかを探っていたのです。それと関連して、その企みが政府中枢というよりも、軍中枢によるものではないかとも分析されました。統一後にほとんど壊滅的に統合・縮小されると予想されていた軍組織が、三年後の現在も八割方温存されているのはなぜか、各国の軍関係者も首を捻っていましたからね。総括官の死で調査の大幅な遅れは避けられませんが、逆神さんたちSIPの調査でその先が見えてきた。調査チームの最新情報に接していなかった才谷が、反って大きな貢献をしたのです」

「早期警戒機とニアミスしていた国籍不明艦ですか」

「もう国籍不明ではありません。日本海で哨戒任務中だった米国原潜の情報と突き合わせた結果、旧韓国が建造した『島山安昌浩（トサン・アンチャンホ）』級潜水艦と判明しました」

安昌浩とは朝鮮の独立運動家だ。四千トンという巨大さもだが、最初の艦が起工された二〇一六年当時、すでに韓国海軍は対北戦より対日戦を想定していたということだろう。

「AEWの機内で水野曹長が殺人事件を起こした時、その艦は機の真下を、さらに日本海岸に向けて航行していました。目的は何だったのでしょう」

「UROKがあの艦の動きをどうあっても隠蔽したかったのは確実です。レーダー照射事件からの連想として、何か重大な荷、たとえば核弾頭を日本国内に移送していたと考えたくなりますが、それには大きな疑問点が残ります。潜水艦は『瀬取り』にはまったく不向きでしてね。各国の潜水艦は常に互いの位置を監視し合っているので、浮上して通常船舶との『瀬取り』は不可能です。まして日本のEEZ内ときては」

「ではもし、あの潜水艦が核兵器を運んだとしても、日本国内に荷揚げする手段は不明なのですね」

「残念ながらその通りです。宅配業界の言葉を借りれば『ラスト1マイル』がイメージできない。そして潜水艦から核兵器を積み替える『中継地』はどこか。その二点が依然として謎のままなのです」

調査チームの任務が情報保全隊に引き継がれつつあるのを知り、逆神はやや安堵した。

「だが、これは時間との闘いなんだ。三か月前の潜水艦の行動はもはや解明できない。あるいは——」木戸は言葉を切り、三人の顔を見回した。「核兵器はすでに国内に持ち込まれ、敵の管理下にあるのかもしれない」

「せやけどそれを爆発させたら、国際世論が黙っとらんでしょう」

「いや井伏さん。それは実際に使用し、しかも自分たちの仕業だと露見した場合だけで、いつでも敵国にダメージを与えられる手段は、保有するだけで巨大な力になるのです。核抑止力の本質もそこにある。そして、いつでも対日戦に引きずり込める手段を持つことが、軍部が統一朝鮮政府による軍改革に抵抗する手段なのかもしれない。つまりある種の脅迫です。だいいち、国際世論や国際機関がいかに無力で不誠実かは、新型コロナ禍やパレスチナのガザ地区における紛争ですっかり露見したじゃありませんか」

続いてC案件の現状が報告された。ジーヴスの機転と小森田の努力で行き詰まりが打開し、卒業アルバムの毀損という悪戯めいた事件が驚くべき展開を見せた。B案件以外の詳細を知らなかった鷲津一佐も報告に聞き入っている。

「それでは、北陸各県では十五年前から組織的な『背乗り』が連綿と続いていたのだな」

「VJの探索は継続中ですが、すでに四県で七十名近い該当者がリストアップされています。公共図書館の卒業アルバムを損壊したのは、彼らが初期に犯した失態に過ぎず、もしそのミスがなければ、永久に表沙汰にならなかったかもしれません」

「連中の素性はわかったのか」

「通話を傍受させていただいた結果、やはり半島出身者がほとんどで、中国語ネイティブもいます。そもそも日本人に『背乗り』できるのは東アジアの人種に限定されますから。つい先ほども、研究室内で統一朝鮮の個人登録制度や中国の『黒孩子（ヘイハイズ）』問題を議論していたのですが、その時に挙がったのは、わが国への潜入工作に『無戸籍者』が利用されている可能性でした」

「似たような話は瀬尾からも聞いた。もともと北朝鮮国民についてはどの国も十分な情報を持たず、経歴不詳の高官さえ珍しくない。だから南北の戸籍が併合（マージ）される際に、国民の一部を故意に外すことは容易だ。それが数千人か、数十万人かは目的によるだろう」

「ところでこの案件については、もう一つ予想外の展開がありました。薬物です」

「麻薬ですか」鷲津一佐が驚く。

「種類まではわかりませんが、おそらく覚醒剤の類です。きっかけは前に市ヶ谷でお目にかけた篠田一輝——都内の交差点で七人を死傷させ、自らも死亡した人物です。この特命に携わる以前、私たちは篠田や水野曹長のような《態度の豹変（サドウンチエンジ）》という行動類型に着目し、それをＶＪが自動検出することで犯罪の未然防止に繋げる研究をしていました。現在も研究は続けており、西田主任が犯罪行動学会で発表する予定です。ですが先ほどの七十名に、偶然にも篠田本人が含まれていたため、事態は反って理解し難くなってしまいました」

「あの男も『背乗り者』なのか」

「断定はできませんし、逆に身分を売り渡した側かもしれない。もはや遺体さえありませんから調べようもありません。一つ言えるのは、篠田の存在と薬物依存、それに《態度の豹変》という行動類型が、Ｂ、Ｃ両案件を結びつけていることです。水野曹長、そしてもしかすると相楽佳奈江も」

「なぜです？　彼女にはそんな異常行動は報告されていないじゃないですか」

「主犯かどうかはさておき、複数の殺人に関与しただけで異常だと思いますがね。それに鷲津さん、さっき下でお話ししたように、水野曹長と相楽佳奈江には、不審な手術を受けたらしい共通点がある。偶然かもしれないが左脚の太股という部位まで同じです。ではそんな大仕掛けまでして偽装手術をする必要とは何でしょうか。私は他者の行動を薬物で操る目的だったと考えています」

「だが、そんなことが可能だろうか」鷲津一佐が疑わしげに言う。

「私自身もまだ半信半疑ですが、国籍不明艦から注意を逸らすためにしても、なぜ錯乱を装う必要があるのかが不明でした。才谷三佐に見せていただいた映像からも、演技だったとはとても思えない。ですが、外部から薬物で操られていたとすれば説明できます」

「しかし、潜水艦が通過する絶妙のタイミングで事件を起こさなくてはならないんですよ」

「断定はしませんが、いくつか考えられる手段はあります」逆神はそう述べるに留めた。

　最後に、停滞気味のA案件について報告がなされた。

「もう一か月半も、肝心の『ストリートチルドレン』の消息が途絶えています。須田が金沢中署の任田巡査部長と二人で情報収集に務めていますが、今日にも物原とC班から合流した小森田を金沢に派遣する予定です。

「VJの監視網をフル稼働しても無理か」

「二十万台の信号機も、全国平均では二平方キロメートル当たり一か所に過ぎません。彼らの『住処』を金沢空港周辺とまでは絞りこみましたが、最後の決め手に欠ける状況です。いい機会だからお訊きしますが、木戸副長官はなぜ、『ストリートチルドレン』の背景調査を三つの案件の一つに含められたのですか。それについても太平洋の向こうから『警告』があったのでしょうか」

「それは違う。この案件を直感的に選んだ時には、まだ状況証拠さえなかった。私の取り越し苦労であって欲しいとも願った。だが国際的なインテリジェンスの常識では、身元不明児童の増加はテロに直結する兆候なのだ。アフガニスタンやイラクでも、何千人という子どもが爆弾テロの実行犯として利用された。テロの犠牲者とは別にだ。海兵隊のある狙撃手(スナイパー)は、友軍の犠牲を未然に防ぐために子どもを含む民間人を射殺する任務が元で精神を病んだ。わが国が直ちにそうした状況になるとは思わないが、君らの報告でも、危険な大人の影がちらついており、犯罪に子どもを使嗾している。彼ら『ストリートチルドレン』の『住処』が判明すれば、そこにはわれわれの敵もいるだろう」

「はい、もはや『アジト』と呼ぶべきかもしれません。ただ、一つ解らないのは、彼らがわざわざ子どもを使う目的です」

「そうですね。その話は才谷からも聞きましたが、内戦の最中ならともかく、他国に潜入してテロを画策しているとき、子どもは反って足手まといかもしれない。秘密が漏れる危険も増えそうだ」鷲津一佐も首を傾げる。

「私にはわかる気がする」木戸がおもむろに言ったので、二人は思わずその顔を見つめた。「爆弾テロの実行犯として子どもが利用されるのと通じるだろう。子どもは命令通りに動くし、損耗しても替えがきく。そして今の逆神の報告によれば、敵はどうやら外科的手段で『人間を制御する』ことに関心を抱き、試行錯誤を重ねているらしい。現に社会人となった大人二人を制御し、防衛省内に大打撃を与えるのに成功した。子どもにはそうした行動こそ取れないが、警戒されずに大人に近づけたり、大人を使いにくい場面で活用できる利点がある。身元のない子どもならば、手術も自由にできる。彼らはそうした人間制御技術の対象または実験素材として集められたのではないだろうか」

逆神は盲点を突かれた。自分たちの思考にも、無意識に「倫理」のリミッターがかかっていた。そして木戸の推理が正しいなら、敵は子どもたちを兵器に改造してまで、この戦いを続ける気なのだ。

第8章　鋼鉄の魚

「木戸司令」への報告が行われていたころ、小森田は瞳と一緒に金沢空港行きの機内にいた。これから参加するA案件について、瞳からブリーフィングを受けたが、なにしろ機密の塊であるから、他の乗客からは二人が並んで各自のスマホ画面を見ているようにしか見えなかったろう。

到着まであと三十分というところで、VJの監視網が《笛吹き》とサヤを補足したという連絡がジーヴスから入った。場所は金沢駅前のバスターミナルで、二人は京都駅行きの高速バスに乗り込むところだった。サヤは鍔の広い夏帽子を被っていて、高い位置の防犯カメラからは顔が確認できなかったが、幸い瞳が買ってやったスニーカーを履いていたために、靴底の発信器が起動して防犯カメラに信号を送ったのだった。

「どういうタイミングなの」瞳は悔しがった。

高速バスでは、路線バスのように乗客を装って監視することはまずできない。任田に連絡して捜査一課に通報してもらったので、事前の取り決め通りに行確(こうかく)だけはできるが、バスが京都に到着する五時間後までは打つ手がない。

むしろ捜査一課は、さんざん待たされた《笛吹き》のアパートへの家宅捜索（ガサいれ）の方に多くの捜査員を配置しているはずだ。本人の不在を突いた極秘の、つまり違法な家宅捜査であり、SIPから須田を立ち会わせたいという要求は体よく拒絶された。金沢空港のロビーで須田の出迎えを受けた二人は、まだ着手したばかりの捜査状況を画面と音声で共有するだけで満足しなければならなかった。任田は捜一から呼び出しを受けて県警内にいるという。家宅捜索の間、こちらに合流させまいとする底意さえ感じられた。連絡を取り続けるしかない。

家宅捜索の結果、ショータが証言し、逆神が下線を引いたラジオみたいなのが、一九九〇年代に販売された通信型受信機と判明し、乱数表も発見されたことで、《笛吹き》が北朝鮮系の工作員である疑いが濃厚になった。大家によれば、件（くだん）の部屋は数十年に亘って借りられており、家賃の滞納や近隣とのトラブルも皆無だったため、住人の入れ替わりなど気にもしなかったという。長年使われてきた北朝鮮の工作拠点が統一朝鮮にも引き継がれたのだろう。

急遽、県警から外事対策室の署員も駆けつけたというから、「対日有害活動」を視野に入れた捜査が開始されたことになる。木戸副長官に動いてもらわないと、各部署の主導権争いに巻き込まれて手が出せなくなるのではないか、と小森田は危惧した。このアパートの位置を伝え、今日の家宅捜索を認めたのは、ある意味で県警との妥協の産物だったが、海外でテロリストの捜査をした経験から言って、小森田は敵に知られる可能性も小さくないと思っていた。工作員には必ずネットワークがある。C案件の調査で浮上した組織との関係はまだ証明できていないが、もし同程度の規模ならば、本人が離れていてもアパート周辺を協力者に見張らせることができるし、大家自身も疑おうと思えば疑える。

Ｓ Ｉ Ｐの会議スペースで、新Ａ班の三人とジーヴスは、高速バスが京都に到着する二十三時をじりじりする思いで待った。家宅捜索は深夜までに終了し、侵入の形跡もまったく残さないと連絡を受けている。

二十三時二十五分、バスは予定より遅れて京都駅烏丸口に着いた。ロータリーの信号機に設置された防犯カメラが、スニーカーから受信した信号を転送する。石川県警からの協力要請を受けて待機していた男女二名の京都府警捜査員が、バスから降りて駅構内に歩いていく《笛吹き》と女児の後を尾行した。あくまで行確のみの依頼だから、誘拐犯にも等しいこの男に指一本触れられないことに苛立っているだろう。幸い新幹線はもうないが、ここで新快速にでも乗り換えられたら、追跡経路は際限なく延びる。駅構内の監視カメラに接続されたＶＪで、その様子を追っているＳ Ｉ Ｐの三人も同じ気持ちだった。

《笛吹き》は有料トイレの入口にサヤを待たせ、ボストンバッグを手に男性用トイレに入った。だが五分、そして十分経っても出てこない。さらに他の男性客が五、六人トイレを出て歩き去ったところで、近くの柱に寄りかかっていたサヤがウロウロしはじめた。きっと不安になって半べそをかいているだろう。決心した男性捜査員がトイレに入り……すぐに両腕で大きな×を作って飛び出してきた。中にはそれらしき人間がいなかったのだ。女性捜査員が、つぎの指示を仰ぐため、どこかに連絡している。

「さては、行確を巻くために個室で変装したな」小森田が唸るように言った。「敵はVJによる監視の実際を、どの程度知っているのだろうか。ただ監視カメラを避けるためにしては、やり方が巧妙過ぎる」

「わたくしもそのことについては気にしておりました」ジーヴスが心なしか緊張した声で言う。「どうやら、わたくしは敵の技量を見誤っていたようです」

「えっ？　なぜ――」瞳が不審な表情で画面を覗き込んだが、それよりも急を要することがあると思い直したように、県警にいる任田を呼び出した。「すぐにサヤちゃんを保護してください。この状況なら、警察が保護してもおかしくないはずです」

画面の中で女性捜査員が泣き出したサヤに近づき、抱き上げている。何かを問いかけるごとに、緑色の夏帽子がこくこくと動く。瞳はサヤが落ち着き次第、ビデオ通話で話をさせてくれと頼んだ。だが、しばらくして画面に出た女児は――サヤではなかった！　はっきりと覚えているサヤの服を着、顔立ちもどこか似てはいるが、明らかに別人だったのだ。

「どういうこと？　じゃあ、サヤちゃんはどこにいるの？」瞳は我を失って取り乱しそうになっている。

「でも、何のためにこんなことすんのさ」須田も両手を拡げて天を仰いだ。

「おそらく、われわれや県警の関心を惹きつけて、その間に別の行動を取るためだ」

小森田が答えた。「それはおそらく、内灘海岸の『住処』、いや『アジト』と関係している。ジーヴス、幾千万の目を持っている君なら、われわれが見落としていることに、何か気づいたんじゃないか」

　だがジーヴスの返事は、確信なさげであいまいだった。

「すみません。当分の間、わたくしの分析には一〇〇パーセントの信頼を置かないでいただきたいのです」

「何を言っている。解るように説明しろ」人間の部下だったらどやしつけているところだが、ジーヴスがこんな弱音を吐いたのを一度も聞いたことがない。

「試みます」ジーヴスはポツリと言ったまま、無表情に黙り込んだが、やがて二枚の画像を表示した。「発端はこの男の登場でした」

「誰だ？　これは」

「家宅捜索の間に、アパート前の偽装工事現場に設置した臨時カメラに記録されていた男です。警察とは無関係なカメラだと思って油断したのか、三時間ほどの間隔を開けて二度、十分以上も自動販売機の横でタバコを吸っています。おそらく、捜索の事実を仲間に連絡したのではないでしょうか」

「その心配はしていた。悪いことほどよく中たると言うが――」

「この男は、先週末に小森田様と西田様の調査で浮上したスキンヘッドの男に似ていますが、それなりに変装もしていますし、同一人物かどうか確信を持てません」

「もし、そうだとすれば、十五年前から密かに潜入している七十名の工作員集団が、まさに《笛吹き》の背後にいる奴らだということになるぞ」

これで全案件が繋がる――小森田は驚きを隠さなかったが、ジーヴスの声はますます低く、頼りなげになった。

「それも直に判明しましょうが、今重要なのはそこではありません。男の顔の下半分の形状と上半身の骨格が、思ってもみなかった対象と高い精度で一致したのです。昨年十二月に水野曹長を轢き逃げした黄色いハマーに乗っていたあの人形(ダミー)です。その画像解析をしたのは、防衛省のお二人がＳＩＰに合流された七月三十一日でしたが、当時わたくしが、二台の同型車に人形を乗せて防犯カメラによる捜査を攪乱(かくらん)したと判断したのは、ＶＪ自体には誤りがないことを大前提にしていたからです。ですが、この男が実在するのならその前提は否定されます。敵がＶＪに侵入し、映像記録を改竄する技術を持っていなければ説明がつかないからです。しかも、すでに昨年末には――」

ジーヴスは聞き捨てならないことを言った。西田が聞いたら、そんな馬鹿な、と激怒するかもしれない。

「だが、そんなことが君に気づかれずにやれるのか」

「確かにわたくしの『住処』たるセンターシステムのセキュリティは最高度で、アクセスログにも侵入の形跡はありません。敵はVJ全体の機能までは把握していないはずです。もしそうした形跡が発見された場合、わたくしは自分もろともVJを全停止することを要求します。ですが今回敵が改竄したのは、信号機に搭載された端末（エッジ）側デバイスと推測されます。全国二十万か所以上の交差点に設置された端末機器は、交通事故で故障したり定期的に交換もされます。それに乗じて改造した機器と入れ換えることは、腕のある技術者なら可能でしょう。簡単に言えば、複数の端末機器が敵の手に落ち、敵の情報収集に使われているのです」

事態の深刻さが共有されるまでに数秒かかった。人間に喩えるなら、脳に異常はないが目は幻を送ってくるかもしれないということだ。瞳が恐る恐る訊ねる。

「それじゃ、サヤちゃんのスニーカーに仕掛けた発信器も、敵に漏れたのね」

「残念ながら、そのようです。敵はそれを知って、偽物のサヤでわれわれの目を欺く作戦を思いついた、というのが合理的説明でしょう」

瞳がテーブルに肘をついた両手で頭を抱え込み、震える声で言った。「私の思いつきのせいで、サヤちゃんの身を危険にさらしてしまった」

「あまり自分を追い詰めない方がいい」こういうとき、逆神ならどう言ってやるんだろう、と小森田は思った。

逆神はまだ柏の研究室にいた。小森田は長かった一日の顚末を報告した。発信器の件を任田と捜査一課に伝えるべきだと進言し、受け入れられた。逆神は事態の急転を受け、明日――もう今日になったが――の午前中に、井伏とともに金沢のＳＩＰに合流するという。これで西田を除く逆神研のメンバー五名がＳＩＰに集結するわけだ。

姿の見えない敵の陽動作戦はまんまと功を奏し、週末までの丸二日間、Ａ班の調査には何も進展がなかった。須田は任田と二人で《ワイズキャブ》を駆り、海岸部周辺で「住処」の捜索を続けていたが、外を出歩いている「ストリートチルドレン」を見かけること自体、さらに激減していた。

「一体、彼らはどこに行ってしまったんでしょうね」須田は横目で任田の表情を窺った。

「判らんね」短く答えた任田は、それ以上何も言わず、小雨のぱらつく窓の外を眺めている。発信器の件でＳＩＰへの不信感が芽生えたのかもしれなかった。

ＶＪによる探索も、Ｃ案件で浮上したシルバーの中型トラックらしき車輌が金沢・かほく両市内の何か所かの交差点で記録された以外には空振りだった。「らしき」としか言えないのは、ナンバーがどれも異なるからであり、どうやらトラック自体が複数台ある上、何らかの手段でナンバープレートを頻繁に差し替えているというのが、前日にやってきた井伏の見解だった。

ショータ発見の一報が入ったのは翌々日、九月の折り返し点にあたる土曜日の昼前だ。緊張した面持ちの須田が、画面一杯にまくしたてている。

「室長、ＶＪがほぼ五十日ぶりにショータ君の姿を捉えました。市中心部の交差点です。うろたえて助けを求めている様子でしたので、３Ｄカメラの端末から話しかけてその場に留まるよう指示し、《ワイズキャブ》で迎えに行ったところ、ショータ君を乗せる暇もないうちに、捜査一課の刑事数人に囲まれて、ショータ君も任田さんも強引に連れ去られてしまいました」

「ホンマか、スダッチ」

「ホンマのホンマです。今は県警の庁舎に保護されています。でもホワットどういう意味？」須田は半外人らしいオーバーアクションで頭を抱えた。

「そうか……そんな手を使ってくるのか」逆神は低く唸った。「こちらが県警にすべての情報を伝えていないように、向こうももはやこちらを一〇〇パーセント信用していない。それに、小山花純とサヤの件で任田さんの立場も弱まっているから、大人しく従わなければならない事情もあるのだろう。いずれにせよ、彼らはＶＪから情報を取れないのだから、《ワイズキャブ》を尾行したか、ＧＰＳロガーでも取りつけたかだ」

その言葉を聞くや須田の姿が消え、ゴソゴソと雑音がした。車の床下を探っていたのか、しばらくして上気した顔で伝えてきた。

「あった！　ありましたよ、これだぁ」片手に三センチ四方ほどの黒い機器と、細いケーブルで繋がったバッテリーをぶら提げている。

「アホか、盗聴器が付いてたらどないするんや」

「いいから、そんなものは元通りにしておけ。こっちで任田さんだけは説得して、ショータからの情報は共有するから、おまえも捜査に加われ。向こうは嫌がるだろうが、ここは木戸副長官の威光を振りかざしてでも食い下がれ。やれるな須田」

「わかりました。それにしても事件は現場で起きてるってのに、こっちは僕一人で、他のみんなはオフィスに引きこもってるなんて、ズルいよー！」どこかで聞いたような愚痴を垂れた。

「私もすぐに行くから、県警まで乗ったら《ワイズキャブ》をＳＩＰに寄こして」瞳は立ち上がり、自席のある一画に姿を消した。

　須田から続報が入ったのは、翌日の午前中だった。着信を受けた逆神は、会議スペースに出て井伏と瞳にも声をかけた。テーブルに置いた携帯電話を囲む。

「ショータの証言から、『ストリートチルドレン』たちの『住処』がついに判明しました。僕たちは金沢空港周辺をしらみつぶしに精査していましたが、思わぬ盲点があったんです。つまり空港そのもの——メガフロートの内部ですよ！　ショータやサヤ、ミキオなど二十人近い子どもはここに住んでいたんです」

須田の大きな地声が、トンネルのような暗がりでワンワンと反響する。

「そんな場所にどうやって入り込んだんだ」

「点検口、と言ってもブルドーザーでも入れるくらい大きいんですが、ボルトが外されて、わからないよう擬装されていたんです。蝶番(ちょうつがい)もついて扉になっていました」

「ガキの手でできることやないわな」

「もちろんここには大人たちもいたんです。つまり敵の『アジト』でもあって……あーっと、詳しくは後で報告しますから、大事なことを先に。ベリーバッドニュース(VBN)ですが」須田は昨日のようなパニック状態でこそないが、大興奮しており、話の脈絡がついていない。「メガフロート内部の一画で、少年の遺体が発見されました。十代前半くらいで、死後一日半から二日が経過、死因は胸部貫通銃創による失血死と見られるそうです」

瞳が拳を鼻先にあて、嗚咽をこらえた。「ひどい。子どもを撃つなんて」

「身元は判明したのか」

「遺体は今朝がた県警に運ばれて、任田さんがミキオ本人と確認しました。検視官の話では、人目のある場所なら助かっていたはずだと。被弾後数分から三十分程度は意識があったらしいです」

「ショータは、さぞショックやろな」井伏の声も湿っぽい。

「それが、まだショータくんには伝えていないそうです。昨日保護された時から、ひどく神経質(ナーバス)になってて、任田さんにも心を開いてくれないそうです」

「そうです、というのは、まだ直接会えていないのか」

「昨日も瞳先輩が門前払いを食らったように、捜査一課が回りを固めてて入り込めないんです。証言を引き出そうと任田さんをせっついていますが、警戒しているというより、心の底から怯えているらしくて」

「きっとその場所で、周りの大人に酷い目に遭わされたからじゃないでしょうか」瞳はショータの置かれた過酷な状況に思いをはせているようだ。「会って、一言でいいから安心させてあげられれば――」

「わかった。ショータとの面会について、副長官を通じて根回しをしておくから、瞳はひとまず須田とともに現場の捜査に加われ。殺人事件の捜査は県警任せでいいが、捜査情報は細大漏らさず収集しろ」

空港ロビーの一角に、職員の女性が「ＳＩＰ（株）物原様」と書かれたボードを掲げて立っているところは、まるで旅行者の出迎えだ。県警に正面から申し入れるよりも簡単だと、小森田が空港会社を利用する迂回策を授けたのだ。殺人事件現場の真上とは思えない明るさと賑やかさだが、須田によれば事件の詳細は伏せられているらしい。

ヒールの低いゴム底の靴を鳴らしてきびきびと歩く職員に先導され、エレベーターで地下何階かに降りる。さらに、どこをどう歩いたのか忘れるほどの通路を抜けた先に、果てしなく続く通路があった。ゴルフ場で見るような電動カートが停めてあり、職員に促されて乗り込むと、時速二十キロほどの速さで通路に沿って走り出した。

「当空港は滑走路だけで二千七百メートル、全長で三キロもありますので、歩いて往復していては仕事にならないんですよ」

手元のタッチパネルを操作しながら女性職員が説明する。簡易な運転席に座っているものの、特に運転操作はないらしく、行き先をタブレットで指示した後は座席を回転させて話相手をしてくれた。ＬＥＤで白々と照らされた通路の脇に、二十メートルほどの間隔で鉄扉が並ぶ。

「部屋がたくさんあるのは何ですか？」

「メガフロートの中央部、空港ビルを挟んで二千四百メートル分を倉庫として活用しているんです。物流拠点としてはまさに一等地ですから、県内を中心に各企業様にご利用いただいています」

「メガフロートの内部って、体育館か工場みたいながらんどうの空間を想像していました」

「それですと旅客機を支える強度が出せませんし、ここだけの話――」内緒話のように声を落とす。「万一海水が入ってきたら沈没してしまいますから、独立区画を並べた構造になっています。巨大タンカーやコンテナ船を縦横に連結した姿を想像していただければよろしいかと」

「つまり日本が誇る造船技術を活用しているんですね」

「はい。でも純国産ではありません。こういう箱式（ポンツーン）のメガフロートは、一つのフロートユニットが三百メートル×六十メートルもあって、巨大な造船ドックでしか建造できないので、国内だけでは足りないのです。造船で世界一、二位のシェアを持つ中国と旧韓国にも共通仕様を示し、国際協同プロジェクトとして建造されたそうです」

「海外のドックで作って、どうやってここまで運んでくるんですか」

瞳の素朴な質問に職員はにっこり微笑（ほほえ）み、社会科見学の生徒に答えるような口調になった。

「先ほど巨大タンカーと言いましたが、ユニットには動力がありませんので、航洋タグボートという船が二隻一組で曳航してくるんですよ」

巨大なサッカー場のような板が日本海の荒波を押し渡ってくる光景を想像したが、SFめいて実感が湧かない。

「じゃあ私たちはいま海の上を移動しているんですか」

職員は適切な表現を求めて宙を見やった。「正確にはここはまだ陸上です。金沢空港はメガフロートの中でも特殊で、陸側三分の一を内灘砂丘に乗り上げているんです。技術部門では『セミ・セミサブ方式』と呼んでいますが、世界唯一の工法だそうです」

自分のうかつさを恥じた。ショータたち「ストリートチルドレン」が出入りしていた点検口は、須田が言うように海岸の砂浜に向かって開いているのだから、全体が海に浮かんでいるわけはないのだ。つまりこの巨大建造物は幅三分の二ほどを日本海に突き出した、座礁船のような形で浮いていることになる。

電動カートは三、四分ほどで明るい通路の行き止まりに停まった。

「ここから先の三百メートルは、未利用区画として閉鎖されております。県警のご指示で私ども空港職員は立ち入れませんが、何かご質問はございますか」

「いえ、どうもありがとうございました」

礼を言って降りると、女性職員を乗せたカートは、モーター音を鋼鉄の通路に響かせつつ戻って行った。

巨大な楕円形の蓋を外された開口部が、数か国語で「警察」「立入禁止」と書かれた黄色いテープで遮られている。その向こうに人待ち顔の須田が立っており、運動会で応援の家族を見つけた小学生のように喜んだ。「やったぁ！　ようやく味方が現れたぞ」

「スダッチ、お疲れさま。その後進展はあった？」

「ミキオと思われる男児の遺体は、県警から金沢医大の法医学教室に搬送して司法解剖にかけられるそうです」

「県警の担当者は誰？」

「すぐに紹介しますよ」

黄色いテープをくぐり抜け、アウトドア用のヘッドライトを点けた須田と並んで歩く。白々としたLEDで照らされた光の世界から、一転して闇の世界に足を踏み入れた。この中で秘密裏に生活していたコミュニティーがあったなどと、誰が想像しただろうか。

遺体の発見現場は数百メートル先、メガフロートの東北端に近い一角だった。布製の風船のような眩い作業灯の下で、鑑識の制服を着た数名が鉄床に這いつくばり、どんな小さな痕跡も見落とさないように作業を進めている。その手前に私服の三人が小さい垣根を作っていた。現場保存の間は捜査員といえども立ち入れないからだ。

「科警研の同僚で、物原です」須田は三人の真ん中に立つ四十絡みの男に瞳を引き合わせた。妙なところから新手が現れたな、とでも言いたげな表情で男がこちらを見た。

「こちらは県警捜査一課の越村警部です」

腕まくりした白いシャツから伸びた筋肉質の腕が名刺を差し出す。

「わざわざご足労いただき恐縮です。物原さんはショータくんと何度か会って懇意にされているそうで」

なぜそれをわれわれに知らせなかったのか——任田にも向けられているはずの非難が硬い口調に含まれている。須田の目前からショータを連れ去ったのもこの人物の指示に違いない。敵の強大さを思えば、一致協力して立ち向かわなくてはならないはずだが、相手の不信感は、これから丁寧な説明で晴らすしかないだろう。

「本来ならずっと私がいればよかったんです。ショータくんは今どこにいるのですか」

「県警本部で預かっています。金沢中警察署の任田巡査部長が一緒です。だが須田さんからお聞き及びでしょうが、一向に私らに心を開いてくれない。聞き出せたのはこの場所の所在くらいです」

「ショータくんの身元について、県警では確認されたんですか」念のために訊いた。

「戸籍が『ない』ことの証明は大ごとなんですが、全国で出された捜索願にも該当者がいないし、歯の治療痕もＢＣＧの接種痕もありません。ほぼ無戸籍者で確定でしょう」

ショータやミキオのような子どもたちは、就学や就職が困難な上、すべての社会福祉の枠外に置かれている。法律論だけから言えば生命の保障さえない。もしミキオの遺体が射殺体ではなく、街のどこかで発見されただけなら、死因の解明もろくにされずに処理されただろう。形だけでも捜査が動いているのは、メガフロート内という特殊空間で、射殺体で発見されたからだ。もちろん警察庁から「妙な研究者連中」が加わっているせいでもある。

「ミキオくんが倒れていた場所はそこなんですね」

瞳が指した一角に、アルファベットを記したマーカーが密集している。越村は離れたところで指揮を執っている現場鑑識班の責任者に声をかけた。

「おい、もうこの辺、入ってもいいか」

「ああ、そこはもう終わってるから」

タブレットをにらんで仁王立ちになり、数人の鑑識チームに指示を出していた五十絡みの男がやってきた。瞳たちへの警戒心を隠そうともしない。

四人は散在する記号群を囲んだ。昔の刑事ドラマなら、左右の腕を「Z」の形に曲げた小さい人型が描かれているはずだ。胸から下半身にかけての血だまりはあらかた拭われていたが、それでも血の臭いが鼻をついた。床面から盛り上がったリブにもマーカーが一つ置かれ、指でなすりつけたような十センチほどの血痕や、ところどころに線上のしみが残されていた。

「これは、指で描いたのでしょうか」

「そうだろうな。右手の人差し指の爪が割れ、皮も破れてたから、苦し紛れに引っ掻いたんだろう。かわいそうに」

瞳はその場にしゃがみ、リブの上面を眺めた。鑑識の判断には納得できない。錆びた鉄骨やザラついたコンクリート面ならともかく、そこはまだ塗装も新しく、地肌が露わな部分も多くない。タブレットで遺体の写真を見せてもらう。

「いくら苦し紛れでも、この表面で指の皮が破れるでしょうか。もしかしてミキオくんは指先を噛んで、何かを書き残そうとしたのではありませんか？」

「なんだ？　『ダイイングメッセージ』かい。俺は鑑識畑を三十年も歩いてきたけど、刑事ドラマじゃあるまいし、そんなもん一度も見たことないね」

鑑識のチーフがムッとした様子で瞳の疑念を一蹴すると、須田が口を挟んだ。

「そう思っていたから見逃しただけかも」

瞳は須田の足をヒールの踵で踏みつけたが、間に合わなかった。

「なんだと。もういっぺん言ってみろ！」疲れで脂汗の浮いた顔でチーフが須田に詰め寄る。「越さん、こんなこと言わせといていいのかよ」

「須田は悪気があって言ったわけではなく、日本語が不自由なだけなんです。私からも謝ります」あわてて頭を下げた瞳は須田の頭にも手を伸ばしたが、届かなかった。

「悪いが、この事件にあなた方二人が、どういう資格で関わっているのか知りたい」

越村警部まで尖った口調になる。まったく何てことを言ってくれたのだ。

「申し訳ありません。私たちは科警研の技官ですから、もちろん皆さんの捜査方針に口を挟みません。ですが――」

「ですが、なんだよ」

「木戸副長官と迫田科警研所長から正式にご依頼した通り、今後の分析のために、事件の捜査情報は細大漏らさず収集させていただきます」

瞳はもう詫びる口調ではない。頭一つ高い二人の顔を上目づかいに鋭く凝視している。この口上は逆神に吹き込まれたのだが、それにはここで口にできない続きがある――もし事件について必要十分な情報さえ集まれば、捜査なんてそれで終わりなんだ。

「もちろん私がいま、これをメッセージだと断定できるわけではありません。でももしかするとミキオくんは、必死で何かを書き残そうとしたかもしれません。念には念を入れる方がよいのではありませんか」

越村警部が大きくため息をつき、無言で同僚の顔を見やった。

「わかったよ。それで気が済むならやってやるよ」

近くで作業していた足痕跡係の部下を呼び寄せる。大きな粘着フィルムをリブの上面に貼り付けて剝がし、皮脂や微細な皮膚の細胞を採取した後、ルミノール検査が行われ、箱形の鑑識用光源で問題箇所が緑色に照らし出された。代わる代わる派手な色のゴーグルをつけて観察したが、微量の血痕や指紋が散らばっているだけで、描かれているものは意味をなしていないようだった。

「気が済んだかい、お嬢さん」

鑑識のチーフはぶっきらぼうに言ったが、瞳はその口調にやや安堵し、深々と頭を下げた。

「はい。お忙しいところをお手数をおかけしました」

後はこの粘着フィルムを科警研に送って調べてもらえばよい。それなら十分に自分たちの権限内だ。

鑑識班の動きはあわただしさを増している。ここには空港ビルに近い利用区画のような、整然と区切られた通路や区画はなく、幅二十メートル、奥行き五十メートルもあろうかという広大な「鉄の箱」で、横や奥にある同じような空間と扉で繋がっている一方、用途別に使っていたと思われる大小の部屋や通路が、後付けの工作で作られていた。鑑識作業は床面に集中していたが、次から次へと足痕跡が見つかるので、作業はいつ終わるとも知れず、とても全数の調査は覚束ないようだった。

「ここは鑑識に任せて県警本部に移動しましょう」越村警部が言った。

瞳と須田は背を向けて指揮を執るチーフに一礼し、越村に続いた。またあの通路に戻るのかと思ったが、メガフロートの端を目指している。やがて鋼鉄の壁が直角に交わる角に出た。赤いＬＥＤランプの下で巡査が歩哨に立つ光景は、深夜の交番を思わせる。

「やつらは日常的にここから出入りしていたようだ」越村が鉄の壁を見上げて言った。

「やつら？」

瞳はようやく核心に触れたと感じた。もちろんショータやミキオのことではない。この秘密の空間を作り上げ、「ハーメルンの笛吹き男」の伝説よろしく、子どもたちを集めて住まわせた大人たちだ。その中にミキオを殺した犯人もいる。

「子どもたち以外に、十人以上の大人がここで活動していたらしい。鑑識が進めば、さらに多くの足痕跡が出るかもしれない。タイヤ痕も」

「この中に車が入っていたんですか」須田が目を丸くする。

「らしいね。まあ子どもにとっては憧れの『秘密基地』だな」

「遺留品はなかったのですか」

「ショータの証言で駆けつけた時には、この現場は、ちょうど会社が引っ越して行った後みたいな状況でね。大物はなにもなかったが、あわてていたのか小物はあれこれと残してってくれた。交換用銃身のようにライフリング加工されたパイプとか、3Dプリンタでバラ積みの鉱石に偽装した違法薬物の容器とかね。分析はこれからだが、われわれは犯人グループがこの場所で大規模な密輸に手を染めていたと考えている」

警部は歩哨に立つ巡査に告げた。「おい、おれと科警研さん二名、『砂丘口』から出て県警に戻るぞ」

赤い投光器に照らされた鉄壁には、確かに車が通れるほどの、点検口と呼ぶには巨大な矩形(くけい)の穴があった。鉄板で塞いだ周囲は多数のボルトで固定され、開くとも思えなかったが、巡査が鉄板の縁を力を込めて押すと、きしみもなく外側に開き始めた。鉄扉の縁から昼の陽射しと砂交じりの風が入ってくる。

「足元に気をつけて」

警部に導かれて出てきた場所は、クリーム色の細かい砂に覆われた砂浜の窪地だった。干からびた草がわずかに生えている。巨大なメガフロートの角が「砂丘に乗り上げた」ところにできた、ほんの数メートル四方の凹部に過ぎない。

「この奇妙なアジトに出入りする口は二か所ある。正確には三か所かな。仮に『砂丘口』と名付けたここと、あなたが入って来た『空港口』と」

「彼らはどちらからも日常的に出入りしていたんですか」

「それはこれからの捜査次第だが、ショータたち『ストリートチルドレン』はもっぱらこっちを使っていたようだな。最初に見た時には、ボルトでガッチリ留まってて、製造時に塞がれたままに見えたが、詳しく調べたら本物のボルトは数本だけで、残りは頭部だけを溶接してあったんだ。『空港口』も同じ。われわれも騙されたくらい巧妙に偽装されていた」

「正確には三か所とおっしゃいましたが、あと一か所は？」

「ああ、それは陸への出口じゃない。海側の大きな区画に、潜水士の出入口らしきハッチが発見された。だからこそ密輸業者だと思っているのさ」

「でもこの『砂丘口』は、風向きが変わったりしたら、たちまち砂に埋もれて、せっかくの扉も開かなくなりそうですね」瞳は周囲を見回して感想を述べる。

「そう見えるだろ。でも足元やそこの斜面を見てごらん。何か薬剤を撒いて固めてある。考えたもんだな。これなら車輛も出入りできるし、半日くらいなら外から見られずに駐めておけるだろう」

　メガフロート内部に作られた秘密空間。巧妙に擬装された鉄扉。謎の大人たちがこの場所を作り、「ストリートチルドレン」を集めて一緒に生活させたのだ。だがその目的はなにか。県警は密輸目的と決めつけているが、ならば子どもは足手まといではないのか。

「ミキオくんの遺体もここから搬出したんですか」

「そうだ。空港の運営会社には未利用区域で人身事故があったとしか伝えていないし、まさかあの電動カートに子どもの遺体を乗せて、衆人環視の空港ロビーを通れんだろう」

砂の窪地から這い上がり、砂浜を少し歩くと、空港の敷地を囲むフェンスに行き当たった。ここも巧妙に細工されており、難なく県道に出られた。「砂丘口」の巡査が依頼したらしく、県道に無人パトカーが回送されていた。大きさは自動運転タクシーと同じくらいで、三人が向かい合うと足を伸ばす余裕もないが、この座席配置は容疑者の護送に便利だから、警察では評判がよいそうだ。

「県警本部にもこれで五分以内。やはり小松を空自に譲って、ここに空港を新設したのは大正解だったな」

座席にゆったりと身をもたせた越村警部は、自分が空港を建てたかのように言った。一時は険悪ムードになりかけたが、どうやら機嫌を直してくれた、と瞳は胸をなで下ろした。

ショータは県警本部の取調室の一つにいた。初めて現物を見たが、刑事ドラマで見るマジックミラー越しののぞき部屋も本当にあり、一方的な再会になった。最初に公園で会った時は大人びた態度に瞳の方が恐れをなしたほどだが、いまは等身大の子どもに戻っていた。机の上で組んだ両腕に伏し、横ざまに任田巡査部長を見上げている。その視線に潜む警戒感は「親切な小父さん」が警察官だと判ったからだろうか。「親戚の娘」役の瞳もすぐにカミングアウトするしかない。だが、何よりもショータは怯えきっていた。ふいに上体を起こし、すがりつかんばかりに任田に訴えた。

「警察官だったら二人を助けてくれよ」オレはミキオのやつに謝らなきゃ。

「それにはまず、おまえから話を聞いておかないとな。おまえたちが暮らしていた、あの海辺の『住処』で何があったのかを」

瞳は暗澹(あんたん)たる気持ちで、すすり上げるショータの頭をミラー越しに見ていた。すると――顔を上げたショータが瞳を真っ直ぐに見据え、叫んだ。

「なあ、そっちにいる姉ちゃんもだよ。サヤに服を買ってくれた人だろ。頼むよ。助けてくれよ！」

見えている？　信じられないという顔でミラーを凝視する任田と目が合ったが、もちろん相手には見えないはずだ。なぜこの子にだけ、私の姿が見えるのか。隣に付き添っていた若い刑事が、あわてて瞳をマジックミラーの下に屈ませようとした時、光の加減だろうか、ショータの両眼が鮮やかなエメラルドグリーンに輝いた。瞳は刑事の制止を振り切り、隣の取調室に飛び込んだ。

「ショータくん、ごめんなさい！　私もこの小父さんの親戚なんかじゃない。刑事ではないけれど、警察で働いているの」

「どうでもいいからさ。二人を助けてよ。力を貸してくれよ」

任田はショータの両肩に手をかけ、向き合わせた。「悔しいけれど、ミキオはやつらに撃たれて死んでしまった」

「ウソだ！」

「任田さん！」

「いつまでも隠してはおけませんよ」鋭く瞳を一瞥した任田がショータの顔をのぞき込む。「だけど、サヤはまだ連れ去られただけで、きっと無事でいる。だから私たちに『大人たち』のことをできるだけ詳しく教えてほしいんだ」

ショータは親友を亡くした衝撃からか、俯いて、引き結んだ唇を震わせていたが、任田が側に回って両肩に手を置くと、小さな声で言った。

「わかったよ」

そしてようやく、ポツポツと言葉を紡ぎ出した。

それは文字通り名前のない男たちと子どもたちの、奇妙な地下生活の物語だった。

大人たちが《デポシップ》って呼んでるあの場所が、いつからあるのか知らない。オレが暮らし始めたのは三年くらい前だ。二、三日食うもんがなくて河川敷で凍えてた時に、《笛吹き》に声をかけられてアパートについていった。二晩くらい泊めてもらってから、あそこに連れて行かれたんだ。大人が五、六人と、子どもが十人くらいもう先に住んでて、ミキオもその一人だ。ミキオはオレより一つ、二つ上で、いろいろ教えてくれた。オレはろくに字も読めなかったんだ。

親だって？　そんなものはいない。小さいころのことは何も覚えてない。別の街にいた気もするけど、ボンヤリと光景が浮かぶだけで、いつ、どことも知れやしない。

あそこにいれば食ったり寝たりの心配がないから、出て行く気はなかったけど、大人たちは厳しくて、その命令は絶対だった。砂浜に出入りする時は必ず大人が見張ってて、カメラで外の様子も見て、絶対誰にも見つからない時しか出してもらえないんだ。戻って来たら石で合図をして、開けてもらうまで一時間くらい待たされたこともある。普段の暮らしでは、大声でしゃべったりうるさい音を立てない、といった細々したことや、自分たち大人のことや、あそこに住んでいることを誰にも話さないってことも、そりゃあしつこく言われてた。オレたちも住処を追い出されたくないから、それだけはしっかり守ってた。

だって、その決まりが守れなかったやつは、大人に連れ出されるんだ。顔を腫らし怯えて帰ってくるやつもいるけど、大抵は出てったきりだった。だから子どもの数は増えたり減ったりした。新しい子どもは《笛吹き》が連れてくるけど、追い出されるのもいて、一番多い時で十五人くらいかな。大人は五人か六人で顔触れもあまり変わらない。オレたちと話をするのは、《笛吹き》とあと二人くらいで、他はオレたちが住んでる区画に入ってても来なかったし、言葉も通じなかった。ちょっと前に若い女が一人来たけど、やつらと一緒にいなくなった。

《デポシップ》の中はとっても暗くて、最初はこんなところで暮らせるもんかと思った。一週間くらいで少し目が慣れたけど、それでも暗過ぎた。大人たちやオレより先に来た子どもたちが、どうしてぶつかったりつまずいたりせずに凸凹の床を歩き回れるのか不思議だった。どうして見えるようになったかって？　来て十日くらいしたとき、病院みたいなベッドのある部屋に呼ばれて、目玉に注射をされたんだ。その部屋だけは明るかった。マスイをしてたから痛かなかったけど、死ぬほど怖かったさ。でも丸一日してホータイが取れたら、暗いところでも見えるようになってたんだ。何て言うか、緑色の光る粉をいろんなところに振りかけたみたいにだ。

《デポシップ》では、子どもたちは何人か一組になって仕事をさせられた。オレはミキオと一緒に働くことが多かった。住処の周りを見張って、警察とか空港職員の動きをケータイで報告する仕事もやった。その時初めて、ここが本当は空港の滑走路だってこともわかった。

ああ……サヤのことね。サヤは《笛吹き》が街から拾ってきたんじゃなくて、オレたち二人が連れてきたんだ。そのときはずいぶんモメて、危うく殴られるところだった。

その晩、ミキオとオレは仕事にかかるのが遅れて、焦ってた。大した仕事じゃなくて、フェンスの下から空港にもぐり込み、貨物の係員がわざと落としていった荷物を取ってくるだけだ。滑走路の周りは二メートルくらいある高いフェンスで囲まれてるけど、コンクリを壊して外せるようにした所があって、オレたちはそこから滑走路に入り込み、落ちている小箱を取ってくるだけだ。最後の飛行機が出た後で、あたりはもう真っ暗だったけど、例の注射だか手術のおかげで夜目が利くから楽勝だった。

だけどその夜は急いでたこともあって、他所の人間に見られちまったんだ。

《デポシップ》から砂浜に出たとき、どこか上の方から声をかけられた。

「ねえ、あんたたち。もしかしてここで暮らしてるの？　楽しい？」

変にうわずった、場違いなくらい明るい声だった。見回したけど夜目の利くオレたちにも姿が見えない。窪地の縁に這い上がると、女と三歳くらいの女の子が並んで座ってた。こんな寒い夜に、何してるんだと思った。それに県道との間にはもう一つフェンスがあるのに、いったいどうやって通り抜けたんだろう。

「楽しそうに見えるかい、小母さん」オレは言ってやった。

「血色もよくて元気そうだし、身なりだってちゃんとしてるしね」

「こんな暗い中で、よくオレたちの顔色がわかるな」

「明るいうちからここで見てたのよ」

女の子は怯えているみたいに、女の脚にすがりついていた。

「ショータ、よせ」ミキオが後ろから言った。「悪いけど、あんたとおしゃべりしてるヒマはないんだ」

ミキオはオレを急き立てて、空港のフェンス沿いに歩き出した。

「ねえ、よかったらこの子も仲間に入れてやってくれない。お願いだから――」

後ろで声がしたけれど、無視して振り切った。とんでもないことを言う母親がいるもんだ。仕事そのものはチョロかった。小さいけどずっしり重たい箱が二個。だけど滑走路からそいつを持って帰ると、女の姿はなくて、女の子だけが砂浜に横たわってたんだ。死んでるのかと思ってビビったけど、寝息を立てていた。二十分くらい待っても女は戻ってこない。置き去りにされたんだ。それからが問題だった。

「《門番》に何とかしてもらおう。あいつにも責任があるんだから」

「おまえ、意味わかって言ってんのか」

ミキオは暗い中で凄い顔をしていた。あいつはオレより長くいるから、追い出されていなくなった子どもがどうなったのか知ってたのかもしれない。でもとうとう眠ってる女の子をおんぶし、オレもそれを隠すようにすぐ後から窪地の底に下りた。決められた合図をして中に入ると、さっそく《門番》に見咎められ、他の大人たちもきて、ちょっとした騒ぎになった。女の子を奪い取ろうとする大人たちに、オレたちはできる限り刃向かったさ。オレたちが《マッチョ》と呼んでる若い男が来て、ミキオを殴った。口を挟んでくれたのは、オレの目玉に注射をした男だ。インテリっぽいメガネをかけてて、子どもに話しかけることはなかった。こいつも言葉がわからなかったみたいだ。

サヤがあそこで暮らし始めたのはそんな経緯さ。オレとミキオは子守役になった。それからしばらく、大人たちは見張りの数を増やしてたから、やっぱりこの場所がバレるのが心配だったんだろうけど、サヤを置き去りにした女はそれきり姿を見せなかった。サヤは毎日ママを捜してメソメソしてたけど、その内オレたちに懐いた。ミキオは小さい子をあやすのが上手い。だけどサヤを匿ってるオレたちは、ほかの子どもたちに評判が悪かった。まだ小さすぎて邪魔になるばかりだし、「仕事」の役にも立たないじゃないか、と連中は文句を言った。でも本当は違うんだ。オレが仕事――中身は言いたかねえ――に行くとき、一人よりサヤを連れてった方がうまくいく。店の大人がサヤに気を取られているうちに、オレがさっさと仕事を済ますってこと。

いっぺん目を離した隙に、ミキオよりも図体のでかいニキビ面が、サヤを隣の区画に連れ出したことがある。なんかゴソゴソやっていたけど、サヤがいやがって泣き出したから、飛んでいって引っぺがし、パンツをズリ下げてた股間に蹴りを入れたら、ぐったりして動かなくなった。ニキビ面はその日のうちに《デポシップ》から姿を消した。

そのうち、オレは《マッチョ》に言われた日にサヤを連れて港公園に行く係みたいになった。あんたと出会って、話をするようになったのもそのころさ。あんたは時々カネもくれるし、大事なことさえ話さなきゃかまわねえだろうと思ったけど、大人たちに黙ってたのは、やっぱりやつらは許さないだろうと感じてたからだ。

この暮らしが終わりになった時のことを話すよ。姉ちゃんがサヤに服や靴を買ってくれた日から後のことさ。オレはサヤの服装が新しくなったことを、大人たちに見咎められるんじゃないかとビクビクしてたけど、それは大丈夫だった。けどある時から港公園に行けとは言われなくなった。それまでサヤの世話はオレやミキオに任されて、やつらは手出ししなかったけど、急に《インテリ》がサヤに目をつけて、普段使わない区画に連れて行ったんだ。姿を消して、何日かぶりに見かけたサヤは、頭に包帯を巻いて、なんだかボーッとしてた。ミキオはショックを受けたみたいで、大人たちを「殺してやる」とかブツブツ言ってた。

でも、それどころじゃなくなった。何日か前に《マッチョ》が血相を変えて飛び込んで来て、大人たちはわからない言葉で大騒ぎをしてた。その夜遅く叩き起こされて、《デポシップ》を離れるからすぐに支度をしろと言い渡された。《デポシップ》の隅に駐めてあった銀色のトラックの荷台に、いろんな荷物やオレたち子どもも数人ずつ詰め込まれて、どこかに運ばれてった。え、車が出てから帰ってくるまでの時間？　そうね――その夜の内に三回、一時間か二時間くらいの間隔だったと思う。ミキオとオレの番は三回目で、他の子どもはもう誰も残っちゃいなかった。荷台に乗れと急き立てられた時、ミキオが「サヤに何をしたんだ。どこにいるんだ」と言ったんだ。普段のあいつからは想像もつかない、野良犬が唸るような声だった。

「おまえらの知ったことか！」と、《マッチョ》が本性を顕して怒鳴った。ミキオはダッと駆け出して、大人たちが普段いる区画に走り込んだ。

「サヤ、返事しろ！　どこにいるサヤ！」

オレもミキオに続こうと思ったけど、それは頭だけで、身体はすくみ上がって動かなかった。そして銃声がした——一発、二発。まだ煙が上がってるピストルを持った《マッチョ》が部屋に戻ってきて、オレに狙いをつけた時、ようやく身体が動いたけど、それは自分だけが逃げ出すためだった。車の出し入れで開いてた口から飛び出した。大人の足で追いかけられたら捕まっちまうと思ったから、鉄の壁と砂浜の間に開いた横穴みたいなところに、ジイッと隠れているうちに、眠っちまった。朝になって、誰もいないのを確かめて、街中をさまよった。一体どこに行って、誰に助けを求めればいいのかわからなかった。そしたら、交差点の信号機から誰か大人の声がして、しばらくしたら何人もの大人に取り囲まれて、黒い車に乗せられた。そいつらにも、ミキオとサヤを助けくれって何度も言ったけれど、聞いてもらえなかった。あの時、ミキオはオレと二人でサヤを助け出すつもりだったのに、オレは足がすくんでミキオの後を追っかけられなかった。銃声が鳴ったら、足が勝手に動いて——。

「もういい、わかった。もういいよ」任田がショータの頭を抱いてなだめた。

これがミキオ殺害までの一部始終だった。SIPで報告書に目を通した逆神は、それを持って県警から帰ってきた瞳と井伏の顔を見比べた。

「これを読む限り、あの場所では統一朝鮮系と中国人も加わった犯人グループが、密輸に手を染めていたらしい。捜一の捜査記録にも軽機関銃の交換銃身が発見されているし、探知犬が麻薬と多様な覚醒剤の臭いを嗅ぎつけている。だがそこに、わざわざ『ストリートチルドレン』を連れてきて住まわせる理由がわからなかった。いくら脅して口止めしたところで、子どもたちから秘密が漏れる恐れがあるだろうし、現にサヤがきっかけになってアジトを放棄せざるを得なくなった。逆に言えば彼らが子どもと一緒にいるメリットは、よほど大きいに違いない」

「ショータくんたちが受けた目の手術は関係ありませんか」瞳の表情は、何かを思い詰めているように暗い。

「あ、それや。注射一本で夜目が利くようになるんなら、わしも受けたいくらいやけど、室長はもう目星がついてはるんでしょ」

「瞳から聞いて引っかかっていたんだが、ジーヴスに調べてもらってようやく思い出したよ」

テーブル上の空間に一編の科学論文が投影された。「中国科学技術大で十年ほど前に発表された研究なんだが、簡単に言うとマウスの目に『光受容体結合アップコンバージョンナノ粒子（pbUCNPs）』という細かい粒子を注入すると、赤外線を可視光に周波数変換してくれ、視細胞から見えるようになる、という研究だ。いわば注射型の赤外線暗視ゴーグルだな」

「まだ動物実験段階なんですよね」

「この時点ではね。だが、生体に無害なことは確認されていたようだし、最終的には人間を対象とした色覚異常や疾病治療を目指す研究だから、つぎはマウスより目が大きい犬で実験予定だと書いてある。しかし、その後この研究がどうなったかはわからない」

「たしかに地下生活には便利ですわな。要するに子どもたちは実験動物ちゅうわけや」

「ひどい！」

「だが、それだけでは子どもを使う理由としては弱い。それに『暗視化手術』と仮に呼ぶが、それは敵にとって、もう秘密というほどでもないようだ」

「なんでです」

「ショータに逃げられてしまったし、ミキオの遺体も放置されている。おそらく、司法解剖でも目の手術以外の痕跡は発見されないに違いない」

「すると、木戸副長官の直感がまたしても正しかったちゅうことですか。大人より子どもの方が、制御（コントロール）するにも、手術や実験をするにも容易……」

逆神は井伏に目配せをしたが、間に合わなかった。

「まさかサヤちゃんの頭にもそんな手術が……」瞳は口に拳を当て、乱れる呼吸を鎮めようと努めている。「それは私の……」

「いや、瞳のせいじゃない」逆神は瞳のセリフに先回りした。「例の発信器のことなら、私が許可したのだから、責任も私にある。それに交差点のエッジ側装置が敵に乗っ取られる事態は、誰も——ジーヴスでさえ予想していなかったことだ」

「その件ですが」ジーヴスが口を挟んだ。

「何か判ったことがあるのか」

「先日ご報告してから、わたくしも必死に調べました。自分がかかっているのが何という病気で、どのくらい重いのかを知りたいですからね。まず、VJの運用開始以来、金沢市を含む石川県内で故障・交換された防犯カメラ、つまりエッジ側デバイスは四十五台ありました。交通事故もありますが、ことのほか多いのは落雷による故障です」

「そうか、落雷だ！　交通事故なら警察が駆けつけるし、事故の当事者もその場にいるから、デバイスの擬装は難しいだろうが、落雷なら半日や一日の余裕はあるから、敵にとっては絶好のチャンスだろう」

「そやけど、どうやって雷が落ちた場所がわかります？　雷はんでもあるまいに」

「わからないか。雷が落ちそうな天候ならば、本当に落ちる必要はないんだ。人為的に停電させた信号機のエッジ側デバイスを偽物にすり替えるだけでいい。送信データの中断は『落雷による停電のため』として処理されるに決まっている。それにこの方法なら、故障と交換が記録されている四十五台以外の装置もすり替えが可能になる。どうしてこんな簡単なことに気がつかなかったんだろう」

「いま西田様が、健全性が確認された端末の記録と照合することで、被害の範囲を特定しようとしています」

「ハッキングされた可能性のある機器を、すべて再交換するしかないんか」

「それは容易にできるが、敵をさらに警戒させてしまう。ここは騙されたふりをして偽情報で踊らせる手だろうな。ジーヴス、もう一度訊くが、ＶＪのセンターシステムに侵入された可能性はないんだな」

「わたくしの名誉にかけて、それはありません」

「被害を受けていない端末だけから、《デポシップ》を引き払った敵の移動先、いわば『第二のアジト』を突き止められないか」

「もちろん試みていますが、現在のところ、能登半島を含む県東部のどこかとしかわかりません。例のカメレオンのようなトラックが絡んでいますので、端末装置のダメージもあって、調査の信頼度が著しく低下しているのです」

　それまで黙っていた小森田が「トラック」という単語に反応した。

「情報が錯綜していて忘れるところでした。さっきのショータの話にも『銀色のトラック』が出てきましたよね。それも含めて、Ｃ案件の調査で浮上した人物その他の情報を、至急ショータに確認してもらいましょう。県警はいま、捜査一課の他に組織対策部まで乗り出してきて、『密輸団』捜しに躍起になっていますから、拒んだりはしないでしょう。早速、県警本部に出向きます。そう言えば私は、初顔合わせだな」

「私も行きます」瞳が俯いていた顔を上げた。

「頼む。ただ、《笛吹き》が旧北朝鮮系の工作員であると判ってから、警視庁でも公安や外事三課が動き出している。木戸副長官のコントロールは効いているから連行されたりはしないだろうが、ギブアンドテイクの意識に欠ける連中だから、手を取られないように注意しろよ」

「大丈夫です。そいつらのことは、失礼ながら室長よりも私の方が詳しいので」小森田は笑って言った。

ショータが証言したことで、C案件の調査で顔が判明した二人の人物が、《デポシップ》内で《マッチョ》と《インテリ》と呼ばれていたのと同一人物だと判明した。銀色トラックその他、いくつかの物的証拠も照合できた。それは同時に、敵が思わぬ大所帯であり、これまでに見えていたのが氷山の一角に過ぎないと思い知らされた瞬間でもあった。

夜逃げ同然に大掛かりな引っ越しをした敵の一味が、なぜミキオの遺体を放置していったのか、その謎は水曜日になって、石川県警に宛てられた匿名のメールで明らかになった。「警告」というタイトルで、発見以前と見られるミキオの遺体画像と、ごく短い本文だけのメールだ。いくつものサーバで中継されており、発信元は不明だった。

「1W1C。捜査を止めろ」

捜査を止めなければ、週に一人ずつ子どもを殺す——捜査一課はそういう脅迫文として受け取った。小森田だけは、軽い違和感を表明した。

「国際テロ事件でも、一定間隔で人質を殺すという脅迫はよく使われます。でもそれは警察側を急がせて自分たちの要求を通すためで、一時間に一人とか、十分に一人などという場合さえある。一週間は長すぎます。高速バスの追跡劇といい、この敵はどこか時間稼ぎをしている気がします。あるいは、今日から一週間の内に、何らかの目標が達成されるのではないでしょうか」

「そうかも知れないが、いまは敵の出方を待つしかない」逆神の表情も苦しげだ。

「われわれが調査してきた三つの案件は、いまや一体になったと思っているが、そこから垣間見える敵の正体は強大で、SIPはおろか県警の捜査陣でも太刀打ちできないかもしれない。木戸副長官は一昨日から小松基地に移動して《実働部隊（AT）》の編成を始めている。才谷三佐や来嶋一尉も関わっているようだ。ここから先、われわれにできるのは、VJを駆使してできるかぎりの敵情を把握し、ATに伝えることぐらいだろう」

「そんな！」瞳が鋭い声を上げる。「それじゃ、子どもたちはどうなるんですか」

逆神は答えなかった。重い沈黙が垂れ込めそうになったとき、終着駅の駅舎に衝突する「機関車トーマス」みたいな勢いで、須田が飛び込んできた。

「逆神室長、皆さん。ミキオが遺したメッセージが判明しましたよ！」

須田はメガフロートの閉鎖区画で採取したプラスチックフィルムを柏に持ち帰り、付着した各種物質を電子画像に変換して精密解析をしていた。科警研内の複数の研究室に飛び込みで協力を求めたのだ。早くも室長たちからは金沢にいる逆神のところにまで苦情が寄せられている。須田は、部屋に飛び込んでくるなり「厚切りジェイソン」よろしく騒ぎ立て、引き受けてやるまで仕事にならなかったという。

「よし、それでいいんだ」逆神は後で須田を褒めた。「だが、次はもっと上手くやれ」

撃たれたミキオは、右手の人差し指を自分の血に浸し、広がってゆく血だまりにのみ込まれないよう手を一杯に伸ばして、ようやく五文字だけ書き留めていた。指の太さや画数などからカタカナと判定された。

ラ
レモ
ヤ
サ

鉄床表面の剝落した塗料片や、鉄さびの含有量などを計測し、ようやく文字が書かれた順が推定できた――「サヤ」「レモラ」。

ミキオは、サヤの身に起きる何らかの事態を警告しようとした。誰よりもサヤを可愛がっていたとショータが証言したように、死の直前までサヤを気遣っていたのだ。なぜそんな優しい子が、あんな暮らしの果てに死ななければならないのだろう。

問題は「レモラ」だった。ミキオが最後まで書けたのかはわからないが、ジーヴスによればどの辞書にも、この三文字で始まる日本語の単語はない。この三文字で終わる単語や含む単語すらないという。

「いったい何を伝えたかったの」涙で滲む画面に瞳は問いかけた。

「多分自分ではもうサヤを救えへん、とわかってたんやな」普段はヘラヘラしていても、実は逆神研で一番涙もろい井伏が、ティッシュペーパーで顔をなで回す。「とすると『レモラ』は、サヤがどこぞに掠われた傍証やと思うねん。やな話やけど、サヤが自分と一緒に殺されそうやったら、今際の際にメッセージを残したりせん。そやから『レモラ（人名）に掠われる』とか『レモラ（地名）へ掠われる』ちゅう意味やないか」

「《デポシップ》にいた大人たちの多くは、朝鮮語ネイティブだったんですよね」瞳が無念さを滲ませて言う。「ハングル表記なら『레모라』でしょうか」

「それも意味を成しません」ジーヴスが即座に指摘した。

「『レモラ（手段）で掠われる』とは考えられないか」逆神が独り言のように言った。

「私は画像で見ただけだが、《デポシップ》の海側の一角には、海中に出られるハッチがあった。あれが気になる」

「越村警部が潜水士の出入口かもと言っていた、あれですね」

「潜水艦のハッチからの連想だろうが、それにしては構造が大げさな気もする。潜水士だって、砂浜に秘密の扉があるのだから、中の人間が協力すればそこから出入りできるだろう。わざわざ分厚い床をぶち抜いて専用の入口を作るには、それに見合う理由があるはずだ」

「ハッチはいつからあるのでしょうか？」

最近のジーヴスは、質問や相談に応じるだけでなく、議論の成り行きを観察しながら、自分の意見を投げかけるようになった。自発的に進化したのか、瞳が少しずつ改良を重ねているのかはわからないが、逆神が余計な口出しと感じたことはない。ある種の人間——たとえばウマの合わない上司より、よほど洗練された相談相手と言える。

「メガフロートのこの区画は、二〇年代初期に旧韓国の造船会社で製造されたそうです。その時からあるのか、後で加工して開けたのかが問題ですね」須田が言った。

「厚さ数十ミリもの鉄板に、こないな大穴を開けるのは大ごとやで。空港の管理会社に気づかれんでやれることとやろか」

「じゃあ、この秘密の場所を作る計画は開港前からあって、旧韓国が関わっていたということですか」

「ううむ。国家間の対立が絡むとなると、われわれだけで詮索するより、木戸副長官に判断を仰ぐ方がよさそうだ」

「それじゃ、私たちにできることは、何もないんですか」瞳がすがるような目つきで逆神を見た。

「そんなことはない。副長官に報告する前にハッチ周辺を調査しなくてはならないし、君は『レモラ』についてショータに訊いてみてくれ。ミキオが死に際に言葉を遺す相手は、ショータ以外に考えられないから」

「わかりました！」瞳の声に、子どもたちの身をただ案じていた時とは違う張りと勢いがこもった。「行くわよスダッチ。ついでに押収された証拠品にも目を通すから、県警に連絡しといて」


　ミーティングを終えて一人になった逆神は小松基地にいる木戸副長官に連絡を取った。メンバーたちとの議論が事実なら、この陰謀には統一朝鮮（UROK）だけでなく、旧韓国が関与していたことになる。

「『レーダー照射事件（ハッチ）』が端緒である以上、不自然ではない」説明を聞き終えた木戸が言う。「その水密扉の件は特に念入りに調べてくれ。県警の鑑識とは別行動で、秘密裏に調査して報告しろ。設置時期、用途、その他どんな細部もだ」

「わかりました」

逆神は差し当たり二通りの調査手法を決めた。ハッチ周辺鋼材の非破壊検査と、潜水士による外側の撮影だ。日本海側随一の港湾都市だけあって、どちらもすぐに手配できた。

翌朝、落胆した瞳から報告が入った。ミキオが命と引き換えに書いた「レモラ」という言葉の意味を、ショータは知らなかったのだ。

「大人たちがその言葉を使っていたのを通りすがりに聞いただけで、実際に見たことはないそうです」

獲物の手応えを伝えていた掌の中の釣り糸が、ふっつりと切れた。

ハッチ周辺の検査は金曜日の午前中に実施された。SIPからは逆神と来嶋が加わった。情報保全隊は陸海空の寄り合い所帯で、来嶋の原籍も海上自衛隊である。出身校は海洋学で名門と言われるオーストラリアのクイーンズランド大学、つまり根っからの「海の女」なのだ。

殺人事件のことは伏せた上で空港会社の職員にも立ち会いを求めた。半浮体方式の空港を整備維持する部署に所属し、開港前からメガフロートの建設に携わっていた職員さえ、このような閉鎖空間に大勢の人間が住み着き、海面下に通じる経路があったことに驚いた、と本音を漏らした。一方で、ハッチを設ける動機はわかる気がする、とも。

「どういうことです？」

「このハッチは密輸目的には最適だと思うんです。私らは税関と協力して海外からの密輸品流入を阻止しようと日々努力していますが、税関は文字通り、昔ながらの関所なんです。そこを通さずにブツを持ち込む方法はいろいろある。現にわれわれの頭上わずか二メートルは滑走路で、つまり関所の外側なんです。人目を盗んで海中に荷を落とし、潜水士が回収するだけで密輸は成立する」

「なるほど。空港関係の方には私たちとまた違った見方があるんですね」逆神は素直に感心した。

「一度、クルーズ船ターミナルの入国審査官や税関職員にも話を聞くといいですよ。ここ数年課題山積の状況らしいですから」

「なぜですか」

「クルーズ船の外国人客は旅客機より一桁多い上に、寄港が日中だけという場合もあり、空港よりはるかに効率的な出入国審査が求められるのです。密輸犯にとってはその慌ただしさこそ付け目で、違法薬物や金の運び屋の摘発件数は増加の一途だそうです」

　クルーズ船が数千人もの乗客を運んでいることは、新型コロナウイルスの集団感染が起きた「ダイヤモンド・プリンセス」号で知れ渡ったが、出入国審査や税関業務への影響までは知らなかった。「観光立国」の旗を掲げ、年間四千万人の外国人観光客の獲得に精を出していた政府や自治体の目論見は、世界的な新型コロナ禍という想定外の事態で挫折したが、喉元過ぎれば何とやらで数年前からは以前よりむしろ賑わいを見せているほどだ。

石川県警もこの空港職員と同様、国際密輸組織の関与という見方を強めている。SIPが調査した全情報を伝えることができれば見解も変わるだろうが、それは木戸に厳禁されている。この「アジト」の建設から利用までの労力と費用は、単なる密輸組織が負担できるものではない。旧韓国の造船会社がこれを秘密裏に建造したなら、その背後には国家、少なくとも海軍が関与しているだろう。それを最終的に確認することが、今日の調査目的だった。もし密輸だけが目的なら、空港の地下に巣くったりしなくても、朝鮮半島や東南アジア全域を回航しているクルーズ船を利用する方がはるかに便利だ。

そこまで考えて思い当たった――クルーズ船ターミナルと空港が至近距離にあることが、敵が金沢を選んだ理由なのではないか。そしてこのハッチも、それと関係があるのではないだろうか。

「一通り試験項目を終了しました」ハッチ周辺の鋼材を調べていた非破壊検査会社の担当者が報告に来た。「ですが、ちょっと問題が発生しまして」

「問題とは？」

「はい。まず放射線透過試験(RT)をやったんですが、何しろ材料の反対側が海中なので、防水包装したデジタル乾板を潜水士が鋼材の下からマグネットで固定して、ハッチの上からγ線を照射したんです。撮像はできたんですが、乾板にノイズやカブリが入ってしまって、報告書に掲載できる画質ではないのです」

「何が原因なんでしょう」

「念のためインスタントシートフィルム——いわゆるポラロイドですね——で撮影しても同じ現象が起こりましたから、経験上、考えられる原因は一つだけです」

「つまり放射能を帯びていると」

　逆神は先回りした。担当者は安堵したように続ける。

「その疑いが濃厚です。ハッチの裏側に相当強い放射線源があるか、周辺の鋼材自体が強い被曝を受けて放射化したかのいずれかです。できれば、線量計を持って来て再調査させていただきたいのですが。もちろん追加料金は頂きません」

「ありがたい申し出ですが、時間に余裕がないのです。必要が生じたらこちらから再度依頼します」急回転を始めた思考に引きずられ、逆神の言葉が加速する。「放射化の件はともあれ、撮影結果を見て、ハッチの設置時期について御社、いやあなた自身はどう思われますか」

「それは断言できます。穴開加工の精度、ユニット内の位置の正確さ、端正な溶接ビードから見ても、あれはとうてい現場での後付けではない。乾(ドライ)ドックでフロートユニット建造時に加工されたものに間違いありません」

「それだけ聞けば十分です。ハッチの構造や用途についてのご意見は?」

「そこは実際に潜ったフロッグマンに訊いてみませんか——と言っても女性ですが」

担当者が声をかけると、ハッチの横で脚を伸ばして身体を休めていたドライスーツの人物がやってきた。海女を思わせる精悍な顔つきの、褐色に日焼けした中年女性だ。

水中ハウジングをつけたデジカメのモニターで画像を見せながら、外側の構造を説明してくれた。これらの写真にも白砂を散らしたようなノイズが入っている。それによれば、「パイプ」内壁に取りつけられたステンレス梯子は潜水士の出入口という推測と矛盾しないが、直径一・二メートル、長さ一・五メートルほどの「パイプ」の先には、U字型に開いた部分があり、そこに何かで挟み付けたような平行な傷が見られるという。

興味津々でハッチのあちこちを調べていた来嶋一尉と四人で意見を出し合ったが、何による傷かはわからなかった。人手に余る大物を運ぶ仕掛けではないか、というのが差し当たりの結論だった。

「念のため、ホールボディーカウンタ検査をしてくださいね。内部被曝の程度次第では労災申請しますから」検査会社の社員が、着替えに行く潜水士に声をかけた。逆神は、後で聞きたいことがあるかもしれないと思い、念のため彼女の連絡先を教えてもらった。

正式な報告書を送ってもらうように検査会社と取り決め、SIPに戻ることにした。あとしばらくこの場で作業し、ハッチのロック部分を取り外して放射線量を測定したいという。逆神と来嶋は、規制線のテープを張った「空港口」の開口部から明るい利用区画に出て、来る時に乗ったまま駐めてあった二台の電動カートの片方に乗り込んだ。空港ビルまで戻るようにカートに指示する。県警では現場維持のため、この開口部を元通り封鎖する予定だと聞いた。

車中で来嶋一尉が言った。「すみませんが、私はこのあと小松基地に向かいます」

「構わないよ。最近、才谷三佐も姿を見せないが、どうしている？」

逆神はこの二人が実質的に木戸の直属だと知っているが、向こうが明かすまでは黙っていようと思っていた。

「早期警戒機（AEW）の真下を通過した潜水艦が、日本のどこに接近できたのか、連日あらゆるシミュレーションをしています」

「潜水艦に積んだ荷物が重要なものだとして、それを日本に陸揚げするのはそんなに難しいのか」

「難しいというよりまず無理です。潜水艦は他国の潜水艦に常時見張られていますし、わが国の領海を侵犯することはとてもできません。『レーダー照射事件』の時のような、海上を航行する一般船舶との『瀬取り』も困難ですし、実を言えばあの潜水艦通過は、やはり偶然だった可能性さえ残っています」

「だがこの《デポシップ》に海中へのハッチがあり、強い放射能を帯びた物体を海から搬入していたのは確実だ。きっとまだ見落としているパズルのピースがあるんだ」

「《デポシップ》とは《母船》の意味です。母船があるなら、他に小さな船もいると考えるのが自然じゃないですか」

　小さな船――逆神はふと思いついて来嶋に訊いた。

「君は《レモラ》という言葉を聞いたことがないか」

「どこの言葉なんですか？」

「朝鮮語かと思ったが、違うようだ。カタカナで三文字。『～が来る』『～で運ぶ』という使われ方をする何からしい」

「だったら《レェマラァ（Remora）》じゃないかしら」

「どういう意味なんだい」

　来嶋一尉は妖艶な微笑を浮かべ、言った。

「昔むかし、地中海で船体にくっついて、船の進行を遅らせると信じられていた魚――コバンザメ（サックフィッシュ）ですわ、逆神室長」

　SIPに戻った逆神は、その場の全員を集めてミーティングを開いた。錯綜した情報を整理して木戸副長官に報告し、そろそろ自分たちの調査を終わらせて《実働部隊（AT）》に引き継ぐ意向を伝えるつもりだ。瞳は押収された証拠品を調べるため県警に出かけていた。

逆神が議論の口火を切る。

「《デポシップ》のハッチが核兵器を荷揚げするために利用され、《レモラ》がそこまでの運搬手段だったと考えていいと思う。少なくとも作業仮説となる程度には」

「国際密輸組織という県警の見立ても、ある意味でアタリだったわけや」

「だとすると小さな潜水艦みたいなものですかね」須田が両手を広げたのは、大きさの見当をつけているらしい。「でも潜水艦なら、いっそ朝鮮半島の港から直接やってくればいいんじゃないですか」

「そんなことができるくらいなら、苦労あるかいな」

軍オタの井伏が呆れ声を出す。日本海に限らず、世界中どの海域でも、各国は他国の潜水艦に文字通り「聞き耳」を立てている。早期警戒機にも空から潜水艦を発見する装備がある。見つからずに済むわけがない。可能性があるのは、無人の超小型潜水艇を、沿岸の狭い範囲で運用することだけだろう。

「十年以上前に、コロンビアの麻薬カルテルが、数人乗りの潜航艇で米西海岸へ大量密輸を企んだ事件を思い出しましたよ。沿岸警備隊が大捕物の末に拿捕しましたが、技術が進歩した今なら、大阪万博のドローンのように、自律航行能力を持たせることもできると思います。問題は、それがどこから《デポシップ》にやって来るかですね」小森田は国際犯罪の手口に通じている。

「そもそも、なぜそれが『レモラ＝コバンザメ』と呼ばれていたのだろうか」逆神が首を傾げる。

「《デポシップ》の底にくっついているからじゃないんですか」

「アホやな。動かないもんにくっついててもどこへも行かれへんやろ」

「ショータの証言にそれを解く鍵があるような気がします」小森田が言った。「ショータはミキオと基本的に同じ仕事をしていたと証言してます。でも、《レモラ》の意味をミキオは知っており、ショータも知っていると思って書き遺したのに、ショータは知らなかった。つまり、ショータは《レモラ》が《デポシップ》にやって来る時、そこにいなかったのではないでしょうか。《マッチョ》という大人に命じられて、サヤを港公園に連れ出していたからです。そこで、任田さんがメモしていた日付と、その日寄港したクルーズ船の名前を突き合わせてみました」

脇においたブリーフケースから、一枚のコピー用紙を抜き出した。日付とアルファベットの略号が書き散らしてある。いくつかの例外もあるが、「ＢＡ」の二文字が特に目立つ。逆神はその一つを指して訊いた。

「この船は？」

「『バーニング・アジア』号——太平洋最大級を謳う巨大クルーズ船で、船籍はバハマですが、統一朝鮮の船会社が運航しています」

「《レモラ》は荷物を積んだまま、この船の腹にくっついて移動しとったんかい。まさに『コバンザメ』やな」

「私も、そう判断するのが妥当だと思う」逆神が言った。「統一朝鮮の造船所で建造されたのなら、《デポシップ》と同じようなハッチを船体のどこかに作り込めるだろう」

「港公園にいるショータとサヤ自身が、クルーズ船側の仲間への合図だったかもしれません」

　繋がった——全員がその思いを共有した。鷲津一佐が言った「ラスト1マイル」が解決したことで「巨大潜水艦－クルーズ船－デポシップ」という核兵器移送の全貌が明らかになったのだ。

「あれれ、でもそれじゃ巨大潜水艦の役割がなくなっちゃいませんか？　クルーズ船だけでいいのでは？」須田が素っ頓狂な声を上げる。

「いや、実はそこにこそ、この陰謀の源を知るヒントがあるんだ」逆神は言った。「副長官に報告を上げて、防衛省側の調査結果と照合すれば、答は自ずと見えてくるだろう」

　逆神は全員を会議スペースに留めたまま、木戸副長官にオンラインで接見を求めた。ウェイティングルームでしばらく待たされた末、チャイムが鳴り、幹部自衛官の制服を着た木戸が画面に現れた。

「副長官が危惧された通り、《デポシップ》のハッチを通って、すでに何個かの核弾頭がわが国に持ち込まれたようです」

逆神は三つの案件がどのように関連しているかを手短に説明した――《デポシップ》で営まれていた奇妙な共同生活、「ラスト1マイル」を担う《レモラ》の概要、巨大クルーズ船「バーニング・アジア」の関与、早期警戒機内の事故、「統一朝鮮軍」調査チームの壊滅、数人の男女に率いられた七十名近い工作員集団の存在――そして、すべてが指し示す先に、日本への核兵器の持ち込みという敵の究極目的があったことを。

十一年前に旧北朝鮮が保有していた核兵器、おそらくは核弾頭のうち六基ないし八基が、『レーダー照射事件』の際に旧韓国の軍艦に瀬取りされた。三十八度線の国境トンネルや、開城工業団地など、他の手段も併用されただろう。北はその詐術によって国際原子力機関(IAEA)の査察をクリアし、八年後に統一朝鮮共和国(UROK)が誕生した。

そして三か月前の六月十七日、第六航空団の早期警戒機の真下を通りかかった「島山安昌浩(トサン・アンチャンホ)」級潜水艦が、わが国の領海内のどこか、おそらくは無人島か離島の一角に核兵器を運び、秘匿した。ここが敵にとって、この計画全体のアキレス腱だったが、敵に操られた水野曹長が一命をかけて妨害したため、発見は四十日以上も遅れたのだ。

「多数の核弾頭を一度に運んだと言うのか。なぜそうする必要がある」

木戸が言ったとき、画面の片隅をさっと横切ったものを逆神は見逃さなかった。しなやかな女の腕と長い髪だ。

「この計画は、UROKという国家中枢や、実権を握る金体制ではなく、軍部が自らの生き残りを賭けてやったことだと考えられます」

「なぜ、そう思う」

「もし国家を挙げての犯行なら、自国の民間港でクルーズ船に核弾頭を積み込めるはずで、わざわざ潜水艦を関与させる必要はありません。それに、事の発端となった『レーダー照射事件』は統一前の南北両軍が結託して起こしたもので、韓国は後から巻き込まれた形です。北朝鮮に至ってはコメント一つ出しませんでした。まるで自国の漁船が救助されたという設定を忘れたかのようです」

「だが、メガフロートのユニットを《デポシップ》に改造したのは旧韓国の造船所だぞ。韓国海軍だけでそれが可能だろうか」

「まだ確証はありませんが、そこは巨大クルーズ船を造ったのと同じ企業です。軍艦の建造も多数受注している。海軍上層部との間に隠れたパイプがあるのではないでしょうか」

「ちょっと待て――才谷、どう思う」

木戸が同室者に声をかけた。才谷と来嶋は所属こそ違うが、やはり実質的には木戸の部下なのだ。そう言えば、防衛省側から送り込まれてきたメンバーの人選が、どのように行われたのか、自分は何も知らなかった。

姿が見えない才谷が言う。「妥当な推論です。亡くなった瀬尾総括官のチームも、南北合わせて百八十万人もの過剰な兵力、特に百五十万人もいる陸軍の再編がほとんど進んでいないことを疑問視していましたから。本来なら三分の一程度に縮小できるはずです」

「そこは鷲津たちの調査に委ねよう——もし、軍部が主導したなら、彼らはいつでも日本を相手に戦争を起こせると示すことで、再編に抵抗しているわけだ」

木戸の声からわずかに冷静さが失なわれていることに、逆神は密かな満足を覚えた。いつも掌で転がさる側では面白くない。

「クルーズ船の運航日程を至急調べます」女の声がした。やはり来嶋一尉だった。

「頼む。場合によっては《実働部隊(AT)》の編成を加速しなくてはなるまい」

敵は水曜毎に一人ずつ子どもを殺すと予告した。そしてサヤが《レモラ》で拉致されたとすれば、いまは上海からシンガポールへむかう航路上にいるはずだ。考えるべき事は山ほどある。そこで四日後の火曜日、小松基地に木戸配下の全部隊を集結させることが決まり、ＳＩＰの代表として逆神と井伏が参加することになった。

第9章　木戸機関

物原瞳は石川県警の薄暗い一室で押収品を調べていた。見せてほしいという単純な要求が通るまでに、空白のような何日かが過ぎた。県警の捜一や組対の態度は日増しに非協力的になり、任田さえ取り込まれて、かろうじて連絡が取れるありさまだった。

「そっちがその気なら、こっちにだって考えがあるんだから」瞳は密かに憤った。

現場検証が終わった《デポシップ》は現場保存のために施錠され、密室に戻っている。犯人らは手際よく「引っ越し」を済ませていたが、焦っていたためか、いくつかの区画に二百点近い遺留品を残していた。それらを一つずつカメラに収め、荷札に印刷されたＱＲコードを読み取るだけでも半日近くかかった。品物はさまざまで、車の微細な塗料片から、３Ｄプリンタを駆使して日用品に擬装された違法薬物容器、拳銃や自動小銃の弾薬、内面にライフリングを施された自動小銃の交換用銃身など。この国で内乱を企んでいるかのような多彩な装備で、組対が色めき立つのも当然だ。だがそのような単純な事件でないことをＳＩＰは知っている。県警との認識のズレが歯がゆいが、木戸副長官の厳命でこちらの情報を県警に伝えていない。

遺留品の長い列も終わり近くになって、それが目に飛び込んできた。女児のスニーカーの片方だ。黄色いキャンバス地の上で、魔法の杖を手にした二人の美少女が微笑んでいる。

「プチシャネ好き」サヤの弾んだ声が蘇える。

だが手に取ったビニール袋は、フニャッと不自然に折れ曲がった。消しゴムを縦に二つ並べたくらいの部分が底から切り取られていたのだ。残る遺留品の中にその断片はない。そして、なぜここが切り取られたのか、鑑識が知らないその理由を瞳は知っていた。自分の手で発信器を埋め込んだからだ。

「やっぱり、私のせいだったんだ」

目眩を覚え、テーブルの縁を摑んでしゃがみ込んでしまった。手にしたスニーカーをもう一度間近に見る。刃物で切った縁はささくれ立ち、靴底を突き破った穴の縁が血に汚れていた。残酷にもサヤに履かせたまま切ったのだ。ショータの証言にあった、頭に包帯をまいたサヤの姿を想像せずにはいられない。

逆神は「木戸ミッション」を終結させようとしている。だが瞳は、一つだけやり残した仕事があると思った。あの子どもたちはどうなるのか。明日殺されるつぎの犠牲者がサヤだという悪夢が去らない。サヤの行方に繋がる手がかりだけでも自分の手で見つけたかった。だが県警はおろか、実質的に班のリーダーになってしまった小森田も、決してそれを認めまい。須田を呼び出して協力を求めた。

三十分後、瞳と須田は《ワイズキャブ》を《デポシップ》の「砂丘口」に着けた。すでに夜十時を回り、人気（ひとけ）も灯りもない。県警では捜一と組対が競い合うように国際密輸事件を追いかけ、人質になった「ストリートチルドレン」のことは後回しになっているとしか思えない。押収した証拠品にサヤの靴が含まれていることを隠していたのでも判る。その一方、《レモラ》の存在は木戸の指示で《実働部隊（AT）》の外には伝わっていない。だから自分が動かなければ、サヤちゃんは助からない——すべては、私のせいなのだから。瞳がこの場所をもう一度調べようとしていたのは、足跡や衣服の繊維などの遺留物から、サヤが《レモラ》に乗せられた確証を掴むためだ。京都駅で保護され、無事に親元に帰された偽のサヤが着ていたのは、靴も服も、似てはいても、瞳が買い与えたものではなかったからだ。

須田がヘッドランプを頼りにデジタル南京錠のカバーを開き、メモしておいた七桁の暗証番号を入力する。ここを封鎖するとき、越村警部はこの数字さえ教えてくれなかったので、施錠している刑事の横合いからスキミングしたのだ。ピンの頭ほどのLEDが赤から緑に変わり、錠が解けた。巨大な鉄扉は、重さの割に滑らかに開いた。中には巨大な暗闇が詰まっている。

「スダッチ、ここで見張ってて。万一、県警の人間が来たら、適当な理由をつけて一時間は入れちゃだめよ」子どもに言い聞かせるように指示する。「何かあったら知らせて」

「わかりました」

ヘッドランプの灯りを頼りに中に入った瞳の背後で、須田は鉄扉を閉めた。しばらく切っておいたスマホの電源を入れ、ここでは見張りもできないと窪地の縁に這い上がったとき、重大な過ちに気づいた。知らせるも何も、この鉄の箱の中に電波が届くはずがないのだ。ここをアジトにしていた敵は、光ファイバーでも引き込んでいたに違いない。今ならまだ間に合うと、身を翻して砂の斜面を下りようとしたとき、小森田から着信があった。

「困ったな」しばらくためらった後、須田は通話を繋いだ。

小森田は調査任務を終えるために、明日日帰りで酒田に往復すると瞳に伝えておこうとしたのだが、電波の表示は「圏外」だったので、二度試みた後に須田を呼び出した。

「あ、小森田先輩」須田は小声でささやく。

「そこはどこだ?」小森田は訊いた。「物原も一緒か」

「ええと……言ってもいいのかな」画面の須田が背後を気にするような素振りをする。何やら落ち着きもない。

「何をこそこそやっている。さっきも一時間くらい端末の電源を切っていただろう。ならジーヴスに訊くぞ」

「わかりましたよ。《デポシップ》の『砂丘口』です。瞳先輩は中にいて……もう一度現場を調べたいと言って……」

「で、おまえは何をやってんだ」

「県警が来ないかどうか見張ってます。でも考えたら、瞳先輩にここから連絡する手段もありませんよね」

そういうことか——ようやく腑に落ちた。《デポシップ》の中に一切の電波が届かないのは、海の中と同じだ。

「その様子じゃ、県警だけじゃなく、どうせ室長にも内緒なんだろう」

「やっぱり……言わないとダメですよね」

「当たり前だ。だが心配するな、これからおれもそっちに行くし、叱られるにしてもどうせ明日だ。しょうがないから一緒に頭を下げてやるよ」

通話を切り、ジーヴスに訊く。「逆神さんはいま金沢市内にいるのか。この時間だとSIPではないだろう」時刻はもう午後十時を過ぎている。

「逆神様は今夜、井伏様とご一緒に小松基地に滞在されておられます。『木戸部隊の全体会議』があるとかで」

「タイミングが悪いな」小森田は舌打ちした。「いや、さてはあいつら、その隙を突いたな」

小松基地の一隅に建てられたゲストハウスの一室で、逆神と井伏は取り損ねた夕食を摂っていた。その傍ら錯綜した情報をタブレットで整理する。大量の情報が多方面から押し寄せ、交通整理をしておかないと脳がオーバーフローしそうだ。

「それにしても、今日は壮観でしたなあ」ナポリタンソースで唇を真っ赤に染めた井伏がまくしたてる。「各組織から選(え)りすぐりの精鋭が一堂に集まるっちゅうのは、なかなかありまへんで」

今夜、二人が小松にいるのは、木戸副長官が招集した《実働部隊(AT)》の、いわば創立記念式典に出席したためだ。《ワイズキャブ》はA班が使っており、井伏のたっての希望で一区間だけ北陸新幹線に乗ったが、金沢から十分とかからなかった。

さして広くない一室に、鷲津一佐以下情報保全隊、才谷三佐ほか航空自衛隊、敦賀から急行してきた海上自衛隊や海上保安庁、さらに陸上自衛隊の施設部の隊員たちまで、総勢五十名近くが整列した威容が、軍オタの井伏を興奮させたのだ。この寄り合い所帯にはまだ正式な名前がなく、《木戸機関》とでも呼ぶしかない。

濃紺の制服に身を包み、防弾ヘルメットを抱えた五、六人の特殊部隊員は所属不明だったが、一人に「小森田は元気でやっていますか」と言われ、ようやく警視庁警備部に所属する特殊急襲部隊(SAT)だと気づいた。

久しぶりに実物を見る木戸は指揮官としての威厳に満ち、部隊の全軍を率いるのに相応しい。これほどの混成部隊を組織し指揮する権限を、この人はいったいどこから与えられたのか——逆神の頭を何度目かの疑問がよぎった。

「今日の午後、クルーズ船『バーニング・アジア』はシンガポール港に到着し、明日まで停泊する予定だ。この後今月二十九日には釜山、十月二日には羅先に寄港し、函館を経由して十月六日に再び金沢港に戻る。このいわば『Xデイ』が敵を一網打尽にする絶好のチャンスである。インターポールを通してシンガポールの警察当局に要請済だから、秘密裏に臨検が行われ、同時に特殊部隊が海中から船底を捜索する予定だ。広大な面積だから時間がかかるだろうが、これまでの調査から推測される超小型潜水艇《レモラ》が取り付いていれば、必ず発見されるだろう」

熱気とはうらはらに静まりかえった会議室に、木戸の声だけが朗々と響き渡る。自分たち研究者と話す時とは別人のような声。

鷲津一佐が挙手した。「もう役割を終え、海底に遺棄されたとは考えられませんか」

「いや、ここにいる逆神室長が率いる《超知能警察（SIP）》の分析では、敵は金沢空港内のアジト、彼らが呼ぶ《デポシップ》からさほど離れていない石川県東部のどこかに潜伏している。現時点で数個の核弾頭を手にしているが、なお複数が『バーニング・アジア』に残っているはずだ。貝崎（かいざき）三佐、《レモラ》の性能諸元は推定できたか」

海上自衛隊員らしい日に焼けた人物が答えた。「潜水艇の設計にはいくつものトレードオフがあり、各国からの監視を逃れようと小型化するほど、設計条件も厳しくなります。それらを総合すると、全長四メートル以内、積載可能重量二百キロ以内、全個体電池による推進を仮定しても航続距離はせいぜい百キロ以内と考えられます。ですが不確定要素も多く、これ以上正確な推定はできません」

「すると一度に運べる弾頭は一個だけか」

「国際原子力機関(IAEA)の査察とSIPの調査結果から考えれば、そう思われます」

逆神が挙手した。「すると敵は、再び金沢港と空港周辺で動き出すのでしょうか」

「必ず動く」木戸は自信と威厳を込めて肯いた。「だからシンガポール側には、たとえクルーズ船の船底で《レモラ》を発見しても、映像と放射線量を記録するに留めろと伝えてある。『バーニング・アジア』号が再び金沢港に寄港する十月六日に向け、貝崎隊は海と空の港を繋ぐ狭い水域に、マグロ一匹逃がさぬ網を張るべく準備中だ」

「本物の網も張りますよ」貝崎はニンマリ笑った。

「ところでこの会議を前に作戦名を考えたのだが、『欲張り犬(グリーディドッグ)』はどうだろうか」

全員の緊張が解け、屈託ない笑い声が部屋を満たした。川面に映った自分の姿に吠えかかったばかりに、犬がくわえた肉を落としてしまうイソップ童話は、確かに姿の見えない敵に似つかわしい。

「問題は犬がいつ吠えるかだな」ゲストハウスのベッドに横たわり、蒸気を発するアイマスクで目を癒やしながら、逆神は独り言のようにつぶやいた。

「木戸副長官は、十月六日の土曜日を『Xデイ』と言うてましたけど、それまでの間に水曜日は二度もあるんでっせ。捜査の手が緩んでないと敵が見れば、別の子どもが殺されてしまいますがな」

「わかっているさ。だからこそ、西田とジーヴスが驚くべき速度で、敵の素性と行動を洗い出し、県警にも伝えている。だが、県内のエッジ側端末の被害は思いの他深刻で、《デポシップ》を退去したやつらの逃走経路が確定できない。まだ姿を見せない数十人もの協力者もいるから、隠れるのも容易だ。判明しているのは《デポシップ》から車で往復二、三時間程度、約百キロの範囲に集結しているだろうというだけだ。能登半島のどこかだろうとジーヴスは言ってる」

「おかしゅうないですか。子どもらを入れても二、三十名でしょ? 《デポシップ》に戻れない以上、わてならもっと遠くに逃げまっせ。能登半島じゃ同じ石川県警の管轄だし、南から追い詰められたら袋のネズミでっせ」

「ことによると《レモラ》の航続距離と関係しているのかもしれない。つまり、敵は『バーニング・アジア』が金沢港に帰ってくる日に、《レモラ》と核弾頭をどうしても回収したいんだ。子どもを楯にした脅迫も、そのための時間稼ぎだろう」

「だとええんですがね」

　明日の水曜日、もし次の子どもが遺体で発見されれば、県警は一斉捜査を強行する。敵はそういう選択をするだろうか。

「それより心配なのは、Xデイ当日、《実働部隊（AT）》が急襲した時に、敵が子どもたちをどうするのかだ」

逆神は考えた――敵はすでに複数の核弾頭の搬入に成功している。次の段階は、それらを効果的な場所に設置することだ。日本にできるだけ深刻な損害を与え、しかも自国の責任は問われない場所に。木戸の推測が中たっているならば、内戦国家と同様、あの子どもたちはテロの実行役としても利用されるだろう。

「ところで、相楽佳奈江の件がまだ宙ぶらりんでしたな」

井伏はこの一か月以上も、ＳＩＰと小松基地を行き来しては、情報保全隊や航空警務隊のメンバーと協力してこの筋を追ってきた。相楽佳奈江が防衛省の幹部職員のうち少なくとも二人の死に関与したことには、もはや動かぬ証拠があり、瀬尾総括官の事件では栃木県警も動き出したが、木戸副長官の指示で、主導権は警務隊が握り、警視庁が協力するという変則態勢を取っている。瀬尾と密会していたことが露見する直前に、相楽佳奈江は防衛省を休職して姿をくらましていた。

「それがどうも、被害者はもう一人おるらしいんですわ。しがない中年探偵で、ＶＪの記録によれば相楽佳奈江は九月四日に事務所を訪れてます。この男は六日の木曜日に神田小川町の探偵事務所を出たきり行方不明だったんですが、会津若松市内の空きビルで惨殺体で発見されてます。死亡推定日時も防衛省のお偉いさんより一日か二日、後ですねん」

「那須塩原からも遠くないな」

「でっしゃろ。これは警視庁が調べとるんですが、犯人に繋がる証拠はまったく上がってまへんし、女一人の犯行とは思われん節もあるらしいんですわ」
「『惨殺体』と言ったな」
井伏が現場写真を画面に呼び出し、血を見るのが苦手な逆神は目を逸らした。「い
ったい何本あるのかわからんほどの傷ですけど、致命傷は心臓を貫く刺し傷やそうで
す。つまり犯人は、縛られた被害者を殺した後でも、死体を嬲るように全身を切りつ
けたちゅうわけです。科捜研の専門家によると、快楽殺人に見られる特徴とか」
「これまでの犯行とは趣が違うが、本当に相楽佳奈江が犯人なのか」
「そこは刑事さんらの判断ですわ。気になるのは動機ですけど、どうにも腑に落ちま
へん。相楽佳奈江がこの冴えない探偵に何を依頼したのかは、書類も無くてわかりま
へんが、コーヒーを出した事務員の女性が、『自分を尾行して行動を突き止めてく
れ』というような話を小耳に挟んだと証言しとります」
「自分を尾行させる？　いったい……」何のために、と続けようとしたが、その言葉
は状況に比べて陳腐すぎる。「それを素直に解釈するなら、相楽佳奈江は自分の行動
を思い出せないことがあるわけだ」
「もし、その間に凶悪事件を起こしていたなら、まさに『ジキルとハイド』でんな」
「だが、探偵がその依頼を受けたのなら、当然那須塩原での犯行を目撃したはずだ。
なぜ危険を冒してまで、殺人犯とわかっている相手に会う？」
「現場は高速道路上ですから、殺すところまで目撃できたかはわかりまへん。ただの

浮気現場だと思ったのかも。それを相楽佳奈江本人に確かめ、場合によっては口止め料でもせびろうとしたのかも知れまへんな」

「だが相手を見くびって油断していたため、凄惨な返り討ちに遭った」

「あるいは共犯者の犯行かも知れまへん」

逆神は黙考した。やがて出てきたのは自分でも意外な言葉だった。

「もしかすると……相楽佳奈江も水野曹長や篠田一輝と同類なのだろうか」

「え？　なぜですねん」

「彼らに共通するのは、何か荒々しい衝動を抱え、自分を制御しきれない場合があったということだ。水野の場合、それは『誰かに制御されていた』ということでもある。佳奈江の連続殺人も、別の人間が薬物を利用してやらせているとしたら……」

「まさに『カリガリ博士』ですけど、そんなことがホンマにこの世にあるんですかね」

その時ヘッドボードに置いた携帯端末が震え、小森田の名を表示した。

報告を受けた逆神は瞳たちの無断行動に憤(いきどお)ったが、小森田にフォローを頼んで通話を切った。

空港の敷地を囲むフェンスが開き、一台の車が進入してきた。どこでも見かけるロードサービス車だ。須田は一瞬、小森田が到着したのかと思ったが、こんな車に乗ってくるはずはない。近づきながら様子を窺うと、ビームライト越しに男女が並んで乗っているのが見えた。なぜこんな時刻、こんな所に——取りあえず両手を拡げて進路に立ちふさがる。

「ここは立入禁止です！」

運転席の窓が半分開いて銃声がした。胸に弾丸を受けた須田は砂地に倒れた。ライトを消した車から何人かの人物が降りてくる気配がする。ようやく目の端に捉えた姿は、眩い光に包まれた二つのシルエットに過ぎなかった。そのライトも消え、あたりは一面の闇に包まれた。激痛に身を折って喘ぎながら、何とか助けを呼ぼうと胸ポケットのスマホに手を伸ばしかけたが、駆け寄ってきた男に取り上げられた。続いて拳銃の銃把で頭を一撃され、そのまま意識を失った。

サービスカーの運転席と助手席から降りてきた《笛吹き》と相楽佳奈江は、ぐったりした外国人風の男を窪地の底まで運び、横たえた。後部ドアから降りてきた目出し帽の男は、荷台から持ち出したディーゼル発電機を両手に提げている。

「この男は、最近なぜか私たちの周りをうろついている科警研の一人よ。中にも誰かいると思う」

「暗闇で近づいて片付ければいい」《笛吹き》は言い、目出し帽にも指示する。「おまえはコマンド装置の起動を急げ、灯りはつけるな」

　黙って肯いた目出し帽は、鉄扉のすきまから中に滑り込んだ。窪地の底に駐めてある《ワイズキャブ》を見やった。ここに着いて二十分も経っていないことは知っている。今夜、回収作業をしなくてはならない《デポシップ》に、折悪しくこの車が来たという通知で駆けつけたのだから。仕掛けは単純で、県警が取りつけたリアルタイムGPSロガーのパケットを盗聴（スニッフィング）したのだ。防犯カメラ端末のハッキングに比べれば児戯に等しかった。仲間同士でつまらない腹の探り合いをしているから、敵につけ込まれるのだ。

《笛吹き》は倒れた男の血に汚れた顔にシグ・ザウエルを向けたが、これ以上銃声を立てて、中にいる人間に気づかれると始末が面倒だと思いとどまった。息を吹き返す様子もない。一緒に連れ込んでどこかに拘束しておけば、ミキオと同様に失血死するだろう。それよりも問題は今夜、作業を決行するかだ。敵は倒せるだろうが、時間の余裕もない。それにこの車が邪魔をしてサービスカーを入れられなければ貴重な《荷》を回収できない。レッカー装置を使えば移動できるが、イモビライザーが起動して警備会社か警察に通報される危険がある。倒れた男のポケットには、スマートキー一つ入っていなかった。

《笛吹き》は決心して窪地の縁に戻り、《パペットマスター》に連絡した——作業は今夜決行するが、回収場所は変えるしかない。周辺地域にいる見張り役を何人か《デポシップ》に招集してほしい。

折り返し、回航地点の指示があった。急いでコマンド・シークエンスを変更しなければならない。目出し帽が電源を繋いで再起動しようとしているのは、《レモラ》にコマンドを発出する特殊な音波発生装置で、本体は《デポシップ》の床下にあり、給電用プラグも目立たぬように隠されているから、県警の捜査で発見されたとは思えない。無線操縦が不可能な《レモラ》への唯一の遠隔通信手段であり、後は本体に直接コマンドを入力するしかない。

残った二人は足音に注意しながら、何かを捜しに来たらしい獲物を追って移動した。《笛吹き》は赤外線ライトを手にしていたが、二人とも楊博士の施術を受けているので、物を見るのに光は要らない。鈎型に曲がった「車道」を並んで歩き、「広間」と呼んでいた海側の最大区画に出ると、ハッチの近くで四つん這いになり、懸命に何かを調べる女の姿が、ヘッドランプの白色光に包まれていた。佳奈江は柱の陰から、目を細めてその光景に見とれた。この女を自分の手の中で存分に怯えさせ、命乞いをさせ、ゆっくりとなぶり殺すところを想像する。中年男を殺すよりもはるかに楽しめそうだ。

二週間前に探偵を殺したときの光景が浮かんだ。あの殺人を転機に自分は大きく成長し、実体のない恐怖から解放された。二人の佳奈江も一人に戻った。《パペットマスター》と楊博士も、殺人者としての仕上がりに満足してくれた。

「どうやらあの女一人だけだ」目出し帽にコマンド変更を指示しがてら、各区画をざっと調べてきた《笛吹き》がささやいた。「始末は任せる。《レモラ》はここでなく、直接《マスター》の元に回航することになった」

錆び臭い鉄の床に這いつくばった瞳は、ヘッドライトを暗くし、ハッチ周りの床にペンライトのような鑑識用光源（クライムスコープ）を当てた。十五分ほど捜して、ようやくスニーカーの足跡と、いくつか残された子どもの指紋が確認できた。どちらもサヤのものだ。立ち上がってハッチを開けてみる。自分の力で持ち上がるか心配したが、なぜかロック部分が空洞で、無事に開けられた。蓋が床に倒れる重たい金属音に思わず身をすくめる。ふたたび腹ばいになって子細に調べると、ステンレスの梯子の一段に、細い指で擦ったような不鮮明な痕が見つかった。県警の現場鑑識班がこれらを見逃したのは、膨大な数の足痕跡や指紋があり、人物の異なりを特定しただけで切り上げたからだろう。ミキオが命と引き換えに伝えようとした通り、サヤはおそらく核弾頭と交代で《レモラ》に乗せられ、クルーズ船で海外に拉致されたのだ。少なくとも、明日殺される子どもはサヤではない。奇妙な安堵を感じた、その時——鉄床全体が、かすかな音を立てて振動した。昔聞いたプッシュホンのボタン音に似ているが、それよりも複雑で長く続く音だった。

三キロ離れた海中で、メガフロートの反対端に吸着していた楕円形の物体が、深海生物のようにゆらりと泳ぎだした。時速三十キロ足らずのゆっくりしたペースだ。それが目覚めたのは、ほぼ一か月ぶりに「コマンド音」を聞いたからであり、そうでなければ小さなプロペラで最小限の電力を補給しながら、貴重な《荷》を狭い船艙(ホールド)に抱えたまま、その目立たぬ一角に何年でも留まっていたはずだ。メガフロートの床下、フロートユニットの継ぎ目に沿って進んだ自律機械は、やがて水中カメラが捉えた特徴的な構造を発見して近づいた。それは人体内の抗体が細胞表面の受容体に結合する光景とそっくりだ。現代の無人機はどれも高度な自律性を備えているが、《レモラ》に搭載されたＡＩ制御技術は、電波で操縦できない水中機械の限界を過去のものにしようとしていた。

今の音は何だろう。立ち上がって目をこらした。現場保存のために封鎖され、電力も切られているこの空間で、たしかに機械のようなものが動いた。隣接する利用区域にある機械なのかもしれない。それともこの暗闇の中に、別の誰かがいるのだろうか。一旦、須田がいる「砂丘口」に戻った方がいいかもしれない。身を屈めてクライムスコープを拾い上げたその時――、

「お姉ちゃん」声を聞いた気がした。だが、ここにサヤがいるはずもなく、あの子を心配する余りの幻聴に違いない。「ここよ」いや、確かに聞いた。

「サヤちゃん！」呼びかけると、海側の区画に通じる仕切りの奥から返事があった。

「お姉ちゃん！」

立ち上がって仕切りの中に飛び込もうとした瞳は、仕切りの陰に隠れていた人物に羽交い締めにされ、鉄壁に頭を二度たたきつけられた。後ろから髪の毛を摑まれ、喉に冷たい刃が突きつけられる。身をよじろうとすると、女の声がした。

「動いちゃダメよ。首を搔き切られたくなければね」

「サヤちゃんはどこ」

背後で女が笑う気配があり、サヤの声で答えた。「バカね、お姉ちゃん。あたしがまだこんなところにいるわけないじゃない」

壁に押しつけられ、肩に手をかけて向かい合わされた。ヘッドランプに照らされた相手の正体に気づき、瞳は息を吞んだ。身体に密着した黒いトレーニングスーツ姿の相楽佳奈江は、瞳の喉にカーボンスチールのナイフをあてがったまま、別の手でヘッドランプをむしり取り、背後に放った。それは開けたハッチの近くまで滑って行ったが、拳銃を持った男が現れ、足で踏みつけると、あたりは元の闇に包まれた。手を伸ばせば届く近さ、そして数歩先にもう一対、緑色に光る蝶のような目が浮かんでいるのを、瞳は信じられない思いで見つめた。この連中はどこまで怪物に変貌してしまったのか。誰にどこまで操られているのか。だがその時、県警の取調室で一瞬垣間見たショータの目を思い出した。この二人が暗闇の中で不自由なく動き回っている理由も。

「もうここに用事はない。この女を殺して引き上げよう」

佳奈江の背後から男が言う。最後に見たときと同様、照準を瞳に向けているに違いない。須田は無事だろうか。応援を呼んでくれたか、それとももう殺されてしまったのか。

「あんたたち、須田をどうしたの？」

背中に回した左手で、気づかれぬようにウエストポーチの中をまさぐる。もちろん武器は持っていないが、この場で役立つかも知れないものが一つだけある。

「須田？　あのデカい外人なら死んだよ。すぐに天国で会えるさ」

瞳は全身の力が抜けて、壁際にしゃがみ込んでしまった。ナイフを逆手に持ち替えた佳奈江が勝ち誇ったように立ちはだかり、瞳を見下ろしている。だが、頭の片隅には逆に冷静さが戻ってきた。この二人は私を殺すつもりだろうが、特に相楽佳奈江はこの状況を楽しんでいる。そこにわずかな可能性が生まれるかもしれない。

「ねえ、同僚を何人も殺して、満足した？」ようやく探り当てたものを右手に握りしめ、相手を挑発した。

「余裕のあるふりをするんじゃないよ」緑色の目が醜く歪み、ナイフがゆっくりと頭上に下りてくる。「まだ生き延びられるかもしれないと、虫のいいことを考えてるんだろう」

緑色の目がふたたび顔に近づいてきた。瞳は背に回した右手で小型のスタンガンを握りしめた。容易に隙を見せる相手ではないし、そもそも暗闇の中では勝負にもならない。これ以上挑発を続けたら、逆上した相手に切り裂かれるかもしれないが、その一瞬にしかチャンスはないのだ。

「卑劣な人殺しが勝ち誇っているんじゃないよ。犬に襲われて小便を漏らすほど怯えたくせに。いっそ食い殺されればよかったんだ」

「死ねッ！」

瞳は必死で上体を横に倒した。左肩に鋭い痛みを感じると同時に、相手の顔にスタンガンを突きつけ、トリガーを握った。昼のような光があたりを満たす。相楽佳奈江は短い悲鳴を上げ、ナイフを持った右手で顔を覆った。わずかな光をも数百倍に増幅する目に、この火花はあまりに強烈なのだ。渾身の力で壁を蹴り、目に焼き付いた残像だけを頼りに、低い姿勢で佳奈江の下半身を突き飛ばした。男──あれは《笛吹き》ではなかったか──が立っていたのとは反対側だ。銃声と跳弾の音が同時にした時、瞳はハッチの下に広がる闇夜の海へと頭からダイブしていた。

金沢港の大浜埠頭では、数日前から海上自衛隊員が設置作業に追われていた。このシステムは、港内から空港メガフロートの周辺海域にかけてのあらゆる音響を探知できる性能を持っている。この週末からは、普段は潜水艦のソナー要員として勤務している若手隊員たちが、三交代の二十四時間態勢で監視に当たることになっていたが、任務の本格化は、シンガポールからクルーズ船が戻ってくる来週以降と聞いていたので、現在は日常的な背景音を収集して本番に備える予行演習という程度の意識だった。

だが、メガフロートの西南端に設置したソノブイからのデータが届き、システムのAIが警告を発した時、当直の隊員はただちに小松基地にいる上官に連絡を入れた。

「木戸司令！」貝崎三佐はすぐに居室にいる木戸に伝えた。「メガフロートに設置したソノブイに反応がありました。プッシュホンのDTMF（Dual-Tone Multi-Frequency）信号に似た未知の信号と、微小なスクリュー音をキャッチしたそうです」

「なんだと！」

木戸が驚きの声をあげた。貝崎だけでなく、この人物があわてる様子を目にした者はこれまで誰もいなかっただろう。もっとも、《木戸機関》の全員にとって、《レモラ》がシンガポールにいるクルーズ船の船底に付着していることは暗黙の前提であり、メガフロート近辺に潜伏していると疑った者は誰もいなかったのだ。

「わかった。すぐに臨検中のシンガポール当局に、結果を照会する」

十分後に非常呼集がかけられ、夕刻と同じ会議室に各組織からのメンバーが集まることになった。熟睡していた井伏を揺り起こし、逆神は言った。

「Xデイは十月六日じゃない。今夜だったんだ」

夜十一時過ぎ、ＳＩＰに近いビジネスホテルから自動運転タクシーでやってきた小森田は、開いていた敷地フェンスから入り、携帯端末のライトを頼りに「砂丘口」へと歩いた。放置されたロードサービス車の脇を通り、窪地に停めた《ワイズキャブ》をのぞく。二人は中で、歓迎されない捜査をしているらしい。少し開いた鉄扉から自分も入ろうとしたとき、ジーヴスがささやいた。

「お待ちください。何かしら様子が変です」

「どこがだ」

「あの場所にロードサービス車がいる理由がありません。しかもあれは《ワイズキャブ》の後から入って来たはずです。乗っていた人間もこの中にいると考えるのが合理的です」

「なぜわかる」

「複数の足跡が『砂丘口』の方向に続いています。また、最前、空港敷地フェンスの入口でタイヤ痕の重なり具合から判断しました。須田様との最後の通話でも、あの車の件など出てきませんでした」

　確かにそうだ。ここで自分を待っているはずの須田の姿が見えないのも不審だ。

「どちらか一人を見つけて聞けばいい。不測の事態が起こっていても、それからでも対処できるだろう」小森田は鉄扉の中に入りかけた。

「お待ちを！」ジーヴスが緊張した声で言う。「ご承知だと存じますが、この中には一切の電波が通じません。わたくしもセンターシステムやこの《ワイズキャブ》とも切り離されますので、ごく限られたお手伝いしかできません。今しばらく、ここでわたくしの話をお聞きになってください」

「わかった。では何ができる」

「まず、灯りを点けて進まれるのは危険です。わたくしはここの間取りを知っておりますから、暗闇の中でも道案内ができます。また、間に鉄の壁がなければ、物原様や須田様の携帯端末の位置もお伝えすることができます。まだ破壊されていなければですが」

「そんな兆候があったのか」

「須田様からの最後の通話の切れ方は、歩いて中に入られたにしては急激で、不自然に感じました」

小森田にもジーヴスの危機感がようやく伝わってきた。左脇でグロック17の存在感を確かめる。この拳銃は日本警察の採用モデルとしては最多の十七発の九ミリ・パラベラム弾を発射できる。ジーヴスに《ワイズキャブ》のドアロックを開けさせ、使えそうなものをすばやくピックアップした。鉄扉を大きく開け放ち、ポッカリ開いた暗闇の入口に立つ。

「ではハッチのある広い区画まで案内してくれ」

「かしこまりました。車輌の進入路に沿って進むのがよいかと。この開口部をくぐって海側に五十歩……そこを左六十度に折れて八十歩ほど……次に……」

適確な案内によって暗闇に道ができてゆく。忍び足で進みながら二人の無事を祈った。


小松基地を飛び立った航空自衛隊のV-22オスプレイは、金沢空港を目指していた。大型トレーラーの荷台ほどの狭いキャビンに、十六名もの人間が詰め込まれている。逆神はメガフロートで起こりつつある緊急事態を伝えようと携帯端末を手にしたが、小森田を加えたA班三人の誰もが「圏外」だった。すでに中に入ってしまったのだ。動き出した《レモラ》がもし核弾頭を積んでいるのなら、敵はあのハッチから回収を試みるに違いない。県警が現場保存のために封鎖しているあの場所で、もし三人が敵と遭遇したら――逆神は決心して、北陸自動車道を指揮通信車で移動中の木戸副長官に事態を伝えた。木戸は司令官としてこの機に同乗する気でいたが、それでは自分たちが思いきって任務を遂行できないと鷲津一佐に説得され、ようやく思いとどまったのだ。指揮通信車には才谷三佐が同行している。

「なぜ今夜、君の部下がそこにいるんだ」

報告を聞き終えた木戸が詰問した。逆神は自分の監督不行き届きを詫びた。

「念のため、石川県警を通して空港警察署に応援を頼め」

金沢空港は国際空港だから、日本で六番目の空港警察署が設置されている。逆神はそこの署員に「空港口」から様子を見に行ってもらおうと考えた。

石川県警捜査一課の越村警部は自宅で就寝中だったらしく、画面を切ったまま不機嫌な声を出した。

「あそこはわれわれが封鎖している。不審者が入り込めるはずがない」

「いや、現にうちのメンバーが調査している。経緯は後で説明するから、空港警察署に出動を頼みたいんだ」

「勝手なことをするじゃないか。封鎖現場への不法侵入、証拠品の無断持ち出し——あんたは部下にどういう躾をしているんだ」

「元はと言えば、うちの調査メンバーを《デポシップ》から締め出したのが悪いんだ」

言い争っている場合ではないと知りながら、言わずにいられなかった。相手の怒りに油を注いだのは間違いない。

「捜査経験もない素人さんらに、重大犯罪の現場を引っかき回されたら困るからだよ！」

「わかった。もういい」逆神はこの男からの協力を諦めた。「空港警察署に直接、不審者の侵入を通報する」

「その通報は誤報だから取り合うな、と連絡するさ」

「一市民からの通報も、あんたはそうやって握りつぶすのか！」逆神はローターの騒音に負けない大声を張り上げ、仕方なく切札を出した。ジーヴスからの報告で知ったばかりだ。「うちのメンバーが犯人グループに追尾されたのは、あんたたちがうちの車輛に仕掛けたGPSロガーを盗聴されたからだ。違法捜査の手段を犯罪組織に利用されたことが知れれば大ごとだぞ。ささいな頼み事くらい受け入れてもいいだろう」

「……クソが！」越村は一言唸り、通話を切った。

これで少なくとも空港署への通報を邪魔されることはないだろう。

三つ目の角を折れたとき、遠い暗闇を歩く二人分の足音が聞こえてきた。ライトも点けずに歩いている以上は敵と思うしかない。小森田は立ち止まって壁に張り付いたが、すぐに発見されるに違いない。

「五メートル戻ったところに扉があります。その部屋に隠れられれば」ジーヴスがささやく。

物音を立てぬように後ずさり、ノブを探り当てた。幸い施錠されていない。警察は鍵を持っていないからだ。部屋に滑り込んで扉を閉めたとき、紛れもない血の臭いが鼻を突いた。扉にガラスが嵌まっていないのを手探りで確かめ、携帯端末のライトを点けると、部屋の隅に凭(もた)せかけるように須田が座り込んでいた。シャツの胸を血に染め、手足をプラスチックの結束バンドで縛られている。顔に血の気がなく、一瞬、死体のように見えた。表の足音をやり過ごしてから胸元をはだけると、右胸に銃弾の傷穴が開いていた。背中を探ったが射出口はない。まだ息はあるが、このままでは確実に失血死する。須田のポケットを探ってハンカチを筒状に丸め、左手で口を押さえながら傷穴にねじ込むと、須田は激痛に息を吹き返し、見開いた目で懸命に小森田を見た。静かにしろと目で合図し、ゆっくりと手を外した。須田は喘ぐような息の間から言う。

「瞳先輩が……奥にいます。ハッチの周辺をもう一度……」

「わかった。すぐに救急車を呼ぶ。首を傾げてもう一本を加えた。ジッポのオイルライターを取り出し、手足の結束バンドを焼き切ってやる。「ここにいろ。すぐに戻る」

須田は二本指を突き出し、首を傾げてもう一本を加えた。ジッポのオイルライターを取り出し、手足の結束バンドを焼き切ってやる。「ここにいろ。すぐに戻る」

だが、来た道順を逆に辿って「砂丘口」に戻ろうと扉を開けた瞬間、外で様子を窺っていた人物が小森田に組み付いてきた。とっさに部屋に引きずり込んだが、背後に回られ、組んだ両手で首を裸絞めにされた。格闘技の経験があるらしく、模範的な「パーム・トゥ・パーム」だ。技が決まってしまえば、三十秒と保たない。小森田は最初に入って来た右腕の方に顔を精一杯ねじ曲げ、右手で左脇のホルスターから抜き出したグロックの銃身を、首の左側と相手の組んだ掌とのわずかな隙間に突き入れた。突然顔の前に現れた銃口に相手がひるんだ隙に頭を抜き、向き合った。凶暴な緑色の光をたたえた目が暗闇に浮かび上がる。だがそのわずかな光で、相手が目出し帽を被っているのに気づいた小森田は、左手で摑みかかり、横にずらした。あわてて戻そうと上げた両手を摑んで相手の身体を押し出し、頭を鉄柱に叩きつける。三度、四度とくりかえすうちに男は昏倒した。銃こそ使わずに済んだが、この騒ぎが表の連中に気づかれなかったとは思えない。

それでも部屋を出て、もと来た方に廊下を戻りかけたとき、突き当たりの曲がり角と思われる位置で銃火が見え、連射を浴びた。音のする方に向けて四、五発発射し、逃げ帰って扉を内側からロックするのがやっとだった。暗闇に散る銃火から判断して、行く手の廊下は自動小銃を構えた二人の敵に塞がれている。相手が見えないのでは太刀打ちのしようもない。ここに暗視スコープがあったら、と歯噛みした。

どこかの区画で、重い金属同士がガシャンとぶつかる音がした。廊下では朝鮮語で呼び交わす男たちの声。内容はわからないが、自動小銃を持った二人に、別の誰かが指示を出しているようにも聞こえる。

「いまの朝鮮語の翻訳結果はご覧の通りです」ジーヴスがいつになく硬い口調で言った。「なお、弊機(へいき)はただいま《緊急モード》に入っています」

携帯電話の画面が赤く明滅(ブリンク)した。見ると二行ほどの表示があった。

――(朝鮮語)《レモラ》は出た。侵入者を始末し、警察が来ないうちに引き上げろ。

二つの足音が長い廊下を駆けてくる。須田が言った二、三人より多くの敵がいるのは確実だ。さきほど斃(たお)した目出し帽を入れて少なくとも四人。鉄扉は内側からロックしたが、銃弾に晒されれば長くは保たない。勝算はゼロに近い。敵がこちらを警察官だと思っているのは、拳銃を持っているからだろうが、実際には県警も、小松基地にいる逆神室長さえ、ここで起こっていることは知らない。

苦しい息使いの合間に、須田がささやいた。「……先輩、端末を私に下さい」

「どうするつもりだ」

「その棚の向こうにもう一つ、別の細い廊下に通じる扉があるようです。歩けないかもしれないけど……這ってでも『砂丘口』に出て、応援を……呼びます。やつらは、僕が動けないと……思っているから」

「動くと命に関わる」

「ここにいれば……一〇〇パーセント、死にます。小森田先輩はここで敵を引きつけて……瞳先輩を救ってください」

「わかった。ジーヴス、須田を道案内してくれ」

「かしこまりました」

小森田は須田を助け起こして棚の裏側に回り、目立たない扉を開けて送り出した。銃撃戦のあった廊下よりもはるかに狭く、貨物船の通路のようだ。壁に手を突き、よろよろと歩き出した須田の後ろ姿を祈るように見送る。オイルライターを点け、廊下の反対側を照らしてみる。自分もこの扉を出て、敵の攻撃から逃れようかとも思ったが、ジーヴスに教えられた道筋によれば、目指す区画まではあとわずかだし、この細い廊下でそこに出られる保証はない。そもそも、逃げ回っていても敵の戦力を削げるわけではない。

小森田は踏みとどまる決心をした。オイルライターに火をつけて床に置き、部屋の中に目をやると、棚の脇に立てかけられていた二メートルほどの脚立が目に入った。重いものを扉に打ちつける音がしはじめる。ゆらぐ光の中で脚立を入口の脇に運び、脚を開いて立てた。床に倒れた目出し帽の延髄に、念のため銃把でもう一撃を加え、重い身体をようやく天板に担ぎ上げ、「へ」の字に凭せかける。開き止め金具のロックはわざと外した。それから脚立の後ろに回ってグロックを構え、左手で脚立のステップを摑んで待った。

扉の外で「떠나라（ツテオナラ）（離れろ）」という声がし、自動小銃が連射された。ロックがはじけ飛んだ扉を蹴り開けて二人の男が飛び込んでくるのと同時に、小森田は渾身の力で脚立を押し倒した。二人の身体は、頭上から落ちてきた目出し帽の身体と脚立の下敷きになった。一人の顔に狙いすました三発を撃ち込んだ後、グロックをベルトに挟み、這いだして体勢を整えようとしている別の男の胸を狙おうとしたが、男が立ち上がって自動小銃を向ける動きの方が速かった。小森田はグロックを捨て、自動小銃に両手をかけた。屈強な四本の手が一丁の自動小銃を渾身の力で奪い合い、やがて奪われた相手が首を撃ち抜かれて死んだ。

小森田は床から拾い上げた拳銃を左脇のホルスターに戻した。もうひとつの足音が暗い廊下を駆け去って行く。一体、敵はあと何人いるのか。奪った小銃を手元に引き寄せ、別の男の小銃からも弾倉を抜き取る。銃種は陸自の最新型制式銃である二〇式(ふたまるしき)小銃だった。弾倉の窓で残弾数を確かめながら、敵の正体に再び疑いが湧いた。敵の中には、統一朝鮮の軍人だけでなく、自衛隊員が含まれているということなのか。

いや、ここは単純に考えるべきだ――小森田は覚悟を決めた。自分がここで何を考えようと、その結論を誰かに伝える機会さえないかもしれない。それよりも物原瞳(マルタイ)を守り通すことが自分の使命だ。警備部でSPを目指したころの志が蘇ってきた。錠前が消し飛んだ鉄扉から廊下に出ると、闇の中を目標の区画へと進んだ。

「《レモラ》は《デポシップ》のハッチには近づかないようです。滑走路の海側に出て、海岸沿いに北東に向けて航行しています」

大浜埠頭の「監視所」からの続報が届いたのは、V-22オスプレイが金沢市内にさしかかったころだ。貝崎三佐は無線機のマイクを取り、機内の騒音に負けない大声を出した。

「木戸司令、このままでは三十分以内に全ソノブイが《レモラ》を捕捉できなくなります。私を大浜埠頭に降ろすようパイロットに指示しますが、よろしいですか」

「わかった。追尾できるボート(RIB)はあるのか」

「仮設倉庫に固形膨張式ボート(Rigid-Hull Inflatable Boat)――いわゆるゾディア

ックが一艘あります。ハイパワーの水中スクーターも。しかし潜水隊員が足りません。いま『監視所』に常駐しているいるのは一名だけですから。私を加えても二名、ボートの操縦者と水中スクーター一名だけで、潜水艇を追尾できるかどうか」

貝崎は忌々しげに、握りしめたマイクを睨んだ。「もっと敦賀から部下を連れてきておくんだった。千載一遇のチャンスだというのに」

貝崎の気持ちはわかる。一度動き出した《レモラ》は、目的地に接近するまでは通信不能だから、追尾すれば間違いなく敵の居場所を突き止められる。逆にここで見失えば、数個の核弾頭を持った敵に逃げ道を与えてしまうのだ。

来嶋一尉が横に座る鷲津一佐に目配せした。「貝崎さん、うちの来嶋を使ってやってくれませんか。潜水の技量は私と、たぶん木戸司令も保証します」

貝崎は値踏みするような無作法な視線で、来嶋一尉の全身を見回したが、他に選択肢がない以上、提案を受け入れるしかなかった。

二分後、木戸から機内に連絡が入った。シンガポール港に停泊中のクルーズ船「バーニング・アジア」号の船底を現地の特殊部隊が精査したところ、船首付近の船底に吸着している全長三・五メートルの超小型潜水艇一艇を発見した。つまり二艇またはそれ以上の《レモラ》が存在していたのだ。積荷の有無や種類についてはこれから調査するという。スクリュープロペラや舵(ラダー)に隠れた船尾の目立たない場所に、《デポシップ》と同様のハッチも発見された。停泊中であれば船内の荷を《レモラ》に積み込んだり、反対に荷下ろしできるはずだ。船はシンガポールを出航した後、朝鮮半島の釜山と羅先に向かう。サヤが乗せられているとすれば、ここで身柄を確保するしかない。

《デポシップ》という巨大な閉鎖空間の中に敵はいるのか。A班の三人はどうなったのか。逆神の隣では、井伏が空港警察署に様子を確認していた。空港ビルから電動カートで「空港口」に向かった巡査の一人が出た。同じメガフロート内部の空間でも、利用区域からはＷｉＦｉ経由で通話は可能だ。彼らは「空港口」までやってきたものの、ボルトで蓋が元通り締められていたため、急遽もう一名が空港施設課の担当者を呼びに戻ったという。

「ですが、さっき中で銃声のような物音がしました」

「急ぎや！」井伏は一声吠えて通話を切った。「県警はどこまで非協力的なんや。『空港口』を封鎖したことくらい情報共有でけんのか」

「本機はすぐに金沢港の大浜埠頭にいったん着陸後、すぐに金沢空港にひとっ飛びします。万全の準備を願います」フライトクルーの声が、スピーカーからキャビンに流れた。

「待ってくれ！」逆神は操縦席に一声怒鳴り、貝崎三佐に近寄った。「貝崎さん。そのボートをメガフロートの北東端の海岸に回漕し、そこから乗り込むことはできませんか」

「できるよ。むしろ敵潜水艇との距離が詰まって好都合なぐらいだ」

貝崎は専門家だけあって、逆神の戦略的な意図をすぐに理解した。逆神は現場指揮官である鷲津一佐の同行を求め、「砂丘口」近くの砂浜に機を着陸させるようパイロットに依頼した。貝崎は「監視所」の当直者に、高性能水中スクーター一台をゾディアックボートに載せ、その地点に急行するよう命じた。


《デポシップ》の心臓部である広間は、悪意のような闇と静寂で満たされていた。さっき逃げ去った男はどこに潜んでおり、他に何人の敵がいるのか。一か八か行動に出ない限り、何もわからない。小森田は廊下の壁に背をつけ、《ワイズキャブ》から持って来た発炎筒に着火してハッチの方向へ投げた。自動運転車が当たり前になった時代でも、警察車輛はLED式の代替品ではなく、確実に車検をパスする旧式発炎筒を備えているのだ。

走り込みながら状況を確認した。左から連射された自動小銃の銃弾が目の前の床で火花を散らす。床から浮き出したリブの反対側に飛び込み、伏射の要領で応戦した。このガランとした大空間では、鉄柱の陰や、高さ三十センチ足らずの床のでっぱりしか、身を隠せる場所はない。小銃の射手の他に、頬髯を生やし、ステンレス製の拳銃を構えた五人目の男が目に入った。《笛吹き》だ。どこで訓練を受けたのか、その射撃は正確で、銃撃戦は膠着した。

このままでは埒が明かない。小森田はさきほど奪い取った二〇式小銃の残弾がなくなったのを確認して静かに弾倉を抜き出し、二度、空のトリガーを引いた。自動小銃の男が前進しようと身を起こしたところを、弾倉を交換した小銃で連射した。上体に数発を食らった男は、仰向けに倒れた。床に伏せたまま、残りの全弾で《笛吹き》を狙ったが、右手の柱の陰に逃げ込まれた。

ハッチまでの距離は約十メートル。火煙の中で部屋の状況を確かめる。瞳の携帯端末、女性の持ち物らしいものがいくつか、そして黒革のローファーと並んで、アニメキャラが入った女児の靴が片方落ちていた。物原瞳の姿はどこにもなく、閉まったハッチの隙間から入った海水が床を濡らしていた。

狭い通路を必死に這ってきた須田は、ようやく《ワイズキャブ》を駐めた「砂丘口」にたどり着いた。無理に動いたために出血が増し、意識が消えかかりそうだった。

——僕はこんなところで死ぬのか。

情けない思いで一杯だった。自分で提案したことさえ果たせない、半人前の逆神研メンバーで終わるのかと思うと、屈辱だけが生き残る気がした。その時、掌の端末が震動し血のような赤い光を明滅させた。

「須田様、お気を確かに。ジーヴスです。ここの状況は逆神様にお伝えしました。《ワイズキャブ》のロックを解除しますので、私を運転台にお連れ下さい」

「それで……どうする」

「モニター画面下のUSBタイプ-Cケーブルをこの携帯電話に接続してください。あとはわたくしがやりますから」

須田は死力を振り絞り、開いたスライドドアから車内に乗り込み、ジーヴスの指示に従った。車内のサーバーシステムに生命が吹き込まれたかのようにLEDの星座が瞬く。そのまま床に倒れて意識を失った。車が静かに動き出す気配を感じながら。


あと三分――それまでに決着をつけなければ、発炎筒は燃え尽き、ここは再び闇に沈む。相手はそれを承知で時間を稼いでいるに違いない。撃ち尽くした自動小銃を脇に押しやり、片膝をついて、柱の陰から撃ってきた《笛吹き》にグロックの狙いをつけた時――小森田は背後から忍び寄った何者かに深々と背中を刺された。

振り返ると黒いトレーニングスーツを着た女が、刃渡りの長い黒錆塗装のナイフを顔の前に構え、微笑を浮かべて立っていた。連続殺人を犯して行方をくらました相楽佳奈江だ。

銃を向けようとした右手が上がる前に、一閃したナイフに手の甲を切られた。袖が濡れているのか、潮の香りのする滴が頬に降りかかる。その動きは敏捷そのもので、間合いを詰めようとした瞬間、空手かテコンドーのようなミドルキックを左脇腹に食らった。かろうじて倒れなかったが、続く後ろ回し蹴りでは女の足裏がこめかみをかすめた。この女は左脚に重傷を負っていたはずだ。いったい何が、これほどの運動能力を与えているのか。
一、二歩後ずさり、相手に銃口を向けようとして、右腕に銃を支える力が残っていないのに気づいた。背中と手の傷口から、まるで自分の生命そのものが流出してゆくようだ。動きが止まった右膝を後ろから撃ち抜かれた。シグ・ザウエルを構えて近づいてくる《笛吹き》の姿を目の端で捉えながら、床にくずおれた。小森田にできたのは、倒れる場所をわずかにずらすことだけだった。
己の未熟さを恥じた。小森田をすばやく組み伏した佳奈江は、力のこもらぬ右手からグロックを奪い取り、近づいてきた《笛吹き》の足元に滑らした。だがその間に小森田は、背中が下敷きにしたある物を陰になった左手で探り当てた。

「この男は私の獲物よ！」

「そこを退け。さっさとこいつを殺して逃げなきゃ警察が来る」

《笛吹き》はさらに一発撃ち、弾は小森田の左肩を砕いた。あふれ出た絶叫が広い空間に反響した。佳奈江は忌々しげに舌打ちすると、立ち上がって一歩後ずさり、黒刃のナイフを構えた。せめて最後のとどめだけは自分に刺させろと言うように。反撃の機会は永遠に失われた——小森田は覚悟を決めた。

「物原瞳をどうした」誰にともなくささやいたが、自分たちが入って来た「砂丘口」以外には、そこのハッチしか出口がないのだから、瞳の命運が尽きたのは明らかだ。

発炎筒が燃え尽き、空間を再び暗闇が満たす。小森田が最後に見た光景は、両手でシグ・ザウエルを構えた《笛吹き》の立ち姿だった。あの腕前なら、まずおれの頭を外さないだろう。無駄に苦しまなくても済みそうだ。

V－22オスプレイはメガフロート北東端に近い砂地に降り立ち、貝崎三佐は来嶋一尉を連れて海岸の方へ走り去った。逆神はまさか自分が、鷲津一佐率いる《実働部隊（AT）》の先頭に立つ羽目になるとは思わなかったが、他に《デポシップ》の内部に入った経験者がいないのだ。急いで「砂丘口」に回ると、大きく開け放たれた鉄扉の前には何もなく、ただ晩秋の満月が斜めに差し込んでいるだけだった。

突然、音もなく疾走してきた《ワイズキャブ》が、眩いヘッドライトを点けた。驚いて振り返った《笛吹き》の身体は、正面からなぎ払われて鉄壁に叩きつけられ、押しつぶされた。激突音と短い絶叫に混じり、人体が潰される異様な音が響いた。壊れたライトが切れ切れに揺れる光をばらまく。叫び声を上げた相楽佳奈江がふたたび小森田に馬乗りになった。逆手に持ったナイフを心臓めがけて振り上げるのが見えた。小森田は最後の力を振り絞り、佳奈江の左股に、右手に持ち替えたスタンガンを突き立て、トリガーを握った。悲鳴を上げて動きを止めた佳奈江の下で不自由な上半身を勢一杯に起こし、スタンガンの底に渾身の力を込めると、二本の電極が皮膚を破り、血に塗れた。

数秒後、奇怪なことが起こった。佳奈江が全身を震わせ叫び始めたのだ。逆光に浮かび上がったその表情は、人が一生に感じる恐怖が一度に押し寄せたかのようだ。彼女の中で何かが壊れているようだった。

「助けて！　もう許して！」痙攣はなおも激しさを増し、表情の変化は生身の人間のものではなかった。恐怖の、快楽の、悲しみの、怒りの、楽しさの、憎悪の、驚きの表情が、一つの顔を奪い合うかのように交錯した。「《パペットマスター》！　東玗さん！　お願い、来て！」

最後に一際高く絶叫した佳奈江は仰向けに倒れた。見開いた目から一筋の涙があふれだし、目尻から耳孔へとゆっくり伝い落ちた。

まばゆい投光器の光が一帯を照らし、駆け寄った人物が小森田に呼びかけた。

「大丈夫だ、小森田。おまえはきっと助かる」

「逆神室長、ずいぶん……早かったじゃ、ないですか」

「しゃべるな。後はジーヴスに聞く」逆神は気遣わしげに振り返る。「救急搬送の準備を！　早く！」

「空港の医療スタッフが『空港口』の向こう側に来てくれています。もうすぐです」

だがまず、若いＳＡＴ隊員が自分のマフラーを抜き、小森田の左腕を止血してくれた。

「空港口」の封鎖がようやく解除され、担架で運ばれる小森田を見送った逆神は、仰向けに倒れた相楽佳奈江のかたわらに跪き、頸動脈に指を当てたが、やがて立ち上がった。天を仰いだ女の顔には意外にも安らかな、だが淋しげな表情が浮かんでいた。ジーヴスと普段通りに話すには、「空港口」から利用区域に出なくてはならなかった。

「あの女に何が起きたんだ、ジーヴス」

「わかりません。何かが誘因となって、薬物ショックに似た症状が起きたようです。わたくしたちの言い方では最強度の《態度の豹変(サドウンチエンジ)》が起きたわけで——」

「わかった」徹底した司法解剖の結果を待つしかない。今はもっと重要なことがあった。「瞳はどこにいる」

「その前に、須田様はご無事でしたか」

「さっき空自の隊員に発見され、搬送された。出血多量だが、なんとか持ちこたえてくれるだろう」

「そうでしたか。では《ワイズキャブ》や物原様の端末からの情報を総合して説明いたしますが、小森田様が侵入した直後には、もうここにおられませんでした。唯一開いていた『砂丘口』から外に出られた形跡もございませんし、周辺の状況や、亡くなられた男女お二人の会話からも、ハッチから海に突き落とされたか、ご自分で飛び込まれたかしたのではないかと推察できます」

「何だと！」

逆神はハッチの位置を諳んじていた——滑走路海側の縁まで約四十メートル。深夜の海に落ちた瞳の息が続く距離ではない。すぐに救助しなければ。あるいはすでに——。

銃声を聞きつけた空港警察署から連絡が行ったのだろう。県警の捜査員がようやく「砂丘口」に詰めかけた。サイレン一つ鳴らなかった。逆神と井伏は捜一と出くわすのを避け、《実動部隊》に交じって入れ替わりに「砂丘口」から出た。木戸に連絡を取ろうとしたが話し中だ。すぐ近くで報告を入れている鷲津一佐に頼み込んで通話に割り込んだ。

「気持ちは理解できるが、許可できない」逆神の要請に木戸は眉一つ動かさなかった。「《レモラ》を追尾し敵の居場所を突き止めることには、わが国の命運がかかっている。潜水要員に一人の余裕もない状況も知っているはずだ。ことの軽重をわきまえろ」

「ですが救助しなければ、物原の命がない」逆神は声を平静に保とうと努力した。

「副長官は部下の身に危険が及ぶことはないと言われた。だがこの状況は何です。二名が重傷、そしてさらに一名の命が失われようとしているんです。約束が違うじゃありませんか」

「今夜、君の部下たちをこの場所に差し向けろと、私が命じたかね」

「……わかりました。こちらで何とかします」

逆神はやむなく通話を切り、激昂を鎮めるために人差し指の関節を噛んだ。口の中に血の味が広がる。何か手段があるはずだと必死に考え、祈るような気持ちで別の連絡先をコールした。

来嶋一尉はゾディアックボートの舳先(へさき)で、冷たい夜風に吹かれていた。船尾では若いソナー員が船を操り、貝崎三佐と来嶋の二人が交代で《レモラ》を追っている。だが水中スクーターの速度がわずかに《レモラ》に及ばないため、じりじりと引き離されてしまう。その度にボートで先回りしては、もう一人が潜って追尾するという、じれったい追跡が続いていた。一度でもミスをすれば見失う恐れがあった。

水中ビーコンを持ってくるんだった、と後悔した。四日前に《レモラ》の正体が判明し、この作戦でそれを追尾する方針が決まってから、情報保全隊の部内でもさまざまな手段を検討していたのだが。

水中スクーターのグリップを握った貝崎三佐が浮上してきた。舷側に片手を回して合図するとボートが加速した。

「このままでは見失う」分厚い胸板を波打たせて呼吸をしながら、貝崎は言った。

「あいつはどうやら千里浜(ちりはま)とか、柴垣(しばがき)海岸あたりを目指しているようだが、それより北進されれば振り切られるかもしれない」

金沢空港から三、四十キロ離れた能登半島の西海岸だ。《レモラ》が現在の速度で進めば一時間から一時間半の航程である。

「つぎはもっと大幅に先回りしてください。《レモラ》には、《デポシップ》側のU字構造に嚙み合う機構があります。水中スクーターでなく、私が直接しがみつくことができると思います」

「名案と言いたいところだが、あんたが潜水艇と一緒に上陸したら、敵は当然気づくぞ」

「GPSなしの慣性誘導と海底地形だけが頼りですから、数百メートル近い誤差が出るはずです。それに海岸の手前で離脱すれば、バレる恐れはまずありません」

「おまえさん、見かけによらず切れ者だな」貝崎はゴーグルの奥で目を丸くした。

「保全隊で候補に挙がったプランの一つなんです」

いつもの来嶋ならもう一言あったかもしれない――見かけによらず、とはどういう意味ですか。

若いソナー員が「監視所」から手当たり次第積んできた物品をかき回し、カラビナ付きの被覆ワイヤーを差し出した。来嶋一尉は長短二本を潜水用ハーネスとドライスーツの間に挟み込み、貝崎と並んで海に入った。舷側のロープをしっかり摑んでいないと、たちまち夜の海に取り残される速度だ。水中スクーターのグリップを貝崎から受け取るまで、これまでより長く待ち、それから船尾方向に微速で潜行した。《レモラ》はここから八百から千メートルの後方にいるはずだ。

物原瞳は暗闇で目を凝らした。一瞬、あの恐ろしい連中が追ってくることを想像したが、その手段はないはずだ。だが自分は、敵手から逃れようとして、反ってより苦しい死へと追い込まれてしまったのかも知れない。鉄扉に打ちつけられた額と左肩の傷がひどく痛んだ。頭上いっぱいに差し上げた右手が《デポシップ》の床に触れたが、わずかな隙間もない。一片の光も、一呼吸する空気もないと知った時、始めて秋の海の冷たさが、絶望そのもののように染みこんできた。せいぜい一分——それまでに、海側の縁まで泳ぎ着かなければ自分は溺れ死ぬ。だが、どちらに進めばいいのかもわからない。意を決して平泳ぎの要領で何掻きかしただけで、たちまち苦しくなった。もう限界かと思ったとき、左から大きな横波を食らった。鯨の腹が水を打つようなガバリという音で、ようやく海の方角を知る。滑走路に沿って、九十度間違った方に泳いでいたのだ。ふと思いついて再び床を探ると、手首が海面から出たのが判った。できるだけ顔を近づけ、床とリブの間にたまった、潮と錆の臭いがする空気を貪った。あわてたために飲んでしまった海水の方が多いだろう。傷ついた身体で海に向かって泳いでは、波で押し戻されるじれったい繰り返しに体力を奪い取られ、ようやく滑走路の縁にたどり着いた瞳は、わずかな突起に指先でしがみつき、頭を海面に出しているだけで精一杯だった。鯨に飲まれようとしている漂流者になった気がした。どのくらいの間、そうしていただろう。ひときわ大きな波が来て、かじかんだ指がボルトの頭から離れた。木葉のように《デポシップ》の下面に吸い込まれる。もはや抗う力はなかった。瞳は仰向けのまま、ゆっくりと海底に沈んでいく。のっぺらぼうの時間が過ぎ、不思議な白い光が天から降り注いだ。人は死ぬ前に光のトンネルをくぐるというが、これがそうなのだろうか。

光の中に細かい泡が立ち上り、水中マスクをつけ、ドライスーツのフードをかぶった頭が現れた。潜水士は胸ぐらを摑んで乱暴に揺すぶり、瞬きを確認すると、マウスピースのついたレギュレーターを外し、胸元に引き寄せた瞳に咥えさせた。死の手前から連れ戻された朦朧とした意識の中で、瞳はくり返し呼びかけた。

「室長。逆神さん！」

ドライスーツの人物が腰に巻いたロープの端を三度、強く引くと、ロープがピンと張った。あわただしい救助作業の後、フェンスの外側にいた数名の空港施設会社の職員たちが、潜水士と瞳を乾いた滑走路面に引き上げた。井伏の顔も見える。そのころにはさすがに瞳にも、ドライスーツの人物が逆神でないどころか、男性でさえないことがわかっていた。フードとダイビングマスクを外した中年の女性潜水士は、赤銅色に日焼けした顔をほころばせて、言った。

「すまないねえ、逆神さんとやらじゃなくて」

瞳はぼんやりと、なぜここに海女さんがいるのだろうと考えた。

来嶋一尉は自分の身体を固定した《レモラ》の様子を注意深く観察していた。ハッチのハンドルに、うまくハーネスの先を結びつけることができたのだ。それは約四メートルから六メートルの深度を保ったまま、時速二十五キロ程度で一定の方角を目指している。腕につけたマリンコンパスによれば北北東から北微東。ゾディアックにいる貝崎には自分の位置はもう追えないが、ボートは能登半島の西岸に先回りしており、上陸地点から連絡すれば、最高時速七十マイルを誇る機動力で、数分以内に駆けつけられるだろう。

来嶋は《レモラ》の背に身体をしなやかに沿わせていたが、それでも水流は強烈だった。内灘海岸から追跡を始めて二時間、自分がこの場所に取り付いてからでも一時間になる。疲労に意識が朦朧としてきたころ、ようやく水深が浅くなり、遠浅の海岸に近づいていることがわかった。身体を固定しているカラビナを外し、重り（ウエイト）のついたベルトを捨てると、二、三メートルの頭上に迫っていた海面に浮かび上がった。長い方のロープで《レモラ》に牽引されてゆく。ドライスーツのポケットから取り出した小型双眼鏡で海岸の様子を探ると、左手の海岸から一対のヘッドライトが近づき、やがて止まるのが見えた。ヘッドライトを海上に向けたまま、動き出す気配はない。来嶋は海岸まで一キロを切ったと見て取ると、ロープを固定しているカラビナを外し、ふたたび潜水して右手の海岸を目指した。息使いやフィンを動かす足取りに、疲労の色が隠せない。十数分後、離れた砂浜に上陸した。

夜空に水墨画のようなシルエットを浮かび上がらせているクロマツの防砂林に逃げ込むと、小型双眼鏡で《レモラ》の上陸地点を観察したが、灯りを点けずに作業しているらしく、ほとんど見えない。ゾディアックボートの貝崎三佐に連絡を入れた。

「《レモラ》の上陸地点は千里浜、竜崎より約六キロ南。緯度経度を送信します。現在、上陸地点には敵の車輛一輛が到着し、核弾頭の積み込み作業中と見られます。当方は約一キロ南の防砂林に待機中です。つぎの指示を待ちます。以上」

来嶋一尉は大きく深呼吸をし、身体を締め付けていたさまざまなものを一つずつ外していった。フードを外し、フロントのファスナーをウエスト近くまで引き下ろすと、長い髪が海風になびき、夜目にも白い起伏が押さえつけられていたドライスーツの隙間からのぞき、荒い息使いにつれて上下した。

《実動部隊》を載せたオスプレイは、金沢市から富山市内にあるヘリポートに移動し、今は羽根を休めていた。ここからなら十五分で能登半島全域に急行でき、高い梢にとまる猛禽類のようににらみを利かせられるからだ。

日付は変わったが、キャビンではなお多くの隊員たちが、《レモラ》を追跡する貝崎三佐の報告に見入っていた。望遠暗視カメラの映像には、中型トラックに核弾頭一基を積み替える四人の男らの姿や、表情までが鮮明に映っていた。トラックの荷台に取りつけた簡易クレーンを駆使して十五分ほどで作業を終えた男たちは、スマホでどこかに指示を仰いだ。空荷になった《レモラ》は再び沖を目指し、海中に消えた。木戸は移動中の指揮通信車の車内から貝崎三佐に追尾続行を指示し、ボートは《レモラ》を追って再び海岸から西へ航路を取った。

千里浜海岸は比較的遠浅で、砂の性質からか、波打ち際をバスで走れるほど砂浜が固く締まることで知られる。核弾頭の積み替えには打ってつけの場所だろう。ここから少し北で能登半島の東西海岸は最も接近し、十五キロほどで半島を横断できる。その先には七尾(ななお)湾に浮かぶ人口三千人ほどの能登島がある。

核弾頭を積み込んだトラックが「のと里山街道」から中能登農道橋を通過し、能登島に入ったと、現地に配備された警察官から連絡を受けた時、木戸は地上の全部隊に大号令を発した。武力による抵抗に島民が巻き込まれる危険を冒すより、電撃的な急襲と人海戦術によるローラー作戦で、敵を一網打尽にする戦略を選んだのだ。島と半島を結ぶ二本の橋は県警が封鎖し、機動隊員と《木戸機関》直属の特殊部隊が続々と島内に入った。島民らの避難誘導が急務だからだ。

柏の研究室では、西田とジーヴスがＶＪ(バーチャルジャパン)の「長い腕」を伸ばして敵を追い詰めていた。これまでに判明した「背乗り」犯や支援グループらの動きは、この一両日に活発化しており、約二十名が県境を越えて能登半島の東海岸に、さらに十五名が富山湾沿いに移動中だった。それは西海岸に核弾頭を運んだ《レモラ》の動きと呼応しているが、倒した瓢箪のような、面積五十平方キロに満たないこの島のどこに敵が集結しているのか、VJにもすぐには分析できなかった。島内初の信号機がわずか四十年前に設置されたという土地柄だから無理もない。それは《デポシップ》のような固定された「アジト」ではなく、移動を続ける車輛の集合体なのかもしれない。

「《レモラ》から核弾頭を受け取ったトラックを迎えに行くように、数台の車輛と人員が移動している模様」ジーヴスが島内の状況を細かく把握できるようになったのは、味方の隊員たちが持つ数百もの6G端末が新たな「目」として働いてくれたからだ。

「それとは別に、島の東海岸で、避難した島民とは別の数名が活動しているようです」

現地からの報告がしばし途絶え、隊員たちはオスプレイのキャビンやヘリポートの事務棟で交代で仮眠を取っていた。逆神と井伏は、男たちがひしめき酸素が不足したようなキャビンから、九月末の夜気に包まれたヘリポートに降り立った。

「あの三人の容態はどんな具合ですやろな」

井伏が室長補佐らしく《デポシップ》の戦闘で傷ついた部下たちの身を案じた。

「さっき警察病院に問い合わせたから、伝えようと思っていた。小森田と須田は意識不明の重態で、とくに小森田は予断を許さない。背中から肺に達する刺創が致命傷にならなければいいが。瞳も左腕に切創を負って、低体温症でダウンしてはいるが、命に別状はないそうだ」

「あと五分、救助が遅れたら危なかったですわな」

「ああ、ハッチ周辺を調べてくれたあの潜水士に連絡がついて幸いだった。鋼材の放射化を突き止めたうえ、瞳の命まで救ったのだから、思えば彼女は『木戸ミッション』の陰の功労者かも知れないな」

二人は薄明の中にうっすらと浮かび上がる能登半島の低い山並みを遠望した。

「それにしても、やつらは何のつもりでこないな袋小路に潜伏しよったんですかね」

縮こまっていた巨体を存分に伸ばしながら、井伏が言う。

「想像はつく。おそらく彼らが核テロをしかけるターゲットの一つがこの半島内にあったのだ。わが国に効果的なダメージを与えられる場所が」

「どこですねん」

「ここに来る途中上空から眺めたはずだぞ。モニター映像だけどな」

井伏はまだ暗い西海岸に、そこだけ不夜城のように輝く巨大施設があったのを思い出した。北越電力加賀原子力発電所——もしあの敷地内に核弾頭が持ち込まれ、爆発すれば、稼働中の二基の原子炉は誘爆して大惨事になる。しかもテロの証拠すら残らない。密かに敵国内に持ち込んだ核弾頭が、核ミサイル以上の「最終兵器」になりえることが実感できた。同じように警戒すべき場所が、この国にはどれだけあるのだろう。

逆神の携帯端末に木戸副長官から着信があった。井伏と二人、その場で待つよう指示された。やがて県道に面したゲートが開き、装甲車のような六輪の車輛がオスプレイに近づいてきた。

「八二式指揮通信車ですねん。やはり、副長官はもう近くにおられたんですな」

二名の陸自隊員に続いて降りてきたのは木戸と才谷三佐だった。

「逆神室長、井伏室長補佐、ご苦労だった。君らSIPの調査によって敵勢力の全貌が明らかになった」木戸は二人を労(いたわ)ったが、その言葉には内容に釣り合う感情がこもっていなかった。「ここから先は鷲津たち《実働部隊(AT)》に任せろ」

「ここでって、ほな殺生な！　ここまで敵を追い詰めたのに、最後の捕物は地上から指を加えて見とれっちゅうんですか」

「見ている必要はない。直ちにSIPに戻り、VJで敵と識別された全員の行動を監視し、その都度、鷲津一佐に連絡してもらいたい」

SIPに出向している才谷三佐と来嶋一尉の二人も、情報保全隊の幹部であるはずの鷲津一佐にしても、表向きの役職とは別に、《木戸機関》という秘密組織でもう一つの任務を与えられているらしい。うすうす気付いてはいたが、もはや隠すつもりはないようだ。

事務棟で仮眠を取っていた隊員たちがバラバラとヘリポートを走り、オスプレイに戻った。すでに両翼先のローターが回り始めている。搭乗口から若手の隊員が頭を出し、代わって鷲津一佐が現れた。上体を乗り出すようにして木戸に告げた。

「木戸司令、地上部隊から緊急報告が入りました。《レモラ》から核弾頭を回収したのと同型の中型トラックが四台、隊列(コンボイ)を組んで県道二五七号線を西に移動中です。本機は直ちに目標を追うべく急行します」

「わかった。ここからは私自身も搭乗する。通信車は七尾方面に移動し、地上から連絡を保て」

木戸は鷲津に先導され、オスプレイへと歩いてゆく。悪い予感に駆られた。木戸副長官とATの連中は、自分たちに隠したまま何かを強行しようとしている。逆神は井伏を残したまま、オスプレイに向かって走った。いま機内に飛び込めば、事態の緊急度から見て、機内の隊員は抵抗する自分を降ろす面倒を避けるだろう。だが背後から才谷三佐が、SIPにいる時とは別人のような緊張した声で制止した。

「逆神室長！　そのタラップに片足でも掛けたらあなたを撃ちます。私にそんな任務を遂行させないでください」

振り返ると才谷と二人の陸自隊員が黒光りのする九ミリ拳銃を構え、逆神と井伏の胸に照準を合わせていた。

「SFP9マリティマやな」井伏は普段と変わらないのんびりした声を出した。「室長、こいつら本気でっせ」

「そうまでして私たちに見せたくないものとは何だ？」逆神は才谷に訊いた。「上空からトラックを攻撃しようとしているのか！　あれには十数人の子どもたちが乗せられているかもしれない。彼らを犠牲にするつもりか！」

「SIPに戻れと言ったはずだ」タラップを昇り切った木戸が振り返って言う。

「あなたは正気なのか。いかにテロリスト制圧が目的とはいえ、子どもたちを殺すことを正当化できるのか」逆神の言葉からは、上官への敬意が消え失せていた。

「逆神、事態の重大さを鑑みろ！　この任務には何千人、何万人という国民の生命がかかっている。それに彼らが子どもらを連れたまま移動している可能性は高くない」

そう判断する理由を説明しないまま、木戸の姿は機内に消えた。オスプレイの乗降口が閉まり、ローターが速度を増してゆく。その場に立っているのがやっとの暴風だ。

「通信車の陰に回って下さい」ようやく拳銃を下ろした才谷が丁重な口調で二人を導いた。二人の隊員もすばやく後ろに回る。

「才谷さん、あなたはそれでいいのか」

「逆神室長、われわれの任務(ミッション)に口を挟むのは止めてください。あなたの部下たちが《デポシップ》で演じた銃撃戦だけでも、十分に命令違反の迷惑行為なんだ」

離陸したオスプレイは、垂直離着陸モードから固定翼モードに入り、つまりヘリからプロペラ機に変身して、薄明が紫色に染め上げた富山湾の上空を翔けて行った。指揮通信車も二人を置き去りにして、フェンスの向こうに走り去る。ジーヴスを呼び出した。

「能登島大橋に着陸して逃げ道を封じれば通過を阻止でき、地上部隊でも制圧できるはずだ。ジーヴス、木戸副長官に進言しろ」返事はない。画面には見慣れない「緊急モード」の表示が赤く明滅している。「ジーヴス、応答しろ！」

だが、ジーヴスがそこにいないという感覚が、母親を見失って迷子になった子どものように湧き上がってきた。

「最高速度を出します。身の周りに固定されていない機材がないか、注意してください。現場到着までは約三分です」

フライトクルーの声をスピーカーがキャビンに伝えるが、耳を聾（ろう）するロータ音で半分も聞こえない。海面にくっきりと航跡波を残すほどの低高度で、オスプレイはまっしぐらに富山湾を横切ってゆく。

「SAT地上班よりオスプレイ。四台からなるトラックのコンボイは、県道二五七号線から四七号線に入り、なお西進中。北から合流したタンクローリー一台が先頭にいるが、敵車輛を先導しているのか、偶然通りかかったものかは不明」

「オスプレイ了解。これより観音崎を回る」

「二分」

「鷲津一佐、先頭のタンクローリーも攻撃目標に含めるのでしょうか」

ヘッドマウントディスプレイ（HMD）をつけ、ジョイスティックを手にした隊員が訊く。

「能登島大橋で検問をかけている。その時の挙動で判断する」

鷲津一佐が固唾を呑む。「だが、それに間に合えばよいが」

「決して島から出すな」

木戸司令の決然とした声がキャビンに響き渡る。「七尾市中心部に侵入させれば民間人を楯にするかもしれず、やつらが起爆手段を保有していれば核弾頭の自爆によって数千人から数万人規模の被害者が出る恐れもある。一切の手段を問わず阻止せよ」

エンジンナセルの傾きを変えるモーター音が機体に伝わり、身体が前方に押しつけられる。減速旋回して小口瀬戸から七尾南湾に侵入する。相変わらず海面すれすれだ。

海岸沿いの県道を並走する車輌の縦列が蟻のように見えてきた。

「一分」副パイロットの声に緊張が走る。

「木戸司令。ハイドラは使うべきなのでしょうか」

鷲津が隣に座る木戸に質問した。この場合はハイドラ70というロケット弾に誘導装置を追加した派生型を指し、オスプレイに試験的に配備されている攻撃用武装である。

だが、木戸は使用を認めなかった。

「すでに放射能漏れが起きている核弾頭だし、構造次第では誘爆の恐れもある」

タンクローリーが加速し、能登島大橋で検問に当たる県警のパトカーを蹴散らした。同じ型の四台のトラックも続いて橋に侵入する。ラーメン構造の橋の全長は約一キロ。石川県最長を誇る橋であり、渡りきった先には能登半島で最大の七尾市街がある。

「目標との距離二百メートル、対地速度ゼロ」

ＨＭＤの隊員がジョイスティックで照準を合わせ、ミニガンの発射ボタンを押した。ミシンの音を千万倍にしたような騒音が床を震わせる。胴体下部から突き出たリモート操作のＭ１３４ガトリング銃が一秒に百発の弾丸を叩き込む。二台目のトラックがコンクリートの側壁に叩きつけられ、それを乗り越えて海に落下した。吹き飛ばされた荷台からいくつもの人影が汚れた花火のように飛び散った。大きな影、そして小さな影も――。

「トラックに子どもたちも乗っている！」

主パイロットが愕然として叫んだが、すでに他のトラックも蜂の巣に近い。舌打ちをした木戸は即座に命令を下した。

「橋梁上に着陸してタンクローリーの進路を塞げ。北詰の地上部隊と中継を繋いで敵の行動を把握しろ」

回転翼の直径を除いても、幅が十五メートル以上もあるオスプレイを、幅十メートルしかない能登島大橋に着陸させるのは至難の業だ。パイロットは持てる技量のすべてを発揮し、一分足らずで無事に機体を七尾市側の平坦な道路上に着陸させた。これでどちらの車線も通行不能になり、タンクローリーと三台のトラックは橋の最高地点で停止し、睨み合う形になった。距離は三百メートルほど。

木戸は主要な隊員を残して半数を機から降ろし、同時に橋の南詰にいる部隊を機の位置まで前進させた。だが、北詰の部隊にも前進命令を出そうとした時、後ろ側の二台のトラックが並んで止まり、荷台の扉が開いた。数名の大人と十名近い子どもたちが乗っている。うずくまって動かない者も。子どもたちは銃やナイフで脅されて片側に集められている。全員が白ずくめの衣装をまとっているが、血で汚れている者もいる。シートが掛かった荷物は、形状から核弾頭と推測された。

「脅迫する気か」鷲津一佐が苦い声で言った。「司令、子どもたちが乗っていないという判断が誤っていた以上、作戦を変更するべきではないでしょうか」

木戸はそれに答えず、北側から送られてくる映像を見ながら現場指揮官と話している。

「その位置から、SATが狙撃できないか」

「無理です。たとえ一、二名は倒せても、その間に子どもたちは皆殺しにされてしまう」

先頭のトラックから二名の大人が降り、一人が後続車の荷台の手前に走り出て、指揮者のように手を振った。もう一人は何か細長いものを持って、タンクローリーの陰に隠れた。

「あっ!」誰が発したかわからない叫び声とともに、子どもの首をナイフで切りつける凄惨な映像がキャビンに流れた。何の要求も交渉もないうちに、幼い命が一つ失われたのだ。子どもの身体と首が、荷台から道路へ別々に転がされた。

だが、敵の目的や対策を考える暇もなかった。

「ＭＡＮＰＡＤＳだ！　機種は不明」ＨＭＤの隊員が叫んだ。

ＭＡＮＰＡＤＳ（Man-portable air-defense systems）とは「携帯式防空ミサイルシステム」のことで、肩に載せて発射できる地対空ミサイルだ。ヘリの天敵とも言うべき兵器である。タンクローリーの脇から伸びた煙の帯が直前の路面に届き、炸裂した。直撃こそ免れたが、三枚ある右の回転翼の一枚を失う被害を受けた。

「飛行不能です」副パイロットの声は悲鳴に近い。「今の攻撃でパイロットの香月二佐が重傷を負った模様」

「機から降ろして後送しろ」鷲津は操縦席に向かって怒鳴った。「木戸司令も今のうちにお降り下さい」

「断る」

「しかし！」

「鷲津一佐、次に同じことを言ったら、君を解任するぞ」木戸は決然と言い、射撃手に命じた。「ＭＡＮＰＡＤＳ周辺をガトリングで攻撃しろ。ただしタンクローリーを炎上させるな」

　ＨＭＤの隊員は大きく唇を舐め、タンクローリーと側壁の間に弾丸を集中させた。敵を仕留めたかは解らないが、二発目のミサイルが飛んでくることはなかった。

「木戸副長官」ジーヴスが報告してきた。「わたくしの判断ミスについては後刻、総括させていただきますが、これは別件です。敵はさきほどの虐殺の映像をネットで拡散しており、現在もライブ配信を続けております」

「何だと！」

キャビン全部のモニターに映し出された映像は、ミキオの遺体を使った脅迫メールと似ていた。子どもの頭が切り落とされる一部始終に、「５Ｍ１Ｃ」の文字がインポーズされている。五分ごとに一人の子どもを殺すという脅迫だ。これが拡散されたら、どれだけの社会不安を巻き起こすか、計り知れない。

「鷲津、石川県警本部長を通じて、移動体通信各社に連絡を取れ」木戸は数秒で判断し、命じた。「この作戦が終わるまで、石川県内の携帯電話網をすべて停止するしかない」

ジーヴスは遮断直前に、柏の研究室にいる西田に事情を説明するだけで精一杯だった。

膠着状態は二十分間に及んだ。その間に殺された子どもがいるのかは、荷台の扉が再び閉ざされたためわからなかった。不穏な均衡が破れたのは、タンクローリーと三台のトラックが、再び動き出したからだ。じわじわと速度を増してゆく。

「しまった。敵はおそらく、タンクローリーを激突させて、道路上からこのオスプレイを排除する気です」鷲津が叫んだ。満タンなら重量では相手が勝る。だがもはや、木戸を避難させる時間さえなかった。

「木戸司令、ハイドラの使用を許可して下さい！」射手の声が震えている。

「だめだ」

ミニガンから吐き出されるおびただしい弾丸が、タンクローリーの運転席を蜂の巣にする。タンクにも無数の穴が開き、可燃性の液体を道路上に撒き散らしながら近づいてくる。まだ引火していないのが奇蹟のようだ。運転手はとっくに絶命しているはずだが、車の速度は衰えを見せないどころか、下り坂のせいか、じりじりと増してさえいる。オスプレイまでの距離はわずか百メートル——このまま激突、炎上すれば、機内の全員が犠牲になる。

「ああああーッ」射手が鋭い叫び声を上げながら、別の発射ボタンを押した。ＨＭＤに隠れて表情は見えない。

「止めろ！」

鷲津が怒鳴ったとき、ハイドラ70ロケット弾はすでにタンクローリーに正面から吸い込まれていた。最小射程をはるかに下回る近接射撃で、射手は眼前に迫ってくる脅威を排除しようとしてなかば無意識に攻撃してしまったに違いない。

だが、予想とは裏腹に、炎に包まれたタンクローリーは後ろから突き動かされたように速度を上げ、オスプレイの正面に衝突した。射手は自分の命令違反を悔やむ暇さえなかっただろう。

「総員待避！」

鷲津一佐が叫び、木戸副長官を庇いながらタラップを降りた。《実働部隊》の数人が後に続く。燃え移った炎がオスプレイの機体を包み込むまで、二十秒とかからなかった。

だが、タンクローリーの後方、能登島大橋の中央はさらなる災厄に見舞われていた。ロケット弾は長いタンクを縦に突き抜け、さらに二百メートル先の最初のトラックの荷台に着弾していた。最小射程距離の内側で起爆しないリミッターが働いたらしい。タンクの燃料が大爆発を起こし、タンクローリー全体が巨大な火炎放射器と化して、橋の中央部にいた三台のトラックに炎というより燃え盛る大量の燃料を注ぎかけた。その反動で車体が前方に突き動かされたのだ。紅蓮の炎は全長一キロの橋の中央部三分の一にまで燃え広がった。橋の能登島側で待機していた隊員たちさえ、熱さで顔を庇ったほどだった。

一時間後、ようやく鎮火した現場からは、《木戸機関》の隊員以外、たとえば県警は排除されていた。現場を精査する隊員たちの後ろに立った鷲津一佐が、沈んだ声で言った。

「われわれは全員、今日のことを墓場まで持っていくしかないだろう」

「バーニング・アジア」では船内の臨検が続いていた。船底での超小型潜水艇《レモラ》発見の報を受けて臨検を公開に切り替え、シンガポール港で下船予定のない乗客の手荷物を検査しはじめたところ、中国のパスポートを持った男性が五歳くらいの女児を抱きかかえて逃走を図った。空港警察官が追跡し、ワゴン車で拉致される寸前に保護したが、男はそのまま行方を眩ました。女児は薬物で眠らされている上、頭部には外科手術痕もあり、東京の自衛隊病院に移送して精密検査を行う予定だと報告された。

「この女の左の大腿骨には、何か精密機械のようなものが入っています」

中年の女性法医学者は、自分でもまだ信じていないかのように言った。

「精密機械？」逆神は聞き返した。「骨折部分を繋ぐボルトではなくてですか」

「そんな単純なものではありません」

小森田と死闘を演じたあげくにショック死を遂げた相楽佳奈江の死因が、薬物の過剰摂取であることは医師らの意見も一致したが、薬物の種類や、体内に入ったメカニズムがわからなかった。全身を高解像度のMRIで精査してようやく、この思わぬ発見にたどり着いたのだ。

法外科医は大きなステンレスのバットに、血を洗い落とした鈍色の金属パイプを載せ、解剖台に置いた。その横に摘出後に撮られた鮮明なX線写真も添えられた。誰一人見たことのない異様な装置がそこにあった。3Dプリンタでカスタムメイドしたらしい金属製外殻の内部には、整然と仕切られた二十数個もの区画があり、各種の向精神薬や脳内物質、精密な電磁弁とポンプ、注射針より細いプラスチックのパイプ、電子回路やアンテナ、ワイヤレス給電機能付きの小型蓄電池までがぎっしりと詰め込まれている。まさにインプラントされた精密電子機器であり、化学プラントだった。スタンガンの電流で回路が破壊されたため、多くの薬物がオーバーフロー状態になったのだ。

「上端から延びているこのプラスチックのパイプは、脚部の太い静脈に挿管されていたのを抜いたんです」

体内深くに埋め込まれたこの遠隔操作の「化学プラント」と、その背後にいる存在こそが、相楽佳奈江の精神と身体を歪め、操り、数々の連続殺人を犯させていた真犯人なのだ。人間をいわば操り人形(パペット)に変えてしまうこの技術がどこで開発されたかは、今後の捜査で明らかにするしかないが、人間の感情が化学物質の分泌に過ぎない以上、他人の感情と行動を操作することは可能であり、このおぞましい技術領域でも、やはり敵との技術開発競争は避けられないのだ。日本海の藻屑と消えた水野曹長や篠田一輝も、この技術の実験台として利用されたに違いない。あの「ストリートチルドレン」たちにも、そうした運命が待っていたのかもしれない。

「憐れな女だったな」

逆神は初めて相楽佳奈江の遺体に合掌した。彼女こそ一連の事件の最大の被害者かもしれなかった。

エピローグ

「報告書は読んだ。慣れない仕事だったろうがご苦労だった」

　木戸亮一郎警察庁副長官は、何も載っていないマホガニーの書き物机を挟んで長身の逆神を見上げた。逆神の顔に笑みはない。

「メンバー全員『なぜ自分らなのだろう』と考え続けた日々でした。ですが、普段の研究開発の枠を超えて、異なる仕事が経験できたこと自体は感謝しています」

「つまり、そこにもまた境界線はないのだ。そして期待以上の成果を挙げてくれた」

「リーダーと目される《パペットマスター》こと李東玗（リ・ドンウ）や中国籍の共犯者に逃げられ、持ち込まれた複数の核弾頭も行方不明、《レモラ》さえ取り逃がしてしまったというのにですか」

　オスプレイの攻撃で跡形もなく破壊された車輌の鑑識作業には時間がかかった。タンクローリーとともに炎上したため、遺体や遺留物の損壊が激しかったからである。《マッチョ》と呼ばれていた男と、子どもを含む身元不明の十九名の焼死体、そして四基の核弾頭が発見された。完成度が低く、強い放射能を帯びていたため、極秘裏に市ヶ谷の防衛研究所に運び込むには、非常に煩瑣な手順が必要だった。捜査陣が首を捻ったのは、なぜ敵がわざわざ、タンクローリーをトラックの先頭に立てたのかだ。運転手はおらず、自動運転されていた。

千里浜海岸から離岸した《レモラ》を、貝崎三佐らのゾディアックが必死に追尾したが、やはりボートだけでの追跡は無理で、深度百メートル以上の深みへと逃げ込まれてしまった。大阪万博のドローンと同様、電源が尽きて沈没したとも考えられるが、いつまた活動を再開しないとも限らなかった。

李東玗の名は、相楽佳奈江のマンションを捜索した際、押収された手帳のページに書きつけられていた。学生時代の親友・網島美姫の夫であり、スマホに記録された何枚かの写真とショータの証言を突き合わせて、テロリストグループの主犯格と判明した。妻の美姫は六月初旬以来行方不明で、諸事情を考えれば生死も不明だ。だが、能登島大橋で焼死した大人たちの中に、李と身体的特徴が一致する者は含まれていない。これまでに発見された核弾頭は、シンガポールの一基を含めて五基にすぎず、なお複数の核弾頭が国内に存在すると考える方が自然だった。

あの朝、石川・富山両県警の機動隊員は百五十名態勢で住民らの避難誘導に当たっていたが、木戸が命じた6G通信網の遮断で混乱に陥った。主犯たちはその隙をついて無人の漁港から漁船一隻を盗み、富山湾の対岸に逃走したのだ。VJによる追跡が数時間に亘り妨害されてしまったのも致命的だった。漁船は境川河口付近の海岸に放置されており、船艙（せんそう）から放射線が検知された。いまは身元のない数十名の協力者に匿われ、潜伏しているだろう。

統一朝鮮（ＵＲＯＫ）共和国政府は予想通り、李も含めてすべての者を自国民に「該当者なし」と回答してきた。金沢空港向けに建造されたメガフロートユニットや、クルーズ船の構造など、国家または軍が関与している証拠もあるが、それについても沈黙を貫いている。われわれは統一朝鮮であり、旧韓国のことなど関知しないという態度だった。日本政府は表向きは沈黙を保ったが、原子力潜水艦ではない「島山安昌浩（トサン・アンチャンホ）」級潜水艦内で放射線量試験を行うことを非公式に提案した。その結果次第では、ＵＲＯＫは軍部に対する手綱を取り戻し、海軍では大規模な粛正と再編が起こるはずだ。

「私たちが四年前に《犯罪の技術的特異点（シンギュラリティ）》について話合ったことをご記憶でしょうか」

「もちろん。覚えていたからこそ、今度の仕事を君らを任せたのだ」

「今回の任務（ミッション）で確信しました。『犯罪＝戦争』の領域では、すでにそれは起きてしまったと。将来の敵は人間としての限界を超越した存在かもしれません。慈悲もなければ死も恐れない知性――ですから、こちらも人間だけでは戦えません」

「では、どう戦う」

「ジーヴスのような『味方のＡＩ』を開発して改良を重ね、われわれの知能と統合された《超知能》で敵を圧倒し続けるしかありません。『人間対ＡＩ』という不毛な対立構図を乗り越え、新時代の『人間＝機械社会』をディストピアにしないためにも。しかし――」逆神は一瞬、言うべき言葉を見失った。

「なんだ」

「しかしそこに、副長官がおっしゃる《ゴルディアスの結び目》があります。『倫理』を無視する敵にどう立ち向かうべきかという難問です。四年前に初めてこの話を伺った時には、私は正直、深く理解できていませんでした。ですが今回の敵と戦うために、私たちも『倫理』の枠を大きく踏み越えてしまった」

　逆神の言わんとするところが伝わったのだろう。木戸は無言のまま逆神を見返した。

「副長官に伺います。『倫理』の外側から攻めてくる敵には、いつも『倫理』の外に出て戦わなくてはならないのでしょうか。《ゴルディアスの結び目》を解くには、剣で一刀両断にするしかないのでしょうか」

「あの場合は、そうだったのだ」

　木戸の目に、ヘリポートの時とは違う深い悲しみが浮かんだのを見て、逆神はわずかに慰められた。逆神は画面上のジーヴスに向かい合った。英国執事は一見慎ましげに目を伏せている。

「訊いておきたいことがある。君はなぜ、敵のトラックに『ストリートチルドレン』が乗っている可能性は低い、と副長官に報告した？」

「タンクローリーに先導させた時点で、主犯格が逃走のために下位の共犯者たちを囮(おとり)にしたのだと判断しました。それほど慌てて逃げ出すなら、害のない子どもたちなどどこかに放置しただろうと」

「しかし、その判断は間違っていた。証言者を皆殺しにするために、あるいは共犯者たちに悟らせないよう同乗させるとは思わなかったのか」

「結果論に過ぎません」ジーヴスの返答は控えめに言ってよそよそしかった。

「もういいではないか、逆神」

木戸が議論に水を差したが、逆神は止めなかった。ジーヴスが将来もともに戦える味方かどうかを見極めたかったのだ。

「君はむしろ、《実働部隊(AT)》の感情的な動揺を鎮めるために、子どもたちは別の場所にいるという偽(フェイク)情報を与えたのではないか。国民の生命と財産を守るために訓練を重ねてきた自衛隊員たちは、たとえ身元不明の子どもたちであっても、命令一つで無(む)辜(こ)の人間を攻撃することはできない。そこで……あえて『嘘』を吐(つ)いたのではないか」

「誓って違います」ジーヴスは心外そうな声を出した。「あれが、あの時点でわたくしがなしうる最善の判断でした」

「《ワイズキャブ》で《笛吹き》に反撃し、死亡させた攻撃も、君が自分で決めたのか」

ジーヴスは沈黙を守った。代わりに答えたのは木戸副長官だ。

「そうだ。だが最終的には私が命令を下した。何も問題はない」

逆神は慄然(りつぜん)とした。「AIに攻撃の最終判断を任せない」というのが、「AI兵器」を巡る国際的なコンセンサスではある。だがもしAIがシラを切ったり、嘘を吐き、最高責任者がその情報を元に判断を下すなら、AIが自己決定したのと何の違いがあるというのか。

「あなた様がわたくしをそのようにお疑いになるのとは対照的に、《デポシップ》における小森田様と須田様の仕事ぶりはご立派でした。わたくしともうまく連携でき、まさに《超知能(SI)》と呼ぶに相応しい働きをされました。ご自分たちの能力を最後まで使いきられたわけです」

「縁起でもないことを言うな。二人はまだ生きている」逆神は言葉を絞り出した。

「そうでした」

ジーヴスの口調には、生命への軽視というより、本質的な無関心が感じられた。木戸が話を継いだ。

「貴い犠牲だ。特に小森田には済まないことをしたと思っている。白状するが、彼は才谷や来嶋のような、私に直属するエージェントでこそないが、君らSIPの中で、私の「目」と「耳」を務めてもらった。今度のような仕事には、警察ライクに動ける人間が一人は必要だからな」

そうだったのか——逆神は己の迂闊さを恥じた。改めて考えれば、思い当たる節はいくつもある。おそらく、小森田の配属も警察庁や警視庁上層部の英断などではなく、木戸の構想の一部だったのだ。唯一の捜査経験者という「異色の存在」であることこそ、小森田の存在理由だった。

その小森田は十日近く生死の境をさまよった末に、いまも警察病院で療養中だ。損傷の激しい左腕はいまだ麻痺したままで、切断することになるかもしれない。

「副長官はあのころすでに、今回のようなことがありうると考えておられたのですか」

「この十年近く、私はある筋からわが国の安全保障を脅かす重大情報を得ていた。既存の体制では扱えない危機に対応するために、ささやかな権限を行使し、急ごしらえの組織をいくつか作った。それが君たちであり、能登島で展開した《実働部隊（AT）》だ」

「その『権限』に関してもう一つだけ伺います。木戸副長官は内閣調査室に直属されているのですか」

なぜ木戸だけが、窮屈な官僚組織の中でかくも自由に動けるのか。警察庁副長官という無重力空間のような場所に立ち、警察庁と防衛省の重要ポストを兼任できるのか。省庁の枠組みから変えられる組織は一つしかないと思った。だが、木戸は破顔して言った。

「内調なぞ、国家のインテリジェンスの要（かなめ）たりえない。政権が変わる度に新しい主人に尻尾を振らなくてはならないのでは、国の安寧秩序を守る一貫性など求むべくもない。正解はまだ明かせないが、これからも安心して私の元で働いてくれ」

「では、まだ解放してもらえないんですか」やれやれという気分が声に乗ったかもしれない。

「日本海に面した金沢市に偽装会社まで作り、国防情報と防犯情報という二大ビッグデータを手中にしたのにか。君がこの任務に乗り気だったのも、そのためではないのかね」

痛いところを突かれた。降って湧いたこの任務（ミッション）を利用してAI捜査の重要性を実証したつもりで、最後まで木戸の掌で踊らされていたのかもしれない。言い方を変えれば、この国の治安状況に抱いている危機感の質が似ているのだ。

逆神は黙って頭を下げた。踊らされる側にも譲れない一線はある。木戸が治安維持と国防、警察と自衛隊の壁を壊そうとしているのは明らかだ。だがそれが内閣の意思でなければ、いったい誰の意思なのか。この「妖怪（ヨーダ）」のような人物と出会ってからの五年間、その疑念は消えない。日本は果たして真の主権国家なのだろうか。ニュース映像や映画でたびたび見る光景が脳裏に浮かんだ。空からしか全貌が見えない、巨大な五角形の建造物だ。

——もしそれが事実なら、私はあなたと訣別する。

一礼して副長官室を辞し、本庁舎の長い廊下を歩き出した。窓の外では皇居の堀に沿った街路樹が秋風に吹かれ、落葉が流浪の民のように歩道をさまよっていた。自分たちもう、警察という巨木を離れた落葉なのかもしれなかった。

「木戸ミッション」が完了し、逆神研のメンバーたちは二週間ぐらい休暇をもらい、海外旅行でも行きたい気分だったが、実際はそれどころではなかった。以前からの研究の遅れを取り戻さなくてはならないし、年度内に研究会発表も控えている。

金沢市内のＳＩＰのオフィスにも、交代でメンバーが詰めているが、以前のように研究室がまるごと引っ越したような光景は見られなくなった。西田主任と入れ違いに科警研に帰る物原瞳も、次に来られるのは一か月くらい先だろうな、と一抹の淋しさを覚えた。

防衛省側のスタッフも近く交替するそうだ。才谷三佐は第六航空団司令部への復帰を希望した。任務とはいえ逆神と井伏に銃口を向けたので、顔を合わせるのが気まずいのだろう。来嶋一尉は情報保全隊から、正式に木戸の秘書官になるそうだ。柏の科警研への帰り際、瞳は来嶋にしばしの別れを告げた。

「淋しくなるわ。でも《木戸機関》の仲間であることは変わらないから、何かあればまた会えるわね」

来嶋がいつになく優しい声で呼びかけ、腕を大きく拡げた。

「な、何もないといいですね」

そう応えた瞳も、来嶋の態度に思わずホロリとし、ハグし合ったが、自分より頭一つ大きい相手であることを忘れていた。巨乳で息が詰まりそうだ。恋人同士のような濃厚で長い抱擁の終わりに、来嶋が耳元でささやいた。「逆神さんによろしく」

マンションのエントランスを出て、落葉が舞い落ちる晩秋の街路に歩き出しながら思った。別れの挨拶をしただけなのに、マウントを取られた気がするのはなぜだろう。

その時、キラキラした声で背後から呼び止められた。「お姉ちゃん！」

「サヤちゃん！　ショータくん！」

振り返ると、黄色いワンピースにおそろいの帽子を被ったサヤが、野球少年のような坊主頭になったショータに手を引かれて立っていた。小さなバラの花束をニコニコしながら差し出す。

「はいっ」

「ありがとう！　今日は二人してどうしたの」

「任田の小父さんが、サヤにご挨拶をさせてやれって言うもんだから……オレはただの付き添いだけど」ショータは頭を掻きながら言った。

「そうだったんだ。どう、小父さんは優しくしてくれる？」

瞳はしゃがみこんでサヤに訊いた。装置を取り出す手術は成功したが、サヤは帽子の下にまだ包帯を巻いているはずだ。左右の大脳半球の間に挟まれるように入っていたのは、相楽佳奈江の骨から発見された装置の、いわば次世代版だった。頭蓋骨がまだ塞がらない二歳までの子どもなら、皮膚をちょっと切るだけで挿入できるだろう。

任田夫妻は家庭裁判所にサヤの養子縁組を申し立てており、来月には成立の運びと聞いている。遠い昔に亡くした実の娘と重ねているのかもしれない。ショータは金沢市内の児童養護施設で、成人年齢まで養育されるはずだ。

駅前のファミレスで早い夕食を共にし、暗くなる前に別れた。駅の方向に並んで歩いて行く二人の後ろ姿を、瞳は見えなくなるまで追った。

——あなたがたの言う「大きな構図」のために、子どもたちが犠牲になるようなら黙っていませんよ。

任田の声が蘇る。ついに救えず、闇の奥へと消えた大勢の子どもたち。彼らが見ていた世界は、私たちが見ているのとは別の世界だったのかもしれない。

「ごめんなさい」

瞳は任田の顔と、暗がりに立ち尽くす顔のない子どもたちに詫びたが、返事は返ってこなかった。

解説

細谷正充（書評家）

　山之口洋は、予測不能な作家である。なにが予測不能なのか。まず作品の内容だ。一九九八年、第十回日本ファンタジーノベル大賞を受賞したデビュー作『オルガニスト』は、ミステリー・ＳＦ・青春小説など、さまざまなジャンルを融合させたファンタジーであった。以後、近未来ＳＦ・西洋史劇・時代ファンタジー・青春小説など、多彩な作品を発表しているのだ。次に出てくる物語が、どんなものかさっぱり分からない。まさに予測不能であり、だからこそ読むのが楽しくてならないのである。

　もうひとつの予測不能が、作品発表のペースだ。作者は、一九六〇年、東京都に生まれた。東京大学工学部を卒業すると、人口知能研究関係の研究所や松下電器（現・パナソニック株式会社）で、ＡＩ（人工知能）の開発に携わりながら、作家デビューを果たしたのである。二〇〇一年に退社し、作家とフリーＩＴ技術者を兼業とする。二〇〇六年には、「紙のキーボード」の開発で経産省・情報処理推進機構（ＩＰＡ）

より「スーパークリエータ」に認定されたのだから、IT関係の仕事にも力を入れていたのだろう。その一方で小説は、先に触れたように、一作ごとに内容をガラッと変えている。ほぼ一、二年に一冊のペースと、現代の作家としては寡作だが、そうなるのも当然といっていい。

そんな作者の長篇が、二〇一一年の『暴走ボーソー大学』を最後に途絶えてしまった。いったい、どうしているのだろうと、折に触れて思っていたら、十年の歳月を経て本書が刊行され、大喜びをしたのである。

『SIP超知能警察』は、二〇二一年十月に双葉社から刊行された書き下ろし長篇だ。物語の時代は、二〇二九年。二〇二五年の大阪万博では大規模テロが起こり、南北朝鮮は表向きは平和に統一され、統一朝鮮共和国が誕生している。

ストーリーは、市ヶ谷の防衛省に入省して八年目の相楽佳奈江が、朝鮮の慶州で犬に襲われ、大怪我をする場面から始まる。現場に駆けつけた男性医者によって助けられた佳奈江は、やがて日本に戻って仕事に復帰するが、記憶の混濁や短期消失など、体に不調を抱えるようになった。

このエピソードを「プロローグ」にして、メインの物語が始まる。警察庁科学警察研究所の情報科学第四研究室の室長・逆神崇は、AI捜査の普及と発展を提言していた。AI技術の進歩により変化する犯罪に、従来の警察の方法では、対処しきれないと確信しているからだ。そんな彼が率いる第四研究室（逆神研）に、警察庁の謎多き

副長官・木戸亮一郎から特命が下った。調べる事件は、

A「日本海側各県における無戸籍児童増加の背景調査」

B「防衛省管内における連続不審事象の真相解明」

C「東北各県における『卒業アルバム』損壊多発事件の背景調査」

の三つだ。バラバラな三つの事件に、いかなる関係があるのか。個性的な部下たちと共に動き、AIによる巨大な深層学習ネットワーク〝VJ(バーチャルジャパン)〟のインターフェイス用人格ジーヴスを使って、調査を進める逆神。やがて彼らの前に、驚くべき謀略が現れるのだった。

本書は作者初の警察小説である。ただし独自色が強い。AIに関する技術や知見が、山のように盛り込まれているからだ。最初から、逆神と木戸がディープなAI談義を始めるので、この作品はどこに向かうのかと、困惑してしまったほどだ。

だが、このAIに関する部分が、とても興味深い。繰り返しになるが作者は、人工知能研究関係の研究所や家電メーカーでAI開発に携わるという経歴を持つ。それだけにAI技術の進歩により、変化する社会への認識がリアルだ。特に、犯罪に対する考え方は、恐ろしいほどの説得力を持っている。たとえば逆神がいう「犯罪のシンギュラリティ」について木戸は、

「君は最近の論文でこう書いている――《技術的特異点》は犯罪や戦争の領域で先駆けて起こるかもしれない。近い将来において、われわれ警察が逮捕しなければならない犯罪者は、人間ではないかもしれないし、法的責任能力を持たないかもしれない」

といっている。他にも、深く考えるべき会話や文章が続出するのだ。正直にいえば本書を最初に読んだとき、書かれていることのすべてが理解できたわけではない。再読した今でも、やはりすべてを理解したと言い切れない。それでも近年の、生成画像AIを巡る騒動や、チャットGPTの問題点などを通じて、作者の主張はよりリアルに感じるようになった。だから本書は、AIが生活や文化と密接になった二〇二四年の現在にこそ、読まれるべき作品といえるかもしれない。

もちろんAIは、あくまでも道具である。事実作者は登場人物のひとりを通じて、

「AIから逃げる必要なんかない。どんどん使いやすくなるAIを、人間と同じ社会の一員として受け入れ、自分の仕事を肩代わりしてもらえばいいだけなのだが」

と書いている。AIの開発に携わった人間の、偽らざる気持ちだろう。結局のところ、人が技術とどう付き合うかということが、一番肝心なことなのである。

さて、ストーリーに話を戻そう。第四研究所のメンバーは、リーダーの逆神以下、井伏健二・西田宙・小森田信吾・物原瞳・須田マクシミリアンの六人（P・G・ウッドハウスのユーモア小説「ジーヴス」シリーズの主人公から名前づけられ、英国紳士の仮想人格を持つＡＩアシスタントのジーヴスも仲間といっていいだろう）。三つの案件が日本海側に集中していることから、金沢に「ＳＩＰ株式会社」という拠点を構え、手分けをして調査を始める。防衛省の第二情報保安室所属の来嶋奈海一等海尉と、航空自衛代第六航空団の才谷彰三等空佐もメンバーとして加わる。一癖も二癖もある第四研究所の面々の調査により、しだいに明らかになっていく、それぞれの案件の真相が面白い。

なかでも注目したいのが、物原瞳が担当するA案件だ。現地でストリート・チルドレンのことを調べている任田巡査部長から、ショータという少年とサヤという少女を紹介された物原。サヤという少女と親しくなるが、彼女が失踪してしまう。調べるうちに意外な事件も掘り起こすことになり、リーダビリテイが加速していく。また、ストリートチルドレンたちを心配し、上や横からヤイヤイいわれながら、他の地域の警官たちと連絡網を作っている任田には、いぶし銀の魅力があった。C案件で、小森田がまず訪ねた酒田署の穂積巡査部長もそうだが、地道かつ誠実に働く警官の姿も描かれているのだ。人間の持つ矜持や優しさを、しっかり表現していることを、忘れてはならないだろう。そこにも作者の主張が込められているのだ。

さらに本書には、ミステリーとしての重要なポイントがある。無関係に見える案件が、どう繫がるかという〝ミッシングリンク〟の謎である。随所に、佳奈江のパートも挟まれているが、それを含めてすべてが繫がったとき、巨大な陰謀の構図が見えてくる。なるほど、これを成立させるために、あの設定があったのかと、驚きつつ納得。凄いことを考えるものだ。

しかも真相が明らかになってからも、切迫した状況が続き、緊張感が途切れることはない。終盤は、もはや冒険小説だろうといいたくなるアクションの連続で盛り上がった。一方、ジーヴスの扱いに、AIとの付き合い方の難しさも感じる。作中で言及され、「エピローグ」であらためて示されたAI時代の『倫理』の問題は、もはやフィクションではないのだろう。AIが身近になった今だからこそ、ひとりでも多くの人に読んでほしい、作者ならではの警察小説なのである。

本作品は、二〇二一年十月に小社より単行本として刊行されました。

双葉文庫

や-43-01

SIP 超知能警察

2024年11月16日　第1刷発行

【著者】
山之口洋
©You Yamanoguchi 2024
【発行者】
箕浦克史
【発行所】
株式会社双葉社
〒162-8540 東京都新宿区東五軒町3番28号
［電話］03-5261-4818（営業部）　03-5261-4831（編集部）
www.futabasha.co.jp（双葉社の書籍・コミックが買えます）
【印刷所】
大日本印刷株式会社
【製本所】
大日本印刷株式会社
【カバー印刷】
株式会社久栄社
【DTP】
株式会社ビーワークス

【フォーマット・デザイン】
日下潤一

ISBN978-4-575-52807-7 C0193
Printed in Japan